솔가람
新무협 판타지 소설

허허실실

FANTASTIC ORIENTAL HEROES

허허실실 3

솔가람 新무협 판타지 소설

초판 1쇄 찍은 날 § 2008년 6월 24일
초판 1쇄 펴낸 날 § 2008년 7월 4일

지은이 § 솔가람
펴낸이 § 서경석

편집장 § 문혜영
편집책임 § 문정흠
편집 § 이재권

펴낸곳 § 도서출판 청어람
등록번호 § 제1081-1-89호
등록일자 § 1999. 5. 31
어람번호 § 제2-1518호

주소 § 경기도 부천시 원미구 심곡1동 350-1 남성B/D 3F (우) 420-011
전화 § 032-656-4452 팩스 § 032-656-4453
http://www.chungeoram.com
E-mail § eoram99@chollian.net

ⓒ 솔가람, 2008

ISBN 978-89-251-1369-2 04810
ISBN 978-89-251-1329-6 (세트)

삼풍대협(三風大俠)

3

부제 : 졸라(拙懶)
게으르고 나태하다.

솔가람 新무협 판타지 소설
FANTASTIC ORIENTAL HEROES

청어람
도서출판

目次

第一章

그늘

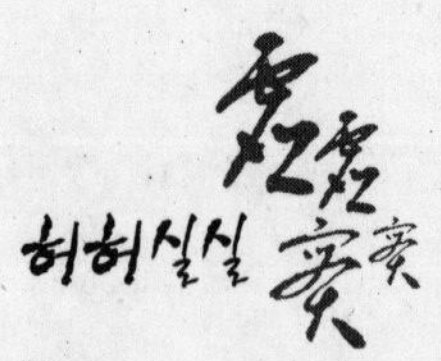

어둠이 짙게 깔린 아미파에는 때 아니게 곳곳의 출입문이 활짝 열려 있었다. 하지만 문만 열려 있고, 정작 지키는 아미파 제자들은 아무도 없었다. 지키는 정도가 아니라 아예 근처를 지나다니는 인영(人影)조차 찾을 수 없는 지경이었다.

이처럼 출입문 곳곳을 비워둔 것은 아미파에 난입한 대뢰승들을 내쫓기 위해 아미파 장문인이 내린 명(命) 때문이었다.

뇌섬보(雷閃步)라는 독특한 신법을 익힌 이 대뢰승들은 아미파의 경공 고수라 하더라도 따라잡을 수가 없었다. 이는 아미파 제자들이 경공이 모자라서가 아니었다.

오히려 아미파 제자들의 경공은 구대문파에서도 항상 수위를 차지할 정도로 쾌속했다.

문제는 대뢰승들의 방대한 내력에 있었다.

대뢰승들이 극양뇌음단을 연공한 내력을 바탕으로 뇌섬보를 펼치는 순간, 제아무리 아미파에서 주름잡는 경공 고수라 할지라도 멍하니 쳐다볼 수밖에 없었다. 내력을 끌어올리는 것도 정도가 있는 법인데, 이 대뢰승들을 쫓기 위해서는 진원진기를 쓰지 않고서는 도저히 쫓을 수가 없었던 것이다.

물론 아미파에서도 내공을 증진시키는 영단을 사용해서 제자들을 키우지만, 극양뇌음단 수준에는 미치지 못했다.

게다가 이 대뢰승들은 경공이 뛰어난 아미 제자들만 보면 미리 도망부터 치고 보니, 이들을 잡기는 애초부터 무리였다. 그래서 아미파 장문인 원영 사태가 고육지책(苦肉之策)으로 내놓은 것이 바로 출입문을 모두 열어놓고 대뢰승들을 밖으로 내쫓는 방법이었다.

하지만 그런 와중에 날고 기는 대뢰승들을 황당하게 만든 놈이 하나 있었다.

기절한 아미 제자를 어깨에 들쳐 업은 이놈이 글쎄, 뇌섬보를 펼치고 있는 소지(蘇池)란 대뢰승을 보란 듯이 앞질러 버렸던 것이다. 더욱 가관인 것은 이놈 꼬락서니를 보니 이곳 아미 제자도 아니었다. 심하게 기워 입은 누더기를 입고 있는 놈이었으니 말이다.

뇌섬보를 뛰어넘는 빠르기라면 분명 명문정파 출신일진
데, 이놈이 하고 있는 행색을 보면 구파 출신인 놈도 아니었
다. 그렇다면 딱 하나 남는 곳이 있었다. 전체 문도가 누더기
를 입고 다니는 개방 말이다.

그놈에게 허망하게 추월을 허용한 뇌음사 대뢰승 소지가
뒤쫓으며 소리쳤다.

"개방 고수십니까?"

그러자 놈이 멀리서 대답했다.

"난 상관하지 말고 스님들 볼일이나 보세요. 덕분에 수월
해졌습니다."

'덕분에 수월해져? 혹시 저 아미 제자를?

다음 순간 소지란 대뢰승은 뒤통수를 한 대 맞은 듯 멍해졌
다. 그래서 소지가 그때부터 놈의 뒤꽁무니를 열심히 뒤쫓게
된 것이다.

놈이 얼마를 앞서 달렸을까? 어깨에 기절해 있던 아미 제
자가 정신을 차리는 듯 뒤척였다. 이를 본 대뢰승 소지는 곧
놈을 따라잡을 수 있을 것이라 생각했다.

'그래, 아미 계집이 정신을 차렸으니, 놈도 저 상태로 상승
의 경공을 펼치긴 무리일 거야. 이제 어떻게 생겨 먹은 놈인
지 알 수 있겠군!

소지는 뒤처졌던 거리를 단번에 좁히려는 마음으로 최상
의 뇌섬보를 펼치려 했다. 하지만 그것은 생각으로 끝나고 말

았다.

아, 글쎄, 이놈이 우악스럽게 주먹으로 정신을 차리는 아미 제자 뒤통수를 '퍽!' 소리가 날 정도로 치는 것이 아닌가? 뒤따라오는 소지의 눈에 불꽃이 튈 정도로 말이다.

'뭐, 저런 무식한 자식이 다 있어? 그냥 혼혈을 짚으면 될 것을 무식하게 때리다니!'

이때부터였다. 소지가 근처에 있던 그의 사형 소유(蘇由), 소천(蘇泉)에게 도움을 요청해 이놈을 쫓기 시작한 것이 말이다.

그들이 비록 지금은 허락없이 아미파를 침입한 신세였지만, 불법을 수호하는 승려로서 지금과 같은 상황을 묵과하기 어려웠던 것이다.

물론 놈의 죄목은 한 가지로 압축됐다.

"게 서라. 불한당 같은 음적(淫賊) 놈아!"

그러자 앞서 가던 그 불한당 같은 놈이 '음적'이라는 소리에 발작적으로 놀라서 뒤를 향해 소리쳤다.

"저 음적 아니거든요!"

이에 소지가 두 사형이 들으란 듯이 대꾸했다.

"어디 음적이 나 음적이라고 하더냐?"

대뢰승들의 목소리는 높았지만 그 해괴한 놈을 잡지는 못했다. 경공만 놓고 본다면 이 대뢰승들 중에서도 서열 삼, 사위를 다투는 승려들이었음에도 말이다.

그런 그들을 여유롭게 따돌리며 놈이 한다는 말이 더 가관이었다.

"아씨, 왜 귀찮게 쫓아오고 지랄이야, 지랄이! 가서 아까처럼 아미 년들이랑 놀아."

그때부터였다. 세 명의 대뢰승이 목에 걸린 염주를 뽑아 들고 놈을 죽일 듯이 쫓기 시작한 것이 말이다.

대뢰승 서열 오위, 소유가 놈을 쫓으며 말했다.

"음적이든 뭐든 저 자식은 내가 잡아 족친다!"

서열 육위, 대뢰승 소천도 지지 않았다.

"오사형, 저놈은 내 거야. 내가 저놈에게 매타작으로 열반에 드는 법을 가르쳐 주겠어!"

그리고 처음 그놈을 발견한 서열 칠위, 소지가 끼었다.

"난 한 대면 돼. 오사형, 육사형, 누구든 나 한 대만 때리게 해줘!"

*　　　*　　　*

그놈, 삼룡이 미간을 찌푸리고 있었다.

그가 도착하면 바로 출발하기로 한 마차가 출발하지 못한 이유도 있었지만, 그를 바라보는 지평의 눈길이 심상치 않았기 때문이다.

마차를 몰기로 한 지평은 콧김을 '씩씩' 내뿜으며 삼룡을

노려보고 있었고, 이유없이 그를 뒤쫓아온 뇌음사 승려 소유,
소천, 소지도 염주를 불끈 쥔 채 삼룡을 험상궂게 쳐다보고
있었다.

그런 가운데 마차에 올라타고 있던 담초홍만이 삼룡을 반
기는 눈빛이었다.

삼룡은 모두의 심상치 않은 눈빛을 담담히 받아들이며 백
서연의 얼굴이 드러나지 않도록 자세를 고쳐 뉘었다. 그리곤
담초홍을 보며 말했다.

"꼬맹아, 이 언니 좀 돌보고 있어라."

담초홍이 재빨리 고개를 끄덕이며 백서연의 옆으로 와서
대뢰승들의 시야를 가렸다. 다행히도 대뢰승들은 삼룡이 들
쳐 업고 온 여인이 자신들이 찾고 있는 사매, 백서연임을 눈
치 채지 못한 것 같았다.

이번 소동이 그들의 사형 소탁이 뇌옥에 갇힌 사매를 무사
히 빼낼 동안 연막술을 펼치는 것이었으니, 생각이 거기까지
는 미치지 못한 것이다.

삼룡이 지평에게 당부하듯 말했다.

"얘긴 나중에 하고 일단 마차를 몰고 여길 떠나. 난 곧 뒤
쫓아갈 테니까!"

평소에 삼룡이 지평에게 하는 말투가 아니었지만, 지평은
이를 기분 나빠하지 않았다. 그는 처음부터 화가 잔뜩 난 상
태였으니까.

"지평 도장, 어서요!"

삼룡의 간절한 부탁에도 지평은 화난 기색을 풀 생각이 없었다. 오히려 대뢰승들보다 앞서 덤벼들 기세로 소리쳤다.

"내가 네 녀석 말을 들을 것 같아, 이 나쁜 자식아!"

'나쁜 자식? 대체 얘는 왜 이러는 거야?'

삼룡은 소리치는 지평을 뒤로하고 대뢰승 쪽으로 고개를 돌렸다. 때마침 밝은 달빛이 비추자 삼룡의 얼굴이 고스란히 드러나게 되었다.

대뢰승 소천이 삼룡을 알아보며 소리쳤다.

"어라? 오사형, 그놈이야, 그놈!"

이에 소유라는 대뢰승의 눈이 커지며 고개를 끄덕였다.

"원수는 외나무다리에서 만난다고 하더니, 우릴 골탕 먹인 놈이 바로 눈앞에 있었네."

분위기가 점점 이상하게 돌아가자 삼룡이 머리를 긁적이며 난감한 표정을 지었다. 그리곤 애써 서툰 표정으로 말했다.

"전 처음 뵙는 승려님들인데… 다시 한 번 잘 보시구 말씀하세요. 자, 아니죠?"

삼룡이 달빛에 얼굴을 들이밀고 내보이기까지 했지만 대뢰승들의 눈빛은 바뀌지 않았다. 오히려 소지라는 대뢰승까지 삼룡의 얼굴을 알아봤다.

"아, 저놈이 그 마부였어. 사형들을 골려주고 아무 상관 없는 주가장 사람보고 사매라고 했던 놈. 저놈 때문에 사형들이 대사형한테 혼났잖아?"

소지의 말에 삼룡의 안색이 구겨졌다.

'어라, 이 땡중들 진짜 날 쫓은 거였네? 설마, 그때 정패라는 놈한테 뒤집어씌운 것 때문에 내게 원한을 가진 건가?'

왜 아니겠는가? 그때 마차를 수색하다가 삼룡에게 무안당했던 소유, 소천이 반항하던 주가장 호위무사 정패에게 심하게 분풀이를 했고, 그 때문에 그들의 대사형 소탁에게 호된 꾸지람을 들었지 않은가?

뭐, 정패의 입장에서는 이래저래 억울하기만 한 일이었지만.

아무튼 엎친 데 덮친다는 말이 딱 지금의 상황이었다. 삼룡을 도와주어야 할 지평은 오히려 덤벼들 기세였고, 삼룡에게 원한을 품은 대뢰승들은 날 잡았다는 듯이 눈을 희번덕거리고 있으니 말이다.

하지만 삼룡은 침착했다.

원래 그의 성정이 보통 사람보다 느긋한 이유도 있었지만, 일신의 안위를 위한 판단력 하나만큼은 타의 추종을 불허하는 그였다.

'지평 도장부터 내 뜻대로 움직인다!'

판단이 서자 삼룡은 지평을 똑바로 쳐다보며 말했다.

"지금 마차 몰고 떠나면 책임지고 네 사숙을 고쳐 줄게."

삼룡의 판단이 적중했는지 좀처럼 화를 풀 기색이 없던 지평의 눈빛이 대번에 바뀌었다. 지평이 비록 담초홍 문제로 화가 머리끝까지 나 있는 상태였지만, 곡원 사숙 문제와 자신의 문제를 비교할 놈은 아니었다. 게다가 자신의 눈앞에서 사경을 헤매던 주희설을 살려냈던 사람이 바로 그였다.

"그 말, 정말이냐?"

지평의 물음에 삼룡이 준비한 다음 말을 꺼냈다.

"약속 지킬 때까지 금주(禁酒)한다."

금주라는 말이 어떤 이에게는 장난처럼 들릴 수 있겠지만, 아미산까지 삼룡의 시중을 들은 지평에게는 아니었다. 오히려 부처님이나 옥황상제를 운운한 것보다 더 큰 위력을 보이고 있었다.

지평이 입술을 지그시 깨물며 잠시 생각하더니 이내 다시 물었다.

"몰래 먹으면?"

"내가 개자식이다."

삼룡의 말에 지평은 즉시 고개를 끄덕였다.

"좋아. 먼저 마차를 몰고 갈 테니 뒤쫓아와. 단 쫓아오지 못하거나 약속을 지키지 못할 때에는 청성이 무명촌에 있는 네 사문을 용서하지 않을 거다."

지평의 말에 삼룡이 고개를 끄덕였다. 하지만 속생각은 조금 달랐다.

'젠장, 내가 의원도 아니고 만날 누굴 고쳐야 하는 거야? 지난번에도 꼬맹이가 도와줘서 겨우 고쳤는데. 에이, 몰라. 이미 엎질러진 물이야. 나중에 무슨 수가 생기겠지.'

눈을 껌벅이는 삼룡을 뒤로하고 지평은 마차를 몰고 나가려 했다. 하지만 삼룡을 음적으로 알고 있는 대뢰승들이 그냥 두고 볼 리 없었다.

대뢰승 서열 칠위인 소지의 목소리가 일대를 쩌렁쩌렁 울렸다.

"어딜 허락도 없이 내빼는 것이냐? 너희들은 그 누구도 여길 빠져나가지 못한다!"

방대한 내력에서 뿜어져 나오는 소지의 목소리가 마치 사자후(獅子吼)처럼 일대를 휘감자 마차를 몰던 지평이 깜짝 놀라며 소지를 쳐다봤다.

대뢰승 소유, 소천은 엄포를 놓는 사제가 대견한 듯 고개를 흐뭇하게 끄덕이고 있었다. 하지만 지평의 표정은 놀라서 쳐다본 것만은 아니었다.

물론 예전의 지평 같았으면 기가 죽었겠지만 지금은 간신히 화를 억누른 상태였다. 하룻강아지가 범을 무서워하지 않는 이유처럼, 화가 나서 간이 부으면 그리되는 것이다. 지금의 지평처럼.

간이 배 밖에 나온 개구리처럼 지평이 배를 내밀고 소리쳤다.

"목소리만 크면 답니까?"

의외로 지평이 당당하게 나오자 대뢰승 소지가 당황했다. 이렇듯 강하게 나오는 이유가 분명 있을 것이라는 생각에서 말이다.

'절정고수들도 이 정도 내력을 느꼈으면 기가 질리는 법인데, 이놈은 오히려 큰소리를 쳐? 겉보기에는 일류 이하로 보였는데, 내가 잘못 본 것인가?'

놀란 것은 소지뿐만이 아니었다. 소지의 사형 소유, 소천도 사자후 같은 목소리에 바로 발끈하는 지평을 새롭게 보고 있는 중이었다.

'뭐지? 아미파 제자들과는 전혀 다른 놈들이잖아. 뭔가 믿고 있는 구석이 있는 녀석들인가? 안 그렇다면 이렇게 태연할 수가 없는데?'

'우리가 경공으로 따라잡지 못한 놈과 한패이니 어쩌면 더 대단한 놈일지도 모르겠어.'

대뢰승들이 지평의 태도에 놀라는 사이 삼룡이 이들 사이를 가로막았다.

"당신들이 저 마차를 막을 이유는 없소. 그러니 비키시오."

삼룡의 말에 소지가 어림없다는 듯 소리쳤다.

"무슨 소리냐? 네가 저 여자를 때려 기절시키는 것을 봤다! 그런데도 발뺌할 셈이더냐? 네가 음적이든 뭐든 아까 혼혈 정도만 짚었다면 우리가 여기까지 쫓아오지는 않았을 것이다.”

삼룡은 침착함을 잃지 않고 되받아쳤다.

“날 쫓아온 게 그 때문이었나? 하지만 그땐 혼혈을 짚을 상황이 아니었어. 저 여잔 내가 목숨을 살려준 여자야. 그런 여자를 내가 일부러 기절시켰을 것 같아? 이 여잔 오늘 아미파 장로에게 고초를 당해 혼혈을 짚어도 금방 깨어난단 말이야!”

삼룡의 일갈에 대뢰승들은 멈칫거렸다. 혼혈을 짚을 수 없는 상황이라면 능히 그럴 수도 있었으니 말이다. 거기에 아미파에서 고초를 당했다면 지금 상황을 틈타 탈출하는 것도 일리가 있었다.

게다가 마차에 있는 여자의 모습을 얼핏 보니 고초를 당한 것처럼 피로 흥건히 젖어 있긴 했다. 그리고 얼마 전 삼룡의 마차에 중독된 여자가 있었던 것을 직접 본 대뢰승들이 바로 소유와 소천이 아닌가?

이제야 상황 파악이 된 소유, 소천이 머쓱하게 소지를 쳐다봤다. 그러자 소지가 두 손을 들어 올리며 고개를 흔들었다. 자신은 알지 못했다는 뜻이었다. 하지만 그들은 아직 삼룡이 수상하기는 매한가지였다.

세 대뢰승 중에 서열이 제일 높은 소유가 나서 말했다.

“마차는 가도 좋아. 대신 넌 남아라! 네놈이 우리에게 무례했던 것은 그냥 묵과할 수가 없으니까.”

소유는 삼룡의 무례했던 것보다 정체가 의심스러웠다. 중원에서 자신들을 따돌릴 정도로 뛰어난 경공을 가지고 있는 자는 오늘 처음 봤으니 확인할 필요가 있다고 생각한 것이다.

‘분명 뭔가 있는 녀석이야. 이대로 보낼 수는 없어.’

대뢰승들이 마차를 더 이상 막지 않자 지평이 마차를 몰고 아미파를 빠져나갔다. 그사이 삼룡은 멀어지는 마차 뒤를 보며 아쉬운 듯 말했다.

“아차, 목검을 달라고 안 했네. 에이, 할 수 없지.”

목검을 찾는 삼룡을 보고 대뢰승들은 고개를 갸웃거렸다.

이를 듣고 소지가 사형들에게 말했다.

“오사형, 육사형, 저놈이 우릴 목검으로 상대하겠다는 소리 들었어?”

이에 소유가 고개를 끄덕이며 말했다

“들었다. 뇌섬보를 뛰어넘는 경공도 그렇고, 아무래도 뭔가 있는 녀석인 게 분명하니까 모두 조심들 해!”

그사이 소천이 무얼 봤는지 눈을 비비며 고개를 흔들었다. 마치 못 볼 걸 봤다는 표정이었다.

“저 자식, 미친 거 아니야?!”

소천의 경악스런 외침에 다른 대뢰승들이 고개를 돌려보니, 삼룡이 무언가를 온몸에 바르고 있는 모습이 보였다.

소지가 삼룡이 무얼 바르는지 알아채고는 소리쳤다.

“우윽, 오사형, 저 자식 몸에 똥을 바르고 있어!”

소유는 못 믿겠다는 듯이 고개를 흔들며 안력을 돋웠다. 하지만 오히려 더 선명하고 확실하게 보일 뿐이었다. 분명 삼룡은 김이 모락모락 피어나는 말똥을 자신의 몸에 골고루 바르고 있었으니 말이다.

소유가 속이 메슥거리는지 코를 틀어쥐었다.

“너 이 자식, 대체 뭐 하는 거야?”

이에 삼룡이 피식 웃으며 대꾸했다.

“뭐 하긴, 싸울 준비하지. 니들 나랑 싸우려고 잡아둔 거잖아? 그러니 준비하는 거야. 음, 이 똥은 금방 싸서 뜨끈뜨끈하네!”

그러자 소지가 코를 막고 소리쳤다.

“일부러 말똥을 바르다니, 이 치사한 자식!”

“웃기지 마. 셋이서 한꺼번에 덤비는 니들은 안 치사하냐? 억울하면 니들도 똥 바르고 싸워라. 여기 똥 많아. 조금 딱딱한 것도 있지만 적당한 걸 찾아서 바르면 될 거다.”

“우린 한 명만 상대하려고 했었다.”

“한 놈 이기면 또 한 놈이 덤빌 거잖아? 그럼 나머지 한 놈은 구경만 할 것 같아?”

내심 찔리는 구석이 있는지 삼룡의 말에 대꾸하는 대뢰승은 아무도 없었다. 사실 그들은 삼룡의 뛰어난 경공 때문에 한꺼번에 덤빌 생각도 했으니까 말이다.

그사이 삼룡은 주변에 있던 말똥을 주위 들며 코를 킁킁거렸다.

"아, 이 말똥은 식었는데도 냄새가 지독하네. 먹을 게 없어서 돼지 똥이라도 처먹었나?"

삼룡은 다시 천연덕스럽게 말똥을 처발랐다. 그러자 비위가 상한 대뢰승 셋은 입을 벌리고 헛구역질을 하고 싶은 심정이 되었다.

그들 모두 당장 삼룡에게 일장을 날리고 싶었으나 삼룡의 몸에 붙어서 김이 모락모락 피어나는 말똥을 보고 있자면 뒤로 십 장을 물러나도 모자랄 지경이었다.

이를 눈치 챘을까? 삼룡이 손에 말똥을 잔뜩 쥔 채로 대뢰승들 향해 발걸음을 옮겼다.

"잠깐 기다려, 니들도 발라줄게!"

이 말을 듣는 순간 대뢰승 서열 오위 소유가 뇌섬보를 펼치며 담장 위로 뛰어올랐다.

"소천아, 내가 비위 약한 거 알지? 너만 믿는다."

이에 질세라 소천도 미리 뇌섬보를 준비했는지 소유를 뒤쫓아 담장 위로 오르며 고개를 부르르 떨었다.

"무슨 소리야? 내가 요즘 먹은 게 없어서 속이 좋질 않네. 소지가 우리를 불렀으니까 소지가 알아서 할 거야."

그러자 소지가 사형들에게 소리쳤다

"사형들, 정말 똥 가지고 이러기야?!"

소지가 소리쳤지만 소유와 소천은 못 들었다는 듯이 고개를 돌리고는 슬그머니 담장 뒤편으로 사라졌다. 그러자 소지란 대뢰승도 두 사형이 사라진 쪽을 향해 슬쩍 뇌섬보를 펼치려 했다.

아무래도 말똥을 온몸에 바른 삼룡과는 싸우긴 싫었으니까 말이다. 하지만 소지는 사형들처럼 쉽게 도망치지 못했다. 벌써 말똥을 양손에 든 삼룡의 신형이 그의 앞을 막아서고 있었다.

'어, 언제?'

움직였다는 느낌도 없이 삼룡이 눈앞에 나타나자 소지는 자연스럽게 뒷걸음질쳤다. 하지만 그의 발에 무언가 물컹거리는 것이 밟히는 것이었다.

소지가 난감한 표정으로 발밑을 내려다보자 아니나 다를까, 큼지막한 말똥 한 덩어리를 자신이 밟고 있는 것이 아닌가? 조금 전까지 주위가 말끔했다는 것을 생각하면 누군가의 짓이 분명했다.

물론 그 누군가는 생각해 볼 필요도 없이 삼룡이었다.

"너, 이 자식. 일부러 그런 거지?"

삼룡은 당연하다는 듯이 고개를 끄덕이며 말똥을 쥔 손을 소지의 얼굴 쪽으로 들이밀었다.

"좀만 참아라. 나랑 똑같이 만들어줄게."

"우윽, 하지 마! …하지 마, 이 자식아!"

　소지가 염주를 좌우로 휘두르며 소리쳤지만 그런 공격에 삼룡이 맞을 턱이 없었다. 어느새 거리를 적당히 벌리고 있었으니 말이다. 오히려 삼룡은 소지를 놀리듯 주위를 맴돌며 말똥을 조금 떼어내서 던지기 시작했다.

　소지는 염주에 말똥이 닿을 것 같아 급히 휘두르던 염주를 회수하며 뒤로 물러났다. 하지만,

　물컹!

　발에서 또다시 따뜻한 온기가 느껴지자 소지의 얼굴은 거의 울상이 되어갔다. 그러면서 자신이 왜 삼룡의 뒤를 쫓아왔는지 뼈저리게 후회하고 또 후회했다.

　"제발, 그만 하자. 제발!"

　도저히 못 참겠는지 소지가 빈손을 들어 보이며 소리쳤다. 도망치려 해도 자신보다 빠른 경공을 구사하는 삼룡을 떼어놓지 못할 것이라 여긴 것이다.

　"말이 짧네, 이거!"

　말똥을 쥔 채 삼룡이 목소리를 높이자 소지가 재빨리 말을 바꾸었다.

　"대, 대협! 아니, 형님! 제발 그만 하세요."

　진저리치는 소지의 반응에 삼룡의 입꼬리가 자연스레 위로 향했다.

　'땡중들, 니들이 전에 깔끔 떨 때부터 알아봤거든.'

*   *   *

아미파를 빠져나간 마차 한 대가 어두운 밤길을 내달리고 있었다. 빠른 속도는 아니었지만 밝은 달 때문인지 마차는 제법 속도를 내고 있었다.

이 마차 뒤편에는 담초홍과 백서연이 타고 있었다.

마차가 밤길을 이처럼 달릴 수 있는 것은 비단 밝은 달 때문만은 아니었다. 달빛이 비추지 않는 어두운 길도 있었으니 말이다.

이는 마부석에 앉은 지평 때문이었다. 그는 절정을 넘어선 고수는 아니었지만 내력이 상당한 수준에 올라와 있었기 때문에 밤길을 살피는 안력(眼力)이 보통 사람보다 뛰어났다.

게다가 생사의 고비를 넘나들었던 요 근래 일 때문에 자신도 모르게 보는 시야가 넓어진 상태였다. 하지만 전과 비교해서 분명 뭔가가 많이 달라져 있었다. 지평 스스로도 그 점을 느끼고 있는 중이었으니까.

'뭐지? 시야가 트인 이 느낌! 설마 그동안 정체되어 있던 무공에 진전이 있었나? 하지만 수련도 하지 않았는데 어떻게 이런 일이!'

호기심이 든 지평은 슬쩍 운기를 시도했다. 춘약의 기운이 다시 발작할 수 있다는 거정도 있었지만, 신체의 변화를 느낀 터라 가만히 있을 수가 없었다.

　조심스레 운기를 해본 지평의 눈빛이 어느 순간 이채를 띠었다.

　'달라! 분명 이전과 달라졌어. 막혔던 혈맥이 뚫린 것처럼 속도가 빨라졌어. 단전을 휘감는 이 느낌, 분명 이전보다 넓고 단단한 느낌이야.'

　지평은 운기를 해도 아무 탈이 없자 조금 더 내력을 끌어올렸다. 아니나 다를까, 춘약의 기운이 재발하기는커녕 오히려 강맹한 힘이 온몸에 골고루 퍼지는 것을 느낄 수 있었다. 이어 시야가 확 트이는 느낌이 들었다.

　'내기(內氣)가 도니까 눈이 더 밝아졌어. 어둠 속에 숨어 있는 작은 돌까지 보일 정도인데.'

　지평은 자신도 모르게 말고삐를 강하게 흔들었다. 그러자 마차 뒤에서 앳된 목소리가 들렸다.

　"속도 좀 줄여요. 마차가 너무 흔들린단 말이에요."

　낭랑한 목소리의 주인은 담초홍이었다. 그녀는 흔들거리는 마차에서 백서연을 보호하고 있었는데, 마차 속도가 빨라지자 그녀의 작은 체구로 백서연의 커다란 몸을 가누기가 힘이 들었던 것이다.

　순간 지평은 잊고 있던 담초홍 문제를 떠올리며 입술을 굳게 깨물었다. 그러면서도 마차 속도는 점차 줄어들었다.

　마차 속도가 줄어들자 담초홍도 지평에게 더 이상 말하지 않았다. 지금 상황에 딱히 할 말도 없었으니까.

덜커덕!

어두운 밤길을 잘 달리던 마차가 갑자기 멈춰 섰다. 무슨 이유에서인지 지평이 말고삐를 잡아당긴 탓이었다.

지평이 아무 말도 없이 마차를 세우자 담초홍은 이상한 기분이 들었다. 분명 그녀가 보기에 그가 무언가를 심각하게 고민하고 있는 눈치였으니 말이다.

분위기가 심상치 않자 담초홍은 몸을 움츠리며 생각했다.

'설마, 그 일 때문에 살인멸구(殺人滅口)할 참인가?'

담초홍은 비록 사람들의 왕래가 없는 아미신녀의 초옥에서 살았지만 그녀의 사부로부터 강호가 얼마나 험난한가에 대해 익히 들어왔던 터였다.

제아무리 명문정파의 출신에 지위가 높다고 하더라도 자신의 영달이나 안위를 위해서는 언제든 등 뒤에서 비수를 들이대는 속성에 대해서 말이다.

다음 순간 지평이 마차에서 내려 길가에 부러진 채 돌아다니는 굵직한 나뭇가지를 줍는 것이었다. 이어 그는 단호한 표정으로 가지를 쳐내면서 몽둥이를 만들었다.

지평이 자신을 해할 것이라 생각한 담초홍은 기절해 있는 백서연을 버려두고 도망쳐야 할지를 갈등했다. 하지만 그녀는 홀로 도망칠 수는 없었다. 어차피 그녀의 발걸음으로 도망쳐 봐야 몇 발자국이었고, 또 누군가를 기다려야 했으니까.

때맞춰 몽둥이 손질을 끝낸 지평이 담초홍 쪽으로 걸음을 옮겨왔다.

저벅, 저벅!

자신을 향해 걸어오는 발걸음 소리를 듣고 담초홍은 눈을 질끈 감고 숨을 죽였다. 그리고 얼마 지나지 않아 상기된 지평의 목소리가 들렸다.

"나 혼자 지킬 수 있을지는 장담 못하겠다. 이럴 줄 알았으면 철검이라도 하나 들고 오는 건데. 하지만 내 목숨이 붙어 있는 동안만은 지켜줄 테니 염려 말아라. 그놈에게는 죽어서도 욕먹고 싶지 않으니까."

생각과 다른 지평의 말에 담초홍이 살며시 눈을 떠서 어떻게 된 영문인지를 살폈다. 그러자 몽둥이를 든 지평이 마차 전방을 살피며 무언가를 경계하는 모습이 보였다.

'저 사람, 내가 아닌 다른 곳을 경계하고 있어.'

아니나 다를까, 지평이 유심히 살피는 이십여 장 앞쪽에서 검은 인영 여럿이 '부스스' 소리를 내며 일어섰다.

달빛에 드러난 인영은 녹의(綠衣)를 입고 있는 무사 여덟이었다. 이들은 독특하게 생긴 기문병기(奇門兵器)를 하나씩 들고 지평을 노려보고 있었다. 쉽사리 모습을 드러낸 것으로 보아 이들은 처음부터 숨어 있던 것이 아니라 누군가를 기다리고 있던 것 같았다.

지평은 녹의인들의 손에 든 병기를 통해 이들의 정체를 알

수 있었다. 왜냐하면 이들은 며칠 전 폐사당에서 부딪친 적이 있는 무사들이었다.

'사슬낫에 녹의(綠衣)! 역시 오독문 무사들이었군. 아무래도 내가 들고 있는 나무 몽둥이로는 어림도 없겠어.'

위급한 순간임에도 지평은 담초홍이 동요하지 않도록 내색하거나 혼잣말도 삼갔다. 담초홍 또한 분위기를 파악하고 입을 다물고 있었다.

그때 녹의를 입은 한 사내가 지평을 알아보고 소리쳤다.

"누군가 했더니 얼마 전 저 암말에게 장가든 청성 도사였군. 그래, 네 발로 달리는 신부는 맘에 들던가? 채찍으로 때리지 않고 마차를 모는 걸 보니 마음에 들긴 했나 본데?"

그러자 주위에 있던 녹의인 모두가 지평을 삿대질하며 웃음을 터뜨렸다.

"크하하하하!"

"하하하하!"

오독문 무사들의 비웃음에도 지평은 입술을 지그시 깨물며 아무 말도 하지 않았다. 단지 몽둥이를 힘껏 쥐는 것으로 분기를 달래고 있는 중이었다.

지평이 기가 죽었다고 판단한 녹의인은 기세가 오른 듯 더욱 비웃으며 큰소리쳤다.

"그깟 몽둥이로 우리 비겸대(飛鎌隊)를 상대할 수 있을 것이라 생각했나, 청성 도사?"

자신들의 정체를 당당히 밝히는 무사들을 보는 지평의 생각은 복잡했다.

'설마 했는데, 사슬낫으로 나는 새도 떨어뜨린다는 오독문의 비겸대 살수 녀석들인가!'

지평은 애써 태연한 척했다. 일부러 자신들의 정체를 드러내는 오독문 무사들에게 말려들지 않기 위해서 말이다.

"청성은 유리할 때 나서고 불리할 때 물러서라 가르치지 않는다. 그리고 오독문 살수들 정도는 이 몽둥이로도 충분히 제압할 수 있다."

"하하하, 지난번엔 잘만 도망치더니, 오늘은 저 어린 계집이 보고 있어서 큰소리 치는 것이냐? 하긴 말에게 장가들었으니 어린 계집은 아주 황송하겠지."

"크하하하하!"

다시 오독문 무사들이 비웃는 소리가 울려 퍼지자 지평은 피가 배어 나올 정도로 입술을 굳게 깨물었다. 춘약에 취했을 때의 일만 생각하면 피가 거꾸로 솟는 그였는데, 눈앞에 그 일을 벌어지게 만든 당사자들이 있지 않은가?

하지만 지평은 먼저 달려들지 않았다. 그에겐 시간이 필요했다.

'분하지만 비웃게 놔둬야 해. 내게 필요한 건 시간이야. 시간! 삼룡이, 그놈만 오면 승산있어.'

지평이 애써 분기를 억누르자 한 오독문 무사가 말했다.

"조장, 장로님이 오기 전에 그냥 해치웁시다. 어차피 저놈 뿐인 거 같은데."

그러자 지평을 지금까지 놀렸던 무사가 고개를 끄덕였다.

"좋다. 지금 아니면 우리가 언제 청성의 적전제자를 상대해 보겠느냐? 하지만 너희들도 목숨을 아낄 생각 말거라. 청성의 적전제자 한 놈에게 지는 건 오독문 비겸대 전체의 명예가 떨어지는 일이니까."

"예, 조장!"

오독문 무사들은 허술한 몽둥이를 든 지평을 얕잡아보고 일시에 사슬낫을 휘휘 저으며 접근했다. 몽둥이라고 해봐야 산에서 방금 주운 것이었으니, 무기 역할도 제대로 하기 힘든 것은 자명한 일이었다.

사슬낫은 쇠사슬 한쪽에 쇠 추를, 다른 한쪽엔 낫을 단 병기였는데, 거리의 길고 짧음에 상관없이 어디에서라도 항시 살초(殺招)를 펼칠 수 있는 무기였다.

게다가 추 부분에 바늘 같은 쇠침을 따로 박아놔서 추를 돌릴 때마다 날카로운 예성이 들렸다. 물론 쇠침과 낫에는 황소도 단번에 절명시킬 수 있는 극독이 발라져 있음은 말할 것도 없었다.

이들이 십 장 가까이로 접근하자 지평이 주저없이 마차 앞으로 경공을 전개했다.

타다닥!

땅을 박차는 소리와 함께 지평의 신형이 순식간에 거리를 좁혀오자 여유를 보이던 오독문 무사들이 조금 당황하는 모습을 보였다.

"빠르다. 독탄을 써서 죽여라!"

조장의 명령이 떨어지기가 무섭게 오독문 무사들은 팔방으로 산개(散開)하며 손을 뿌렸다. 그러자 지평의 달려오는 앞쪽으로 독탄이 터지면서 녹색 독무(毒霧)가 군데군데 피어올랐다. 하지만 오독문 무사들의 생각처럼 독탄이 지평의 발을 묶어두진 못했다.

파라락!

옷깃 스치는 소리와 함께 지평의 신형이 허공을 밟았다. 그것도 미꾸라지가 소낙비를 타고 하늘을 오르는 것처럼 요리조리 말이다.

"등천추(登天鰍)!"

한 오독문 무사가 지평의 밟고 있는 보법을 알아보고 경악성을 터뜨렸다. 이 등천추란 보법은 청성에서도 절정 이상의 고수들만이 펼친다고 알고 있었기 때문이다.

"추를 던져 접근을 막아라. 어서!"

오독문 조장의 다급한 명이 떨어지자 수하 무사들은 지체 없이 쇠침이 박힌 추를 허공으로 뿌렸다. 그러자 날카로운 예성과 함께 여덟 개의 추가 사방에서 지평에게 날아들었다. 하지만 결과적으로 지평을 맞추진 못했다.

등천추란 보법의 특징이 미꾸라지처럼 움직이는 것이기에 아무 생각 없이 신형을 보고 던진 추 공격으로는 맞추지 못한 것이다. 오히려 던진 추끼리 꼬이는 바람에 다음 공격을 못한 오독문 무사들이 태반이 넘었다.

그사이 지평은 바닥에 깔린 독무를 건너 검술을 펼쳤다. 하지만 지평도 오독문 무사들을 제대로 공격하지 못했다. 바로 몽둥이 때문에 말이다.

부러진 나뭇가지로 대충 만든 몽둥이는 검처럼 적당히 휘거나 날카로운 맛이 없어서 허초(虛招)와 실초(實招)가 뻔히 보이게 되었고, 때문에 오독문 무사들은 별 어려움 없이 지평의 공격을 모두 피할 수 있었던 것이다.

지평의 몽둥이 끝이 헛된 잔영을 만들며 허공을 스치는 사이, 오독문 무사들을 이끄는 천살조 조장은 허리를 튕겨 뒤로 물러났다. 물러나는 그의 표정에는 이전과 달리 여유가 있었다.

"하하하, 별것 없는 청성 도사다. 포진해서 살점 하나하나 천천히 뜯어주거라!"

그러자 처음 지평의 기세에 잠시 당황했던 오독문 무사들도 꼬인 추를 풀며 지평의 주위를 감싸왔다. 하지만 지평이 독문 무기가 없을 뿐이지 보는 눈이 없는 것은 아니었다.

'팔문금쇄진(八門金鎖陳)을 펼치려 한다. 그대로 두면 위험해!'

지평은 오독문 무사들이 펼치려는 진법을 눈치 채고 근처에 있던 한 오독문 무사의 방위를 빼앗으며 몽둥이를 거칠게 휘둘렀다.

파바박!

갑자기 내력을 끌어올려서 그런지 몽둥이 끝이 폭발하듯 깨지며 그 파편이 오독문 무사에게 쏟아졌다.

창졸지간에 수백수천 개의 나뭇조각이 덮쳐든 탓에 오독문 무사는 뻔히 보면서도 피하지 못했다. 이어 부서진 나뭇조각이 오독문 무사의 얼굴에 쏟아졌고 곧 비명 소리가 터져 나왔다.

"으아악, 내 눈! 내 눈!"

내기가 실린 채 부서진 나뭇조각 수백이 얼굴에 틀어박혔으니 무사의 얼굴이 피투성이로 변한 것은 두말할 것도 없었다. 치명적인 공격은 아니었지만 예민한 부위인 탓에 비명 소리 또한 클 수밖에 없었다.

덕분에 오독문 무사들이 개진한 진법은 손쉽게 파훼되었다. 물론 지평이 이런 것을 계산하고 수를 부린 것이 아니었다. 단지 싸움 중에 일어날 수 있는 우연이었을 뿐이다. 하지만 오독문 무사들의 생각은 달랐다.

'역시 청성의 제자다.'

'만만히 봐서는 안 되는 놈이었어!'

우연에서 비롯된 한 수 덕분에 오독문 무사들의 사슬낫 움직임이 현저히 둔화되었다. 두려운 생각이 드니 자연스레 동작 연결이 매끄럽지 못한 탓이었다.

이를 뒤에서 지켜보던 천살조 조장이 재차 닦달했다.

"상대는 한 놈이다. 오독문의 명예가 달린 일이니 목숨을 아낄 생각 마라!"

때마침 터져 나온 조장의 독려에 수하 무사들이 물러서다 말고 다시 사슬낫으로 지평을 공격했다. 하지만 넋 놓고 기다릴 지평이 아니었다. 지평은 지체없이 각법(脚法)을 써서 근처에 있는 무사 옆구리를 적중시켰다.

퍼억!

둔탁한 소리와 함께 옆구리를 허용한 오독문 무사 하나가 반쯤 접힌 채 나자빠졌다.

결국 근접전까지 지평이 압도하자 오독문 무사들은 멀찌감치 떨어져서 사슬낫을 던지는 소극적인 공격만 펼쳤다. 하지만 그런 소극적인 공격에 지평이 당할 리가 없었다.

사실 지금까지 우위를 차지한 것은 지평의 뛰어난 안력 때문이었다. 하지만 오독문 무사들은 오직 달빛에만 의지하고 있었다. 이는 지평에게 아주 유리하게 작용했다. 독문무기 하나 없이 여덟 명이나 되는 고수를 압도하고 있으니 말이다.

다시 조장이 소리쳤다.

"제길! 눈이 아주 밝은 놈이다! 모두 조심해!"

조장의 경고성이 떨어지기가 무섭게, 다시 한 오독문 무사가 그 자리에서 풀썩 쓰러졌다. 지평의 장법에 맞고 쓰러진 것이다. 하지만 이번엔 지평에게도 손실이 있었다. 지금까지 방어 역할을 해왔던 몽둥이가 사슬낫에 두 동강 나버린 것이다.

지평은 하는 수 없이 반 토막 난 몽둥이를 공격하는 오독문 무사들에게 던지며 급히 신형을 뒤로 빼야 했다.

이에 조장이 회심의 미소를 지었다.

"됐다. 저놈은 이제 무기가 없다. 멀리서 공격해라!"

무기를 잃은 지평은 지근거리에서 붙어 싸워야 하는데, 오독문 무사들이 적당한 거리를 두고 공격해 오자 다시 상황이 불리하게 전개되었다.

어둠 속에서 상대방 보다 잘 볼 수 있다는 건 공격과 방어에 무척이나 유리했다. 하지만 지금은 검술을 펼칠 수가 없기 때문에 극독이 묻은 추를 피해 요리조리 도망치는 것이 그가 할 수 있는 전부였다.

장법과 각법을 사용하려고 해도 오독문 무사들이 거리를 내주질 않았으니 어쩔 수 없었다. 하지만 피하는 것에도 한계가 있었다. 얼마 지나지 않아 지평의 턱 끝까지 숨이 차올라왔다.

사실 그가 지금까지 오독문 무사들을 홀로 상대한 것만으로도 대단한 것이었다. 상대보다 많이 움직이고 끊임없이 내력을 운기했으니 말이다.

"흐헉, 헉, 헉!"

지평은 거친 숨을 토해내면서 간신히 오독문 무사들의 추공격을 피하고 있었다.

'역시, 무리였나? 아니야. 조금만, 조금만 더 버티자. 그 자식이 올 때까지만!'

다시금 눈을 부릅뜬 지평은 시간을 조금이라도 더 끌기 위해 진원진기까지 끌어올리려 했다. 목숨이 다급한 지금 이 순간이 아니면 언제 진원진기를 쓰겠는가?

순간 지평의 눈이 이채를 띠었다.

"뭐, 뭐야. 이 기운은!"

진원진기를 끌어올리던 지평은 자신의 몸에서 느껴지는 괴이한 기운에 놀라 자신도 모르게 경탄성을 질렀다. 하지만 이 순간에도 지평의 요혈(要穴)을 노린 오독문 무사들의 공격이 이어지고 있었다.

쉐엑, 쉐엑!

방금 쏜 화살처럼 날카로운 추가 예성을 내뿜으며 지평의 인당과 기사, 두 혈을 노리며 날아들었다. 하지만 지평은 이를 뻔히 보면서도 대처하지 못했다.

잠시 동안의 방심이 부른 화였던 것이다.

지평이 눈을 뜬 채 당하기 전, 그보다 앞서 무언가가 얼굴 쪽으로 날아들었다. 날아드는 추까지 쳐내면서 말이다.

이어 낭랑한 목소리가 지평의 귀에 박혔다.

"그걸 잡아요. 어서!"

지평은 목소리가 시키는 대로 날아드는 것을 확인하지도 않고 손을 뻗었다. 무언가를 손에 쥔 지평은 뒤따라 날아드는 추를 간신히 쳐낼 수 있었다.

다시 지평이 무언가를 손에 들자 오독문 무사들은 쉽게 공격하지 못하고 멈칫거렸다. 자신의 손을 보니 삼룡의 봇짐에 있던 목검이 들려 있는 것이 아닌가.

'누가 이걸 던진 거지?'

어찌 됐든 지평의 손에 보다 검 형태에 가까운 무기가 들려지자 오독문 무사들은 지평을 쉽사리 공격하지 못했다.

잠시 방심했던 조금 전과는 달리 지평은 빈틈을 보이지 않았다. 하지만 그도 자신을 도와준 사람이 누구인지 궁금하기는 했다.

'아까 그 목소리는 꼬맹이였는데. 하지만 그 아이가 무공을 알았던가?'

지평은 오독문 무사들을 경계하면서 목검이 날아온 방향을 힐끗 돌아봤다. 지평의 생각대로 그곳에는 담초홍이 마차에 걸터앉아 지평 쪽을 근심 어린 표정으로 쳐다보고 있었다.

이를 본 지평의 눈빛이 어두워졌다.

이는 담초홍이 자신을 도와준 것이 싫어서가 아니었다. 그녀의 뒤에 있는 검은 인영 때문이었다.

검은 인영은 쇠처럼 거무튀튀한 긴 손톱을 다리 많은 벌레처럼 연신 꿈틀거리는 사파 인물이었다. 그 사파인은 지평이 자신을 보고 있다는 것을 알았는지 담초홍 쪽으로 손을 뻗었다. 그러자 지평이 오독문 무사들을 제쳐 두고 소리쳤다.

"안 돼! 그 아이 건들지 마!"

담초홍은 비로소 승기를 잡은 그가 오독문 무사들을 제쳐 두고 자신 쪽으로 달려오는지 몰랐다. 하지만 그녀도 누군가가 자신을 향해 덮쳐 오는 기운을 곧 느낄 수 있었다.

"으악!"

자신의 의지와 상관없이 가녀린 담초홍의 몸이 마차 위로 번쩍 들어 올려졌다.

억센 힘에 눌린 담초홍은 꼼짝도 못하고 조금 버둥거리기만 할 뿐, 감히 반항조차 못했다.

이어 노기(怒氣) 띤 사파인의 목소리가 지평을 멈춰 세웠다.

"멈춰라! 이년을 죽이기 전에!"

담초홍의 머리채를 잡은 사파인은 바로 독각화선이었다. 그는 날카로운 손톱으로 담초홍의 목을 잡아뜯을 것처럼 위협하고 있었다. 이를 본 지평은 그대로 멈춰 서야만 했다. 그렇게 하지 않으면 그는 정말 담초홍을 죽이고도 남을 것이었기에.

오독문 무사들은 독각화선이 나타나자 즉시 무릎을 구부

리며 예를 올렸다. 하지만 독각화선은 그들의 인사를 무시하
며 일갈했다.

"비겸대 천살조란 놈들이 무기 하나 변변치 못한 놈에게
끌려 다니다니!"

서릿발같은 독각화선의 질책이 이어지자 오독문 무사들은
일제히 머리를 땅에 찍으며 용서를 빌었다. 그러자 독각화선
이 즉시 말렸다.

"됐다. 그동안 고생한 것도 있으니 오늘 너희들의 잘못은
없던 것으로 하겠다."

"감사합니다, 장로님!"

오독문 무사들이 자리를 털고 일어서자 독각화선은 주위
를 두리번거리며 살폈다. 그는 누군가를 찾고 있는 눈치였다.

'삼룡이란 그놈이 보이지 않는군. 벌써 태청검보를 들고
도망친 것인가?'

주위를 살피던 독각화선의 시선이 지평이 들고 있는 목검
부근에 와서 자연히 멈춰졌다.

'그 자식 목검! 내 저것만 생각하면……'

며칠 전 삼룡의 목검에 수난당했던 때를 떠올린 독각화선
은 자연스레 손아귀에 힘이 들어갔다.

"으으윽, 으윽……"

담초홍의 신음 소리가 계속됐지만 악랄한 성정의 독각화
선은 조금도 신경 쓰지 않았다. 오히려 그는 소리가 더 커지

도록 손아귀에 힘을 높이고 있었다.

이를 멀리서 바라만 볼 수밖에 없는 지평이 할 수 있는 것은 아무것도 없었다. 아직까지 오지 않는 삼룡을 원망할 따름이었다.

'이 개자식, 나한테 저 애를 맡겨두고 도망친 게 분명해. 내가 그 자식을 믿는 게 아니었는데.'

독각화선이 비겸대 천살조장에게 말했다.

"그놈이 여길 지나치진 않은 것이냐?"

"예, 장로님! 분명 이곳으로는 그놈이 지나가지 않았습니다. 그놈이 나타났다면 장로님 명대로 미행만 했을 것입니다."

천살조장의 보고에 독각화선이 만족한 듯이 고개를 끄덕였다.

"아미파를 빠져나가는 길은 이곳뿐이니 언젠가는 놈이 여길 지날 것이다. 이대로 자리를 사수한다."

"저희들 숫자가 너무 적습니다. 아미파 고수 몇 정도만 대동한다면 감히 저희가 나설 수 없게 됩니다."

"조만간 비겸대 전체가 이곳에 당도할 터이니 상관없다. 천살조장은 이리로 와서 내 발밑에 쓰러져 있는 이 계집년의 얼굴이나 확인해 보거라. 혹, 내가 찾는 그년일지도 모르니까!"

"예, 장로님!"

독각화선이 명에 천살조장이 재빨리 그의 곁으로 다가왔다.

이때 가만히 지켜보고 있던 지평이 독각화선을 노려보며 소리쳤다.

"오독문이 진정 청성과 척을 지려는 것이 아니라면 지금이라도 그 아이를 놔주길 바랍니다! 그렇게 한다면 오늘 일은 없던 것으로 하겠습니다!"

지평의 제안에 독각화선이 실소하며 대답했다.

"오독문이 청성과 척을 진다고? 크하하하! 여긴 아미파 영역이니 네가 없어지면 아미파와 청성의 문제가 될 뿐이야. 게다가 내가 가지고 있는 화골산이면 네놈은 머리카락 한 올 남지 않지. 그런데 어찌 오독문이 청성과 척을 지게 된다는 것이냐?"

이어 독각화선은 손아귀에 쥔 담초홍을 지평에게 보란 듯이 흔들었다. 마치 지평을 도발하려는 듯이 말이다. 하지만 지평은 달려들지는 못했다. 그랬다가는 독각화선의 흉기 같은 손톱이 당장에 담초홍의 목을 뜯어버릴 테니 말이다.

이를 확인한 독각화선이 천살조장에게 다시 명령했다.

"무엇 하느냐? 내 발밑에 있는 이년의 얼굴을 확인해 보라니까!"

"예, 장로님!"

우렁찬 대답과 함께 천살조장이 마차 쪽으로 접근했다. 하지만 이번에도 천살조장은 백서연의 얼굴을 확인하지는 못했다. 누가 막은 것이 아니라 그 스스로가 접근하기를 포기하고 물러선 것이다.

"우욱, 냄새!"

짧은 헛구역질과 함께 천살조장이 코를 틀어막으며 마차에서 떨어져 나왔다. 그러자 독각화선이 대노하며 소리쳤다.

"내 몸에서 무슨 냄새가 난다고 그러느냐?!"

천살조장이 즉시 부복하며 용서를 빌었다.

"죄송합니다, 장로님! 한데……."

천살조장이 말하는 도중 독각화선 역시 코를 움켜쥐고는 고개를 흔들었다.

"우욱, 이건 똥 냄새 아니냐? 어디서 이런 지독한 냄새가!"

순간 독각화선의 뒤로 역한 냄새와 함께 심상치 않은 기운이 느껴졌다.

'그, 그놈인가?'

아니나 다를까, 독각화선에게 익숙한 목소리가 들려왔다.

"꼬맹이 내려놔!"

그는 바로 삼룡이었다. 스스로 온몸에 말똥을 처바른 해괴한 놈 말이다. 거친 숨소리로 봐서는 아미파에서 여기까지 곧장 달려온 듯했다.

강호에서 적에게 등 뒤를 허용한다는 것은 자신의 칼을 적에게 넘겨준 것과 같다고 했는데, 지금의 독각화선의 처지가 그랬다.

'젠장, 놈에게 뒤를 보이다니. 정면에서도 승부를 장담하지 못하는 놈인데.'

"꼬맹이 내려놓으라 했다, 독각화선!"

삼룡의 서슬 퍼런 경고에 독각화선은 겁을 먹었으면서도 담초홍을 내려놓지 않았다. 아직 그의 손에는 삼룡을 겁줄 인질이 있다는 생각에서 말이다.

"네놈이 어떻게 기척을 숨기고 내 뒤를 접근했는지 모르겠다만, 이 아이를 죽이고 싶지 않으면 물러서는 게 좋을 거야!"

독각화선의 협박에 삼룡은 오히려 반기듯이 말했다.

"그 아이를 죽이려면 죽이든지 말든지 맘대로 해. 나한테는 귀찮기만 한 존재니까. 대신 네 목숨은 내 거다. 저 아이의 복수는 해줘야 하지 않겠어? 오룡이, 뭐 하냐?"

'오룡이? 누가 함께 온 것인가?'

독각화선이 의구심을 품을 새도 없이 서늘한 기운이 순식간에 그의 목을 휘감았다.

처음에는 그도 차가운 밤공기가 부는 줄 알았다. 하지만 곧 서늘한 기운의 정체가 뱀이란 것을 알아채고는 적지 않게 당황했다. 독으로 명성이 자자한 독각화선에게 감히 누가 뱀 따위로 위협을 가한단 말인가?

이는 오직 삼룡이란 놈뿐이었다.

"꼬맹이 바로 내려놓지 않으면 그 독사가 네 목을 물 거다.

그러면 해독할 시간도 없이 죽어. 아, 독사에 대해서는 나보다 더 잘 아니까 설명 안 해줘도 되지?”

우스운 건 이번에도 삼룡의 엉뚱한 협박이 통하고 있다는 것이다.

“어, 어림없다. 이 아이 목숨을……!”

독각화선이 삼룡을 다시 협박하려 하자 그의 귀를 타고 독기(毒氣) 품은 소리가 귓전을 때렸다.

쉬이이익!

독 없는 구렁이 같은 뱀과 독을 품은 뱀은 소리가 달랐는데, 사파제일독문이라 자부하는 오독문의 장로 독각화선이 이를 구분하지 못할 리가 없었다.

‘독사다. 게다가 독을 잔뜩 머금고 있는 놈이야!’

순간 재빨리 계산을 하는 독각화선이었다.

‘비겹대 고수 백 명이 곧 합류할 테니 언제든 이놈을 잡을 수 있어. 그리고 내가 원하는 건 태청검보와 금선혈와야. 그러니 무리하지 말자.’

“자, 잠깐! 시키는 대로 하겠소이다.”

말을 마치자마자 독각화선은 담초홍을 조심스레 마차에 내려놓았다. 그러자 삼룡이 기다렸다는 듯이 독각화선의 등짝을 걷어차며 소리쳤다.

“내려, 이 자식아!”

등짝을 걷어차인 독각화선은 볼썽사납게 마차 아래로 처

박히듯 내려섰다. 하지만 절정에 근접한 그였기에 거꾸로 처박히는 험한 꼴은 당하지 않았다.

이를 지켜보던 오독문 무사들은 자신들의 장로가 왜 맞고만 있는지 이해가 되지 않았다. 빈틈을 많이 보이고 있던 조금 전 상황에서는 어쩔 수 없었다 치더라도 지금의 상황이라면 마음껏 독수(毒手)를 펼칠 수 있는 인물이 바로 독각화선이지 않은가! 게다가 상대는 청음객잔에서 삼류라 손가락질 받던 바로 그 한심한 놈이었지 않은가?

물론 독각화선의 입장에서야 삼룡이란 놈의 본색을 잘 알기에 일단 맞고만 있는 것이었지만.

"야, 니들은 뭐 해. 이쪽으로 안 와?!"

삼룡이 오독문 무사들에게 명령했지만, 어디 그들이 그의 말을 듣는 사람들이었던가? 오히려 눈을 부릅뜨고 무섭게 째려보는 오독문 무사들이었다. 하지만 그것도 잠시였다. 삼룡이 놈이 하고 있는 꼬락서니가 맨눈으로 봐줄 수가 없는 지경이었다.

"우욱, 저게 다 똥이야!"

한 무사가 삼룡의 몸에 붙어 있다가 우수수 떨어지는 말똥을 보고 헛구역질을 하자 다른 무사들도 고개를 돌렸다. 그러자 독각화선에게 더욱 분풀이를 하는 삼룡이었다.

"봤지? 니 수하들이 날 비웃는 거! 너 오늘 날 잡은 줄 알어!"

“그게 아닐 겁니다, 대협!”

“그게 아니긴 뭐가 아니야?”

다시 삼룡의 발길질이 시작됐지만 독각화선은 조금도 저항하지 않았다. 그는 그나마 삼룡이 균검이라는 목검을 들지 않은 것만으로도 다행이라 여기고 있었다. 하지만 그것은 독각화선만의 착각이었다.

“지 도장, 내 목검 이리 줘봐요. 이 자식들 골고루 균검 맛 좀 보여주게!”

이 소리에 독각화선의 얼굴은 사색이 되어갔고, 아직 균검의 맛을 모르는 오독문 무사들은 자신들의 장로가 왜 맞고만 있는지 고개를 갸웃거리고 있었다.

第二章

삼풍대협(三風大俠)

허허실실

며칠 전부터 아미파에서 성도(成都)로 향하는 관도에 위치한 객잔들마다 너무 허무맹랑해서 아무도 믿지 않는 소문 몇 가지가 돌았다. 그 소문들을 접한 무림인들은 모두 헛소리라고 치부했지만, 떠벌리기 좋아하는 사람들의 입을 타고 성도까지 그 소문이 퍼지고 있는 중이었다.

일단 허무맹랑한 소문은 두 인물에 관한 얘기였다.

첫 번째 인물은 개방의 한 고수 얘기였다. 개방 고수 하나가 아미파 근방에 나타나 근처를 지나는 오독문의 비겁대 무사 수백여 명을 모조리 무릎 꿇리고 일일이 수백 대씩을 때리며 훈계했다는 얘기였다.

물론 소문의 특성상 개방 고수에게 당한 비겸대 무사들의 숫자가 점점 늘고 있는 중이었다. 벌써 그에게 맞은 비겸대 무사들의 숫자가 오독문 전체 문도 수를 넘기고 있었으니 말이다.

어쨌든 황당한 이 소문을 믿는 이는 극히 드물었다. 사파 무인들 중에서도 악랄하기로 이름난 오독문, 그것도 사슬낫으로 나는 새도 떨어뜨린다는 최정예 비겸대 무사들이 단 한 명과 싸워보지도 않고 그냥 무릎 꿇을 리가 만무하다고 생각한 것이다.

어찌 됐든 사람들은 이 고수를 개방신룡이라 불렀다. 하지만 이 소문은 두 번째 인물에 관한 소문보다는 덜 황당했다.

두 번째 황당한 소문은 아미산에서 은거를 하고 있던 전대 마두(前代魔頭)가 절세신공을 터득한 끝에 단신으로 아미파를 쳐들어갔고, 거기서 아미신녀를 죽이고 아미파 제자들을 닥치는 대로 농락한 후, 그 증거를 남기기 위해 아미파 곳곳에 불을 질렀단 얘기였다.

아무리 신공을 익힌 전대 마두라지만, 오독문의 비겸대도 아닌 구파일방 중에 수위를 차지하는 아미파 전체를, 그것도 단신으로 깨부쉈다는 말을 믿는 이는 아예 없었다.

그래서 대부분 강호인들은 아미파 제자들에게 죽을 위기에 처했던 음적이 구사일생으로 도망친 다음 악의적으로 퍼뜨린 소문이라고 생각했다.

어쨌든 사람들은 그 소문의 고수를 아미음마라 불렀다.

객잔에서 이 황당한 두 인물에 대한 소문을 접한 무림인들의 반응도 두 가지로 나뉘어졌다. 개방신룡 얘기를 더 못 믿겠다거나 아미음마 얘기를 더 못 믿겠다는 반응으로 말이다.

양쪽 모두 황당해서 못 믿겠다는 반응이었지만 정파 무사들은 개방 고수의 소문을 주로 얘기했고, 사파인들은 전대 마두가 등장한 소문을 퍼뜨렸다.

이를 두고 정파와 사파 무사들 사이에 가끔 소동이 벌어지기도 했지만, 워낙 황당한 소문인지라 큰 싸움으로 번지지 않고 대부분 얼굴만 붉히는 선에서 마무리되곤 했다. 그리고 여담으로 따라다니는 소문이 하나 더 있었다.

하지만 이 소문은 정파, 사파 무사로 나뉠 것 없이 모두가 진짜라 믿는 소문이었다.

이 소문은 사천 남부 출신 삼류무사의 얘기였다.

그는 현 마교 교주의 딸 시산노호의 사형이자 태청검보를 익힌 절세고수라고 알려진 무사였는데, 한 객잔에서 봉황성의 음양쌍랑에게 허풍을 쳤다가 들통이 났고 그 때문에 죽을 위기에 처했으나 워낙 보잘것없는 무공 수준이라서 그녀들이 차마 손을 쓰지 않고 살려줬다는 얘기였다.

사람들이 이 소문을 진짜라 믿는 데에는 이유가 있었다. 우선 그 소문의 발원지가 제법 그럴법한 장소였다. 바로 아미파의 입구에 있는 청음객잔 말이다. 그리고 그 삼류무사를 직접 봤다는 사람들 숫자도 꽤 되었다.

게다가 그들의 입에서는 하나같이 그 무사의 공통된 이름이 거론되었기에 신빙성이 뒷받침되었다. 하지만 무림의 강호인들은 그의 이름을 부르기보다는 별호를 부르기를 좋아했다.

그 무사의 별호는 바로 '삼풍대협'이었다.

사람들이 그 삼류무사를 삼풍대협으로 부른 이유를 들자면, 우선 형편없는 무공으로 허풍(虛風)을 떨었다고 해서 일풍(一風)이 되었고, 그럼에도 먹는 식풍(食風)이 절세고수보다 뛰어나다고 해서 이풍(二風), 거기에 술을 좋아한 나머지 독이 든 술도 마다않는 주풍(酒風)을 가졌다고 해서 삼풍(三風)인 삼풍대협으로 불리게 된 것이다.

그리고 이 삼류무사의 출신 문파 이름도 함께 거론됐는데, 그 문파의 이름은 개소문이었다.

*   *   *

햇볕이 내리쬐는 한낮, 한 마리의 말이 끄는 짐마차 한 대가 빠르지도 느리지도 않은 속도로 쌍류현을 지나 성도로 향하고 있었다.

마부석에는 녹의를 입은 오독문 무사 두 명이 상기된 표정으로 조신스럽게 마차를 몰고 있었는데, 이들 둘 모두 무언가에 심하게 맞은 듯 얼굴이 심하게 일그러져 있었다. 하지만 이 무사들은 그런 몰골에 상관하지 않고 최대한 흔들리지 않도록 마차를 몰고 있었다.

그렇지만 관도(官途)라고 해서 어디 길이 평탄한 곳만 있겠는가?

덜컹!

돌에 바퀴가 걸리자 마차가 좌우로 흔들거렸다. 마차를 운행하다 보면 이 정도 돌에 걸리는 것쯤은 당연한 것이었다. 하지만 마차를 몰고 있는 오독문 무사들은 마치 큰일이라도 난 것처럼 서로의 얼굴을 마주 보며 당황하고 있었다.

잠시 놀란 마음을 추슬렀는지 고삐를 쥐지 않은 오독문 무사가 아주 조심스럽게 고개를 돌려 뒤를 확인했다.

이 무사가 쳐다보는 쪽에는 삼룡이 피곤한 기색으로 졸고 있었고, 그 옆으로 담초홍과 백서연이 나란히 앉아 있었다. 그리고 나머지 한 사람, 지평이 삼룡의 바로 앞에 앉아 있었다. 이들은 이전처럼 혈흔이 묻고 찢어진 옷차림이 아니라 낡고 수수한 차림으로 바뀌어 있었다.

아마도 그간 찢어지고 피 묻은 옷을 대신해 헌 옷을 구해 갈아입은 모양이었다. 물론 삼룡은 말똥 묻은 누더기를 대충 빨아서 입고 있었지만.

"휴우!"

삼룡이 잠에서 깨지 않자 이를 확인했던 무사는 살짝 안도의 숨을 내쉬었다. 하지만 그래도 안심이 되지 않는지 그는 다시 담초홍의 옆을 살폈다.

그곳에는 백서연이 심드렁한 표정으로 하늘을 쳐다보고 있었다. 하지만 백서연도 가끔 졸고 있는 삼룡을 힐끗힐끗 쳐다보기만 할 뿐, 마차가 흔들리는 것에는 전혀 신경 쓰지 않았다.

무사는 다시 안도의 숨을 내쉬며 그녀의 앞쪽으로 시선을 옮겼다. 하지만 곧 무엇을 봤는지 화들짝 놀라며 고개를 앞쪽으로 돌리는 것이었다. 그러자 고삐를 쥔 오독문 무사가 그에게 물었다.

"조장, 살짝 흔들린 정도니 괜찮은 거죠?"

옆에 있던 무사는 대답 대신 몸을 부르르 떨며 눈을 질끈 감았다. 그러자 마차를 모는 무사까지 깜짝 놀라며 눈을 질끈 감는 것이었다.

동시에 마차 뒤쪽에서 고성이 들렸다.

"이 새끼들이 마차 험하게 몰지 말라고 했더니, 전부 눈을 감으면 어쩌자는 거야! 눈 안 떠?"

고함 소리와 함께 날선 회초리 하나가 마부석에 앉아 있는 오독문 무사들의 등짝을 향해 날아들었다.

마차를 모는 오독문 무사들에게 회초리로 등짝을 갈기는 인물은 사람 좋던 청성의 지평이었다. 그는 무엇이 그리 화가 나는지 오독문 무사들을 쥐 잡듯이 매질하기 시작했다.

　반면 졸고 있던 삼룡이나 담초홍은 지평이 어떤 행동을 하든 상관하지 않고 좀 전의 상태를 유지하고 있었다. 다만 백서연만이 불같이 화내는 지평과 삼룡 사이를 번갈아 쳐다보며 다시 하늘을 멍하니 쳐다볼 뿐이었다.

　마부를 때리면 자칫 마차가 전복될 수도 있었지만, 오독문 무사들은 회초리에 단련이 되어 있는지 아니면 맞는 데 이력이 나 있는지 꿋꿋이 지평의 매질을 견뎌내고 있었다.

　지평의 매질은 회초리가 부러진 이후에야 비로소 멈춰졌다. 부러진 회초리를 보며 지평이 아쉬운 듯이 콧감을 씩씩 내뿜으며 말했다.

　"다시 한 번 마차가 흔들렸다간 봐라. 네놈들 뼈를 모조리 분질러 버릴 테니까!"

　엄포를 놓고 자리에 앉는 지평의 옆에는 방금 쓴 것과 비슷한 회초리가 수북하게 쌓여 있었다.

　상황이 대충 마무리되자 오독문의 무사들은 일찍 매질이 끝났다는 듯 기쁘게 대답했다.

　"예, 대협!"

　이후 조심스럽게 마차를 몰다 보니 자연 마차의 속도가 줄어들 수밖에 없었다. 그러자 다시 지평의 노성이 터져 나왔다.

　"마차가 늦으면 성도에 늦게 도착하잖아! 오늘 안에 성도에 당도하지 않으면 네놈들 껍질을 벗겨놓을 것이야!"

좀 전에 있었던 무자비한 매질 때문이었는지 다시 마차의 속도가 이전처럼 제 속도를 내기 시작했다.

지평이 자리에 앉을 때를 맞춰 삼룡이 기지개를 켜며 잠에서 깨어났다.

"으아함, 잘 잤다."

삼룡의 목소리가 들리자 오독문 무사들은 이전보다 더 긴장했다. 이들은 불같이 매질하는 지평보다 방금 잠에서 깨어난 삼룡이 더 무서운 모양이었다. 늘어지게 하품을 한 삼룡은 고개를 두리번거리더니 앞에 앉아 있는 지평에게 말을 걸었다.

"너, 아직 화가 덜 풀렸냐?"

그러자 방금 전까지 화를 내던 지평이 이내 고개를 흔들며 대꾸했다.

"아니에요, 형님! 다 풀렸어요. 그냥 저 자식 뒤통수만 생각하면 그때 생각이 나서."

"그냥 잊어. 좋은 기억도 아닌데 뭘!"

"알겠습니다, 형님!"

그간 무슨 일이 있었는지, 명문 청성파 출신의 지평이 삼룡에게 꼬박꼬박 형님 대접을 하고 있었다. 지평이 나이가 어리긴 했으나 삼룡과 몇 살 차이가 나지 않았다. 게다가 명문정파의 출신들은 문파의 위신 때문에 함부로 존칭을 쓰지 않는 것이 보통이었다.

대개 사람들이 구대문파 출신들이 거만하다고 하는 것도 문파의 위신 때문에 허리를 굽히지 않기 때문이었다. 그런데 삼룡이 개소문이라는 보잘것없는 문파 출신이란 걸 뻔히 아는 그가 지금 형님 대접을 하고 있는 것이었다.

이때 잠자코 있던 백서연이 못마땅한 표정으로 입을 열었다.

"정말, 삼룡 당신이 내 목숨을 살렸단 말이야?"

그러자 삼룡은 귀찮다는 듯 귀를 후비며 말했다.

"아참, 몇 번을 말해야 돼. 안 그럼 누가 당신을 살려줘? 여기 지평이도 봤다니까 자꾸 그러네."

삼룡이 눈치를 주자 지평이 얼른 나섰다.

"형님이 분명 백 낭자를 구했습니다. 아마 형님이 아니었으면 아직까지 아미파 뇌옥에 갇혀 있었을 겁니다. 그때 저 또한 아미신녀를 죽였다는 누명으로 뇌옥에 갇힐 뻔했으니까요."

지평에 말에 백서연의 눈썹이 살포시 흔들렸다. 무언가 그녀의 마음에 들지 않는다는 뜻이었다. 하지만 이를 알 리 없는 지평은 오독문 천살조 조원 무사들과 싸운 일이며, 독각화선이 삼룡에게 꼼짝도 못하고 맞은 일까지 하나하나 끄집어내며 삼룡을 칭찬하기 바빴다.

"아미파를 벗어난 이후에 저기 오독문 무사들과 부딪쳤을 때도 형님이 아니었다면 정말 저희 모두는 죽었을지도 모릅니다."

 한참 설명을 들었음에도 백서연은 도저히 믿을 수 없다는 표정이었다.

 "저 자식 무공이 괴상한 건 알겠는데, 어찌 저 자식 혼자서 비겸대 무사들을 상대했다는 겁니까? 지평 도장의 얘기로는 어쨌든 저 자식 혼자 해치웠다는 거 아닙니까?"

 따지듯 묻는 백서연의 말에 지평은 식은땀을 흘려야 했다.

 '아, 얼굴은 그렇게 안 생겨놓고 참 집요하단 말이야. 삼룡 형님은 백 낭자가 어디가 좋다는 건지? 차라리 고분고분한 아미파 송현 낭자가 나은데…….'

 지평이 대답은 않고 멍하게 자신을 쳐다보고만 있자 백서연의 언성이 높아졌다.

 "지금 내 말 무시하는 거예요? 왜 대답을 안 해요, 대답을!"

 "그게 직접 본 저도 믿을 수 없지만, 비겸대 무사들이 도착했을 때 삼룡 형님이 한창 독각화선을 패고 있었습니다."

 독각화선 얘기가 나오자 오독문 무사들은 더욱 긴장하며 삼룡의 눈치를 더 보는 것이었다. 마치 똥줄 탄 강아지마냥 자신들에게 불똥이 튈까 봐 전전긍긍하는 모습들이었다.

 백서연은 이 점이 더 못마땅한 듯 목소리를 더욱 높였다.

 "근데 왜 지들 장로하고 동료가 맞고 있는 걸 보고도 무릎을 꿇었다는 거예요? 목숨을 걸고 복수를 해도 시원치 않을 판에."

“그게 워낙 심하게 맞고 있어서. 옆에서 보고 있는 저조차 무서웠으니까요.”

“대체 그 독각화선이라는 자가 어떻게 맞고 있었는데 사파 무사라는 자식들이 싸울 생각을 못한다는 겁니까?”

그러자 지평이 답답한 듯 하늘을 쳐다보며 말했다.

“그 상황을 직접 보지 않고서는 도저히 이해가 불가능해서, 아무튼 중요한 건 형님이 독각화선을 훈계하는 그 순간은 누구도 나설 생각을 못했을 겁니다, 백 낭자.”

지평이 말을 마치며 삼룡의 옆에 있던 담초홍에게 구원의 눈빛을 보냈다. 그 상황을 함께 본 다른 증인이 바로 담초홍이지 않은가. 하지만 담초홍은 지평의 눈빛을 외면하며 차갑게 고개를 돌렸다.

“흥!”

이에 더욱 난처해진 지평이 제대로 대답도 못하고 머리를 긁적이자 백서연은 답답한 듯 혼자 중얼거렸다.

“도대체, 인간을 어떻게 팼기에……..”

원하는 대답을 듣지 못한 백서연은 다시 혼자만의 생각에 빠졌다. 그녀로서는 지금의 상황이 도저히 이해가 되지 않았다. 사실 그녀가 정신을 차리고 일어나 보니, 말똥 냄새가 극심한 삼룡의 품에 자신이 누워 있는 것이 아닌가.

뭐, 거기까지는 그나마 괜찮았다. 이후 몸을 추스르고 일어나 보니 독각화선을 비롯한 백여 명의 비겸대 무사들이 백서연 자신에게 큰 죄를 지은 것처럼 용서해 달라고 일제히 무릎을 꿇고 있는 것이었다.

그리고 한쪽에서는 지평이 천살조 조원 여덟 명을 미친 듯이 구타하고 있었다.

폐사당에서 벌어진 일의 주동자 색출을 위해서라나? 아무튼 그때 지평은 좀 전처럼 거품을 물고 매질을 하고 있었다.

뭐, 그 문제도 지나고 보니 별문제가 아니었다. 정작 문제는 그녀의 기억에 있었다.

자신의 이름 '백서연' 만 기억날 뿐, 자신이 왜 아미파에 왔는지, 어디서 왔는지 도무지 기억이 나질 않았다. 다만 삼룡이란 놈의 이름만 들어도 알 수 없는 거부감이 든다는 사실과 그런 놈이 자신을 구해줬다는 것이 믿기 힘들다는 느낌뿐이었다.

게다가 이 삼룡이란 놈이 한다는 말이, 자신이 놈과 장래를 약속한 사이란다. 뭐, 예물로 조그만 상자 세 개를 주었다나?

물론 백서연은 본능적으로 그 말을 믿지 않았지만, 지평이 옆에서 한다는 말이 자신의 목숨을 삼룡이 여러 차례 구해줬다고 두둔하는 것이 아닌가? 세상 그 누구도 그렇게까지는 못했을 거라나?

아무튼 백서연에겐 이런 상황인 것이다.

'내가 저놈이랑 평생 살아야 하는 건가!'

다시 힐끔 삼룡을 쳐다보던 백서연이 땅이 꺼질 정도로 한

숨을 내뱉었다.

"휴우우우……."

이런 백서연의 속도 모르고 삼룡은 뭐가 좋은지 싱글벙글 미소를 머금은 채 다시 졸고 있었다.

'사부님, 제자 삼룡 곧 장가듭니다!'

*　　*　　*

사천에는 독과 암기로 유명한 무림세가(武林世家)가 하나 있다. 이름하여 사천당가(四川唐家). 이 사천당가는 전 태상가주 무형독비(無形毒匕) 당극천 대에 이르러 오대세가에 이름을 올린 사천제일의 무가(武家)였다.

원래 사천당가는 신묘한 암기 제작과 예측 불허의 암기술로 이름이 알려졌으나 대다수 무림 문파가 그렇듯 그저 그런 문파 중에 하나였을 뿐이었다.

이는 제아무리 기기묘묘(奇奇妙妙)한 암기와 예측할 수 없는 암기술을 쓴다고 할지라도 신법이 뛰어나고 체외로 독을 배출시킬 수 있는 절세고수 앞에서는 그 모두가 소용없었기 때문이다.

즉, 절세고수를 배출시키지 못하는 문파의 한계가 있었던 것이다.

그런 한계가 명백했지만 당가 사람들은 자신들이 개척한

부분을 쉽게 포기하지 않으려 했다. 오히려 암기술을 더욱 발전시키고, 내력처럼 체내에 독공을 쌓아 그 한계를 극복하려 한 것이다.

하지만 말이 쉽지, 그건 단기간에 극복될 문제가 아니었다. 지금에 와서 돌이켜 봐도 몇 대를 걸쳤는지도 모르는 기나긴 시간을 허송세월로 보냈으니 말이다.

그렇다고 다른 문파나 무림세가가 사천당가처럼 노력을 하지 않아서 오대세가의 반열에 끼지 못한 것은 아니었다. 그래서 한때는 지금의 사천당가가 있기까지 태산북두 소림사의 물밑 지원이 있었다는 풍문이 돌기도 했었다.

물론 확인되지 않은 풍문이었지만, 사파나 정파, 그 어느 편도 아니었던 그들에게 소림이 내가심법이 적힌 비급을 전해주고 정파로 끌어들였다는 얘기는 정설로 통했다.

그렇지만 그 풍문을 모두 정설로 인정하더라도 당가(唐家)가 소림의 도움만으로 오대세가에 이름을 올린 것은 아니었다. 구파일방과 어깨를 나란히 하는 오대세가의 위치는 단순히 소림에서 전해준 내가심법 몇 개로 오를 수 있는 위치가 결코 아니었으니까.

당가가 오대세가에 반열에 오른 것은 순전히 무형독비 당극천 때문이었다. 당극천이 가주로 있을 당시에는 무림강호에 수많은 혈겁이 있었는데, 사천당가 또한 그 혈겁에서 자유로울 수 없었다.

그때 당극천에게는 새외 독곡(毒谷)의 귀원독성(歸元毒聖)에 버금가는 독공과 당가 비전의 암기술 만천화우가 있었지만, 세상이 뒤집어질 무림 혈겁에서 가문 전체가 살아남기에는 역부족일 수밖에 없었다.

특히나 당시 거대 문파였던 이화문(梨花門)의 습격을 받았을 때에는 멸문 위기까지 처했었다. 하지만 위기가 곧 기회라고, 당극천은 이화문 문주 괴월량과의 생사결에서 그간의 독공과 암기술을 초월한 무형지독(無形至毒)과 무형지표(無形至鏢)의 경지에 들게 되었다.

그들의 생사결을 지켜본 무림인들은 당극천의 손에 아무것도 없었음에도 불구하고 괴월량이 무언가에 맞은 듯 괴롭게 비명을 지르다가 죽었다고 증언했다. 그리고 괴월량이 죽고 난 뒤에 시체를 확인해 보니 그의 몸에는 암기와 독에 당한 것처럼 무수한 상처가 있었고, 상처마다 중독 증상이 남아 있었다고 했다.

그 생사결 이후로 사천당가와 척을 지는 문파의 수는 급속히 줄어들 수밖에 없었고, 급기야 오늘날 오대세가의 위치에 오르게 된 것이었다.

하지만 이 사천당가에도 말 못할 고민이 하나 있었다.

바로 전대 가주인 당극천이 이룩한 일생일대의 절학 무형심결(無形心訣)을 그 누구도 전수받지 못했다는 것 말이다.

물론 일곱 명 모두 기재(奇才)라 불렸던 당극천의 아들들이 전수받으려 했지만 모두 중도에 포기하고 말았다. 하지만 당극천이 전수한 절학은 중도에 포기하는 것으로 끝나지 않았다.

중도에 포기한 당극천의 아들들이 미처 광인이 되거나 원인 모를 병이 들어 시름시름 앓다가 죽게 되었던 것이다.

당극천이 뒤늦게 이 사실을 깨달았을 때는 대부분의 자식들이 광인이 되거나 병들어 죽게 된 이후였다. 그렇지만 사천당가에 남자만 있던 것은 아니었다. 바로 당극천의 딸들이 자청해서 모든 위험을 무릅쓰고 그의 절학을 전수받겠다고 나선 것이다.

하지만 당극천은 딸자식들까지 죽게 할 수는 없었다. 결국 긴 고심 끝에 그는 핵심 정수를 뺀 무형심법을 딸들에게 전수했다. 그리고 약해진 세력을 보충하기 위해 데릴사위를 들이는 조건으로 딸들의 혼인을 허락했다.

다행히도 무형독비라는 명성 때문에 데릴사위들도 스스럼없이 자신들의 성을 버리고 당(唐)씨 성을 받아들였다.

이런 노력과 사연으로 당극천 사후에도 사천당가는 오대세가의 명맥을 유지할 수 있었다. 하지만 지금의 당가는 지금껏 감춰둔 문제로 기인한 큰 위기에 직면하게 되었다.

그 위기는 바로 현 태상 가주 사천독군(四川毒君) 당원영의 앞으로 날아든 한 장의 첩지로부터 시작되었다.

성도에 위치한 사천당가 가주의 전각에는 태상 가주 사천독군 당원영을 비롯한 당가의 가솔(家率)이자 당가를 이끌어가는 핵심 수뇌부인 그의 아들과 딸, 사위들 모두가 탁자를 마주하고 앉아 있었다. 이들은 하나같이 모두 독과 암기로 이름을 날리는 쟁쟁한 강호 고수들이었다.

이 중 사천당가를 이끌고 있는 가주이자 당원영의 큰아들 연환철표 당철영이 침통한 표정으로 한 장의 첩지를 바라보고 있었다. 그가 들고 있는 첩지의 겉봉에는 붉은 주사로 봉문첩(封門牒)이라 쓰여 있었다.

모두들 침묵하고 있는 가운데, 끝에 앉아 있던 막내딸 흑미호(黑尾狐) 당철향이 나섰다.

"오라버니, 첩지만 보고 있으면 뭐가 해결돼요? 며칠 안으로 탈명표왕이 생사결(生死決)을 하자고 올 거란 말이에요."

그녀의 나이 방년 이십칠 세였지만 아직 미혼이었다. 지천명(오십 세)을 두 해나 넘긴 당철영은 자신보다 한참 어린 동생의 높은 언성에 화내지 않고 고개만 가로저었다.

그러자 그녀의 넷째 언니 사천독의(四川毒醫) 당철심이 나섰다.

"오라버니라고 대책을 세우고 싶지 않겠니? 이번 일은 문파의 은원에 해당하니 도움을 요청할 수 없는 거잖아!"

당철심은 당철향보다 열세 살 터울로 독과 의술에 뛰어나 전설의 명의인 독의(毒醫)와 비견된다고 하여 사천독의라 불렸다. 그녀는 돌아가신 어머니 대신 천방지축인 그녀를 훈계하고 타이르는 어머니 같은 존재이기도 했다.

그런 당철심이 나서서 말렸지만 오늘 당철향의 기세는 꺾이지 않았다.

"그건 나도 알고 있어, 언니. 생사결이 싫으면 할아버지의 무형심결을 내놓으라니, 세상에 이런 법이 어디 있어?"

"철향아, 아무리 정도를 지키는 정파라 하더라도 강호는 힘이 곧 법이야. 그들도 과거에 생사결을 통해 문파의 존망을 걸었어."

"그럼 청성파에라도 도움을 요청하는 건 어때요? 언니가 치료해 주고 있는 청성파 사람도 있잖아요. 지금까지 아무 대가도 없이 도와줬으니 그쪽에서도 분명 우릴 도우려 할 겁니다."

"그건 안 돼. 혈향시독은 나도 해독할 수 없어. 간신히 생명 유지만 시키고 있는데 어떻게 문파의 존망이 달린 일에 전면으로 나서 달라고 할 수 있겠니?"

"하, 하지만……."

당철향이 더 따지려고 하자 연환철표 당철영이 손을 들어 말렸다. 그리곤 심각한 표정으로 말했다.

"아버지나 우리가 도움을 요청할 생각을 못해서 이러고 있는 게 아니다. 이 정도 일에 손을 벌리게 되면 오대세가의 명성을 스스로 포기해야 하기 때문이야."

그러자 당철영의 동생이자 첫째 언니인 홍화독랑(紅花毒螂) 당철노가 거들었다.

"철영 오라버니 말이 맞아. 너도 생각해 봐. 우리에게 봉문첩을 보낸 탈명표왕의 명성이 감히 아버지와 오라버니 명성에 비교할 수 있겠니?"

"큰언니, 탈명표왕은 과거 할아버지에게는 못 미치는 실력이지만 암기 하나로 강호를 주름잡은 자예요. 만천화우보다 더 뛰어난 암기술을 가지고 있고, 이화문의 내공심법을 얻어서 절정을 뛰어넘는 고수가 됐다구요. 웬만한 독과 암기로는 그를 이길 수 없어요."

당철향의 목소리가 커지자 태상 가주 당원영이 고개를 내저으며 한탄했다.

"이 모두가 내 탓이다. 장인어른의 진전을 이어받지 못한 내 탓이야. 이름만 사천독군이지, 이 나이 먹도록 장인어른의 발끝도 쫓아가지 못하고 있으니. 너희들 어머니와 고모들만 살아 있었어도 이런 수모는 당하지 않았을 텐데."

이에 당철영이 그를 위로했다.

"아닙니다, 아버지! 할아버지께서도 더 이상 진전을 잇는 것은 불가능하다 말씀하셨지 않습니까."

"아니다. 난 형님들의 전처를 밟지 않기 위해 몸을 사렸어. 비록 장인어른이 말렸다곤 해도 나중에는 너희 고모들처럼 목숨을 걸고 진전을 이어받았어야 했다. 그랬다면 오늘날처럼 껍데기만 남은 사천당가는 되지 않았을 것이다."

아버지 당원영이 한탄하자 막내딸 당철향이 다시 나섰다.

"우리는 약하지 않아요. 만천화우도 그대로고 다른 무공도 그대로잖아요. 그리고 어차피 무형심결의 진전은 이을 수 없어요. 그러니까 차라리 무형심결을 주는 것이 어때요?"

그러자 과묵하게 듣고만 있던 그녀의 큰 형부 철포정(鐵砲釘) 당화기가 나섰다.

"처제, 그는 생사결 전에 무형심결을 내놓으면 봉문시키지 않겠다고 했어. 왜 그랬을 것 같아?"

당철향이 아무 말도 못하자 당화기가 설명하듯 말했다.

"그가 시키는 대로 피를 흘리지 않기 위해 무형심결을 내놓게 되면 과거 이화문과 생사결을 펼친 무형독비 할아버님의 이름을 우리 스스로 더럽히는 거라구."

당철향이 울먹이며 말했다.

"그럼 그깟 명성 때문에 아버지와 오라버니가 돌아가시게 내버려 둬야 한단 말이에요?"

오열하는 듯한 그녀의 말에 그 누구도 대답하지 못했다. 전각에 있는 그 누구도 지금 그녀가 어리다고, 버릇없다고 생각하는 이는 아무도 없었다. 모두 그녀의 진심을 알고 있었으니까.

다만 사천독의는 홀로 고민에 빠져 있었다. 자신조차 해독할 수 없는 혈향시독을 이용하는 방법에 대해서 말이다.

'혈향시독을 쓰면 이길 가능성은 커. 하지만 우리 쪽 피해가 너무 커지는 게 문제야. 아직 해약도 없는데 무리하게 독술을 펼치면… 일단 다른 방법도 찾아봐야겠어.'

*　　　*　　　*

눈앞에 성도가 보이자마자 삼룡이 타고 있는 마차가 갑자기 멈춰 섰다. 그러더니 지금껏 마차를 몰던 오독문의 무사들이 마부석에서 뛰어내려 꽁무니를 내빼듯 도망치는 것이었다.

지평과 백서연, 담초홍은 도망가는 그들의 뒷모습을 보고도 무표정했다. 물론 삼룡은 여전히 졸고 있는 상태였다. 추측컨대 오독문 무사들은 성도 바로 앞까지만 마부 노릇을 하기로 약조한 모양이었다.

아무래도 정파 세력이 넘치는 곳에 잔뜩 얻어맞은 몰골로 발을 들여놓기는 죽기보다 싫었을 테니 말이다.

잠시 정적이 흐르고 백서연과 담초홍의 시선이 지평에게 모아졌다.

누군가 마차를 몰고 성도로 가야 하는데, 그 누군가가 하나로 압축되고 있는 상황이었다. 잠시 둘의 시선을 받은 지평이 옷에 묻은 먼지를 툭툭 털며 일어섰다.

"어휴, 알았습니다, 알았어. 제가 마부 노릇을 하죠. 근데 삼룡 형님이 안 일어나시네요? 배가 고프실 때가 지난 거 같은데?"

자고 있는 삼룡의 등에 비수를 꽂으며 지평이 마부석으로 옮겨 앉자 '덜그럭' 소리를 내며 마차가 다시 성도 쪽으로 나아갔다.

＊　　　＊　　　＊

무명촌 개소문에는 사룡이 고삐 풀린 망아지처럼 어슬렁거리며 마당을 배회하고 있었다. 그런데 사룡의 모습은 며칠 사이 몰라보게 수척해 있었다.

그는 그동안 잠도 못 자고 제대로 먹지도 못했는지 무척이나 초췌한 모습이었는데, 아무래도 무언가 큰 근심거리가 생긴 모양이었다.

"대체 사부가 가출을 하는 게 말이 되는 거야? 가출을 해도 제자인 내가 해야지, 사부님이 가출을 하는 경우가 어디 있어?"

혼잣말하는 사룡은 제법 심각했다. 그의 말에 의하면, 사부 송림이 가출한 것으로 고민하고 있는 것이겠지만, 표정을 가만히 살펴보면 단순히 사부가 가출한 이유만으로 근심하는 것 같지는 않았다.

"사부님이 와야 일이 해결되는데, 애꿎은 사고만 치시고 오실 생각을 안 하시니!"

사룡이 투덜거리며 문청(대문) 쪽을 힐끗 쳐다볼 때였다. 누구 그림자인지 모를 인영이 문청 주변을 어른거렸다. 순간 이를 보고 사룡이 소리 질렀다.

"사부니임!"

사룡의 목소리가 들리자 안쪽을 살피던 검은 그림자가 재빨리 사라졌다. 이에 사룡이 따라 문청을 뛰쳐나가며 소리쳤다.

"사부님, 잠시만! 가지 말고 잠시만 계셔보세요!"

황급한 표정으로 사룡이 문청 밖으로 뛰쳐나가 봤지만 사부 송림의 모습은 그 어디에도 찾을 수 없었다.

아무도 보이지 않자 사룡은 하늘을 쳐다보며 허탈해했다.

"아, 진짜! 사고를 치셨으면 대책을 세우셔야지, 자꾸 도망만 치면 어떡하자는 거야? 에휴, 진즉 황금, 황금했을 때부터 알아봤어야 했는데. 지금까지 혼자 잘살아오셨던 분이 왜 사고를 치셨냐고, 그것도 한꺼번에 두 명씩이나! 대사형도 이 일을 알면 아마 까무러칠 거야. 아무튼 대사형, 난 대사형만 믿어. 지금 이 문제를 해결할 사람은 대사형뿐이야!"

사룡이 문청에서 혼잣말을 한 지 얼마 되지 않아 안쪽에서 부드러운 여인의 목소리가 들렸다.

"밖에 누가 찾아왔나요?"

이에 사룡이 급히 얼버무리듯 대답했다.

"아, 아닙니다."

사룡이 대답한 지 얼마 되지 않아 이전과 다른 여인의 목소리도 들렸다.

"동생, 혹시 서방님이 오신 거 아닐까?"

잠시 정적이 흐른 뒤 이전과 달리 날카로운 목소리가 울렸다.

"누가 네 동생이야?!"

"기억 안 나? 어제 술 마시면서 내가 형님하기로 했잖아. 그리고 내가 송 문주를 먼저 만났으니까. 당연히 내가 형님이지."

"내가 언제 그러라고 했어?! 나보다 세 살이나 어린 것이 어따 대고 형님이래?!"

"동생, 같이 늙어가는 처지에 정말 이럴 거야?"

"이게 또 형님 노릇 하네? 너, 이리 와봐!"

안쪽의 상황이 점점 심각해졌지만 사룡은 들어가서 말리려 하지 않았다. 끼어들기 싫어하는 그 사형에 그 사제 아니겠는가.

"오늘은 어째 조용하다 싶었어. 칼부림만 아니면 안 말린다, 안 말려."

사룡이의 입방정 때문이었을까 안쪽에서 날선 검 뽑는 소리가 들렸다.

스르릉!

"그럼 누가 형님이 될 것인지는 검술로 결판 짓자."

"좋아! 대신 내 검에 죽을 수도 있으니 죽어도 날 원망하지 마."

"너야말로 죽어도 날 원망하지 마."

채채챙, 챙챙!

이어 검 부딪치는 소리가 요란하게 개소문 하늘에 울려 퍼졌다.

사룡은 혹시나 하는 표정으로 있다가 황급히 뒤쫓아 들어가며 소리쳤다.

"사모, 아니, 사모님들! 잠시만요!"

*　　*　　*

사천당가는 성도에서 조금 떨어진 북동쪽에 위치했는데, 뒤쪽으로는 성벽 같은 바위산이 떡하니 버티고 있었고, 남쪽으로는 작은 강이 흐르고 있어 외부인이 접근하면 금방 눈에 띄었다.

그 당가(唐家)를 향해 사람 셋을 태운 마차 한 대가 '덜그럭' 소리를 내며 접근했다. 이 마차가 바로 삼룡 일행을 태운 마차였다.

마부석에 앉은 지평은 정문에 걸려 있는 편액(현판)을 발견하고는 기쁘게 소리쳤다.

"저기가 사천당가입니다, 형님! 사숙님만 고쳐 주시면 그동안 못 드신 술을 원없이 드시게 해드리겠습니다!"

지평은 기쁜 표정으로 삼룡을 찾았으나 그는 여전히 졸고 있는 모습이었다. 하지만 그는 자고 있지 않았다.

'젠장, 벌써 사천당가네. 그때 괜히 치료해 준다고 허풍을 쳐 가지고! 고쳐 주지 않으면 지평이 저 녀석은 정말 날 죽이려 들지도 몰라. 게다가 술은 왜 그때 금주하겠다고 했는지. 에라, 모르겠다. 무슨 수가 생기겠지.'

삼룡의 깊은 고민을 아는지 모르는지 지평은 신이 나서 빨리 마차를 몰았다.

그만큼 마차는 더 빨리 도착했지만 당가의 정문은 굳게 닫혀 있었다. 그러자 지평이 마부석에서 나는 듯 뛰어내려 사슬 문고리를 잡고 힘주어 두드렸다.

쾅쾅!

"계십니까! 청성 제자 지평이라고 합니다!"

문을 두드린 지 오래 지났건만 문지기의 인기척은 전혀 들리지 않았다.

오대세가 중 하나인 사천당가의 규모는 웬만한 대형 문파 못지않았다. 당씨 성을 가진 사람들뿐만 아니라, 대대로 당가에 예속된 식솔만 해도 기백 명은 되었으니 말이다. 그런데도 불구하고 문지기 하나 보이지 않는다는 건 뭔가 이상한 일이었다.

"어, 이상하다? 사람이 없을 리가 없는데……."

아무 기척이 없자 지평이 다시 문고리를 잡고 소리치려 했다. 순간 굳게 닫혔던 문 뒤쪽에서 누군가의 목소리가 들렸다.

"거기 뒤에 무조건 비켜요, 비켜!"

쾌활한 소녀의 목소리였다. 어쨌거나 안쪽에서 인기척이 들리자 지평은 기쁜 표정으로 한 발짝 물러났다. 이어 빗장 풀리는 소리가 요란하게 들리더니 대문이 열렸다. 그리곤 열린 대문 사이로 누군가가 쏜살같이 튀어나와 지평에게 달려드는 것이었다.

지평은 충분히 피할 여유가 있었지만 그대로 두면 뒤에 세워둔 마차와 부딪칠 것 같아 그대로 서 있었다. 대신 그 충격에 엉덩방아를 찍어야 했지만.

쿵!

정작 지평은 엉덩방아를 찍었지만 부딪친 사람의 생각은 다른 모양이었다. 주저앉은 지평을 보고 삿대질부터 하고 있으니 말이다.

"귀먹었어요? 내가 비키라고 했잖아요. 아이 참, 괜찮을지 모르겠네?"

청의를 입은 열두서너 살쯤 됨직한 소녀였는데, 하고 있는 차림새는 영락없는 사내아이였다. 그녀의 손에는 자그마한 단지 하나가 들려 있었는데, 그것을 대단히 신경 쓰는 눈치였다.

"미안해서 어떡하지. 난 이곳에 머무르고 있는 곡 사숙……."

"됐어요, 됐어! 책임지라고 안 할 테니."

당돌한 소녀는 지평의 얘기를 듣기조차 싫다는 듯 손을 가로저었다. 그때였다. 누군가가 열린 문 사이로 뛰어나와 소리쳤다.

이번에는 진짜 소년이었는데, 체구가 소녀보다 작아서 더 어리게 보였다. 하지만 그와 소녀를 대하는 말투는 정반대였다.

"계희야, 아직 여기 있으면 어떡해? 좀 있으면 아저씨들이 쫓아온단 말이야."

"알았어, 삼촌! 빨리 가자. 이러다 늦겠다."

무엇이 급하다는 건지 당가에서 나온 이 아이들은 어디론가를 향해 뛰어갔다.

이들 때문에 엉덩방아를 찧은 지평은 반쯤 열린 문을 쳐다보며 아쉽게 일어섰다. 그가 고대하던 사천당가의 문이 열렸는데 아직 마음대로 들어갈 수 있는 처지가 아니었기 때문이다.

이곳 사천당가를 허락없이 들어갔다가는 암기 제조 비밀을 훔치러 왔다는 오해를 받기 십상이었으니 누가 나올 때까지는 지금 이 상태로 기다려야 했다.

다시 지평이 문을 두드리려는 순간 안쪽에서 조금 신경질적인 여인의 목소리가 들렸다.

"대체 이 녀석들, 어디로 간 거야?"

"모르겠습니다. 저희는 철상 공자께서 계희 아가씨가 우물에 빠졌다고 해서 사람들을 이끌고 갔다 오는 길입니다. 어? 저기 대문이 열려 있습니다. 분명 닫고 왔는데?"

"철상이 이 자식이 하필이면 이럴 때 사고를 쳐! 아저씨는 빨리 추혼대를 소집하세요. 어서요."

"네, 아씨!"

문틈 사이로 들리는 대화 내용은 꽤나 심각했다. 때문에 지평은 이전과 달리 조심스럽게 문을 두들겼다. 그러자 얼마 되지 않아 당가 가주의 막내딸 흑미호 당철향이 모습을 드러냈다.

아마도 좀 전에 안쪽에서 대화를 나누던 여인이 그녀인 모양이었다. 하지만 그녀는 지평 일행을 훑어보자마자 경계심을 드러냈다.

"누군데 여길 얼쩡거리는 거지? 혹 그놈들이 보낸 것이냐?"

지평은 처음부터 적의를 드러내는 당철향의 태도 때문에 난감했다. 명문 청성의 출신이면 적어도 오대세가보다 아래에 있는 위치가 아니었다. 그런데 당철향의 태도는 지평을 일개 떠돌이 무사보다 못한 취급을 하고 있는 것이지 않는가!

지평이 혼자라면 모를까 보는 눈이 셋이나 있는 상황이니 입장이 더욱 난처하게 되었다.

"저, 낭자, 그게 아니라……."

"그게 아니긴 뭐가 아니야! 너희들, 누가 보내서 왔어? 탈명표왕이 보낸 거 아니야?"

이쯤 되자 지평도 슬슬 화가 치밀어 올랐다. 도대체가 이 당가 여식은 말할 기회조차를 주지 않는 게 아닌가? 그렇지만 당가에서 도움을 받고 있는 사숙을 생각하면 화낼 처지가 아니었다.

때마침 당가의 무사들이 우르르 몰려나오자 지평은 애써 분기를 꾹 눌러 참았다. 하지만 당철향은 아예 적이라 확신하는 단계에 접어든 듯했다.

"대답을 못하는 것을 보니 그놈들이 보낸 것이 분명하구나!"

"아, 아니오. 나는……."

지평의 대답도 듣지 않고 당가의 무사들의 손이 저마다 품 속으로 향했다. 보통의 경우라면 자초지종을 들어보고 행동하는 것이 우선일 텐데, 지금의 당가 사람들은 재어놓은 화살처럼 예민하게 굴었다.

독과 암기를 쓰는 무사들이라서 그런지 이들 모두 눈매가 날카롭다 못해 찢어질 듯 매서웠다. 이들 모두가 일시에 암기를 날린다면 청성의 적전제자인 지평이라 해도 꼼짝없이 암기에 맞아 절명할 것처럼 위태롭게 보이는 순간이었다.

이때 눈치 없이 끼어드는 인물이 하나 있었다. 바로 삼룡이 말이다.

"이 사람들 보게, 비겁하게 여럿이 한 사람을 공격하네?"

언제 깨어났는지 삼룡이 당가 무사들을 한심한 듯 쳐다보고 있었다. 지평이 급히 눈짓으로 끼어들지 말라고 신호를 보냈지만 삼룡은 한술 더 떠 자신의 봇짐에서 목검을 꺼내 들고 건네려 했다.

"지평아, 내 목검이라도 빌려줄까?"

"아닙니다, 형님. 여기 사천당가 분들과 잠시 오해가 생겨서 그런 것이니 목검을 도로 거두세요."

"오해는 무슨, 내가 다 봤는데. 저기 저 여자가 나오자마자 너한테 시비 걸었잖아."

"형님, 제가 다 알아서 할게요. 여기가 바로 사천당가란 말이에요."

지평은 사태가 더 악화될까 전전긍긍했지만 삼룡은 정반대였다.

'잘하면 약속 안 지켜도 되겠어. 암기에 맞아서 제대로 치료 못하겠다고 하면 이 녀석도 더 이상 어쩔 수 없을 거야.'

당가의 무사들은 삼룡에게까지 암기를 날릴 태세였지만 흑미호 당철향의 명이 없었기 때문에 아직 손을 쓰지 않고 있었다. 물론 먼저 잘못한 당철향이 자신의 잘못을 인정하고 사과하면 그것으로 모든 상황은 종료였다.

하지만 어디 강호 무사들이 자기 잘못을 쉽게 인정하던 가.

당철향의 얼굴은 붉은 주사처럼 검붉게 달아오르고 있는 중이었다. 삼룡의 말에 의하면, 자신이 먼저 시비를 걸고 행패를 부린 당사자였으니까.

벌써 그녀는 허리춤 뒤에 숨겨진 연미표(燕尾鏢)라는 암기를 몰래 쥐고 있는 상태였다. 화난 상태에서도 어떤 의심되는 동작도 없이 은밀히 암기를 쥐는 것을 보면 그녀는 천상 당가의 여식이었다.

"너, 너… 방금 뭐라 그랬어? 누가 시비를 걸었다고?"

대답 여하에 따라 암기를 던지겠다는 당철향의 속셈이었다. 하지만 삼룡은 일부러 충동질한 놈이다. 그런 그가 암기를 집어 드는 동작을 못 볼 리가 없었다.

'그냥 맞아줄 터이니 다리나 어깨를 겨냥해. 근데 방향이 아무래도? 제길, 독을 쓴다는 것들이 사람 눈을 겨냥하네!'

목검을 건네려던 삼룡이 돌연 손을 거두며 말했다.

"물론 제 동생 녀석이죠. 다 저 녀석이 잘못해서 그런 겁니다. 인석은 청성산에서 수련만 하느라 세상을 잘 모르거든요. 지평아, 그치?"

삼룡이 이쯤에서 멈추길 다행이라고 생각한 지평은 생각할 것도 없이 고개를 끄덕였다.

이때 눈치 빠른 당가 무사 하나가 당철향을 대신해서 물었다. 그는 추혼대 부대주로 있는 당백림(黨白林)이었다. 그는 외당(外堂)에 속한 무사로, 당(唐)씨 성이 아닌 당(黨)씨 성을 썼다.

"청성산에서 수련하셨다면… 청성파에서 오신 분들입니까?"

이에 지평이 재빨리 포권하며 대답했다.

"네. 저는 청성파에서 왕진한 사부님 모시고 있는 지평이라고 합니다. 저기 제 일행은 다른 문파 출신인데 저와 잠시 동행하고 있습니다."

지평이 스스로 청성파임을 밝히자 잔뜩 화가 치밀었던 당철향도 싸울 생각을 접었다. 아무리 화가 났다 하더라도 구대문파 중 하나인 청성과 문제를 일으키는 것은 피해야 했으니까.

"이쪽은 연환철표 당철영 가주님의 막내여동생이자 추혼대 대주로 계시는 흑미호 당철향 아가씨입니다."

당백림의 소개를 받은 당철향이 못 이기는 척 가볍게 포권을 하자 지평은 다시 한 번 포권을 하며 인사를 주고받았다. 하지만 서로 서먹서먹한 것은 어쩔 수 없었다.

다시 당백림이 당철향에게 말했다.

"대주 아가씨, 저희는 일단 소가주님과 계희 아가씨 뒤를 쫓겠습니다. 얼마 지나지 않았으니 멀리 가지는 못했을 겁니다."

"그러세요. 더 늦으면 큰일 나겠어요."

"네, 대주님!"

당백림은 다시 다른 무사들을 돌아보며 말했다.

"너희 넷은 남아서 대주님을 돕도록 해라."

눈빛을 느낀 네 명의 무사가 재빨리 고개를 숙이자 당백림은 나머지 무사들을 이끌고 성도 저잣거리 쪽으로 달려갔다.

그러자 당백림의 지시를 받은 무사 하나가 나섰다.

"저희가 손님들께서 묵으시는 외당 객사로 안내하겠습니다. 가시죠."

산 넘어 산이라고 했던가? 당철향이 결연한 표정으로 삼룡과 백서연, 담초홍을 가리키며 말했다.

"저기 저 사람들은 안 돼요. 어디 출신인지도 모르는 사람을 함부로 들일 수는 없어요."

사천당가는 독과 암기 제조 비법을 이유로 외부 사람을 들이는 것 자체를 꺼리는 경향이 있었다. 하지만 정작 지금의 문제는 당철향이 삼룡을 탐탁치 않게 여기고 있다는 것이었다. 그 때문에 백서연과 담초홍은 도매금으로 넘어간 것이다. 물론 이런 상황을 더욱 반기는 인물도 있긴 했지만.

"나도 싫다."

삼룡이 팔짱을 낀 채 고개를 도리질하고 있었다.

이에 제일 당황스러운 것은 지평이었다. 바로 지근거리에 사경을 헤매는 곡원 사숙이 있는데, 여기까지 와서 삼룡을 돌려보낼 수는 없는 노릇이니 말이다.

"삼룡 형님은 곡 사숙님의 혈향시독을 해독시키기 위해 어렵게 모셔온 분입니다. 그러니 일행과 함께 들이는 것을 허락해 주십시오. 혹시라도 형님이나 일행이 무슨 짓을 저지르면 저희 청성에서 책임지겠습니다."

순간 당철향의 고개가 갸웃거렸다. 청성 제자인 그가 문파를 들먹이며 읍소하는 것도 놀라웠지만, 혈향시독을 해독하러 왔다는 것이 더 놀라웠던 것이다.

'사천독의라 불리는 철심 언니도 해독 못했는데 거렁뱅이 같은 저 자식이 할 수 있다고?

당철향이 의구심을 갖는 사이 삼룡은 속으로 쾌재를 부르고 있었다. 바로 자신이 치료한다고 자청해도 들여보낼 수 없다고 하고 있지 않은가. 또 한편으로 생각해 보면 사천당가의 체면 때문에 지평이 그의 사숙을 마음대로 빼올 수도 없었다.

그것이 아니면 지평이 문파의 위신을 생각지 않고 읍소를 할 턱이 없었다. 생각이 여기까지 미친 삼룡은 턱을 치켜들며 콧대를 높였다.

"까짓 시독(屍毒)이 뭐 대단한 거라고 그래? 사천당가가 대단하다는 소문은 내가 살던 곳에도 자자했으니까 여기서도 쉽게 해독할 수 있을 거야. 나 같은 무지렁이도 해독하는 걸

고명하신 사천당가 분들께서 못하실 리가 없잖아?"

'호호, 이 정도 했으면 아무리 수를 써도 네 사숙을 빼내진 못할 거다. 원래 난 의원이 아니니, 네가 이해하렴.'

때로는 불난 곳에 기름을 부으면 오히려 불이 꺼질 때가 있다. 어떤 사람들은 말도 안 되는 소리라고 하겠지만, 그런 드문 경우가 세상엔 가끔 일어나기도 한다. 바로 지금처럼 말이다.

"좋아요. 청성의 얼굴을 봐서 허락해 드리죠. 우리 사천당가는 소문처럼 대단하지 않거든요. 그러니 우리보다 뛰어나다는 것을 증명해 보이세요. 물론 그렇게 못할 때는 그 말을 한 사람이 책임을 져야 하겠지만."

순간 삼룡의 얼굴은 찬물을 뒤집어쓴 것처럼 창백해졌다. 혹 떼려다 혹 붙인 경우가 바로 지금 자신의 처지였다.

'젠장, 이게 아닌데. 저 눈빛 봐, 꼭 날 죽일 듯이 쳐다보잖아? 그러면 이번에도 못 고치면 난 죽어야 하는 거야? 입이 방정이지, 방정!'

지평은 삼룡의 속도 모르고 그에게 고마워하고 있었다. 삼룡이 일부러 당가의 자존심을 건드려 곡원을 치료하고자 한다고 생각한 것이다.

'삼룡 형님은 게으르기만 한 줄 알았더니 속도 깊으시네. 난 그것도 모르고 도망칠 거라고 의심만 하고 있었으니. 아무튼 치료가 끝나면 형님이 좋아하는 술을 정말 원없이 드시게

해야겠어.'

지평은 기쁜 표정으로 당철향에게 감사 인사를 건넸다. 어쨌거나 그녀도 배려해 준 것이었으니까.

"고맙습니다, 당 낭자! 이 은혜는 잊지 않겠습니다."

"뭘요. 곡 도장께서 꼭 쾌차하시길 바랍니다. 안 그럼 누군가 그 책임을 져야 할 테니까요."

당철향의 비꼬는 말에도 지평은 자신있게 대답했다.

"그건 문제없습니다. 다른 독은 모르지만 혈향시독은 형님이 해독하실 수 있습니다. 형님, 어서 들어가시죠."

"어? 어! 그래야지."

떨떠름하게 대답하는 삼룡은 자신에게 향한 싸늘한 당철향의 시선 때문에 등으로 식은땀 한줄기가 흘러내렸다.

'제길, 강호엔 독한 년 천지로구나!'

반면 그를 보는 당철향의 생각은 이랬다.

'홍, 네놈이 혈향시독을 해독하지 못했단 봐라. 가만있지 않을 테니까! 잠깐, 좀 전에 저자의 이름이 삼룡이라고 그랬나? 혹시 저놈이 소문으로 떠도는 개소문의 삼풍대협이란 놈 아니야? 에이, 설마? 청성의 제자가 형님이라 부르는데 그럴 리가 없지.'

삼룡을 흘겨보던 당철향은 불길한 생각을 떨쳐 버리려는 듯 머리를 설레설레 흔들며 마차를 따라 외당 객사로 향했다.

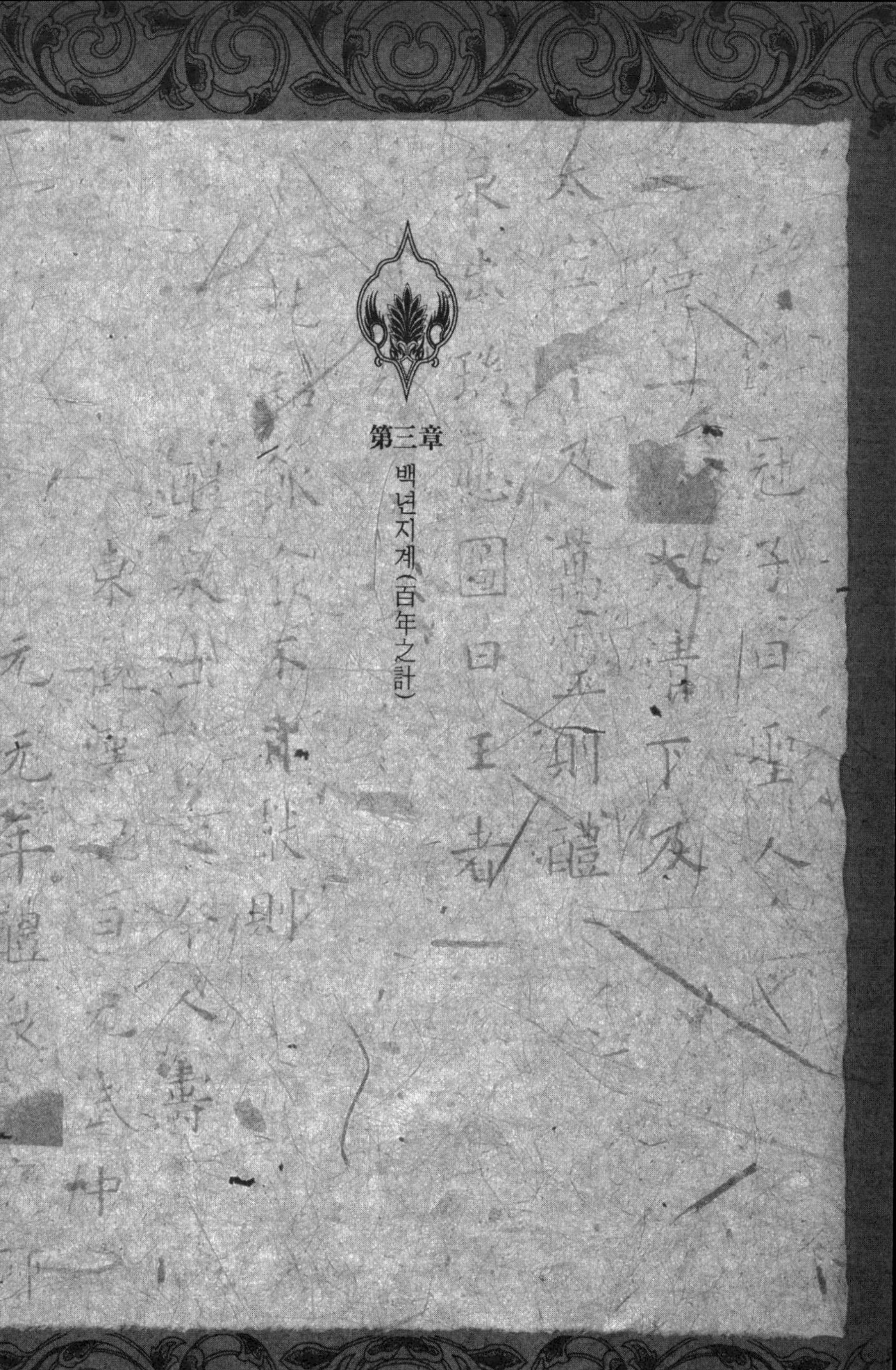

第三章

백년지계(百年之計)

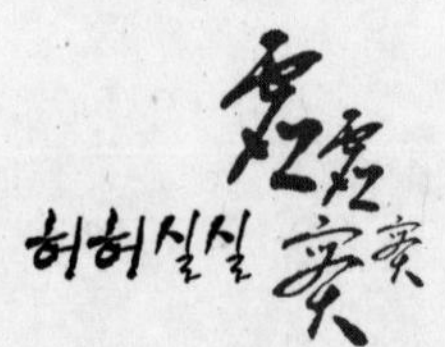

　천마전(天魔殿)으로 향하는 천리마군 독고천의 발걸음은 하늘에 낀 먹구름처럼 무거웠다. 그가 인마대제(人魔大帝) 혁영화 교주와 독대(獨對)할 때까지 말이다.

　마교 교주 혁영화는 시녀 둘만 대동하고는 온화한 표정으로 찻잔을 들고 음미하고 있었다.

　"그동안 보이질 않던 천리마군이 어인 일인가? 난 자네가 소식이 없어 죽은 줄만 알았네. 그래서 막 사람을 보내 확인해 보려는 참인데. 그래, 혈교와 내통하고 있는 자들은 모두 색출했는가?"

　혁영화의 물음에 독고천은 벙어리처럼 아무 대답도 하지

못했다. 마치 무거운 중압감에 휩싸인 듯이 말이다. 대신 그는 오체투지하며 바닥에 엎드렸다.

"또 그 짓이로군. 그런데 내 질문에는 대체 언제 대답할 생각인가?"

천마(天魔)와 같은 교주의 말을 천리마군 독고천은 두 번이나 대답하지 않았다. 그것이 무슨 의미인지 잘 아는 그가 말이다. 마교에서는 아무리 장로라고 해도 이같이 행동했다가는 당장 죽여도 무방한 일이었다.

그러나 혁영화는 별것 아니라는 듯 그를 대했다.

"쯧쯧, 아미신녀 일 때문이로군. 그것이 아니면 자네가 이렇듯 아무 말도 못할 이유가 없겠지. 어찌 됐든 적 하나가 죽었는데, 자네가 그리 침묵할 이유는 없다고 생각하는데?"

그러자 비로소 만 근처럼 무거웠던 독고천의 입이 떨어졌다.

"교주님, 아미신녀를 죽인 건 천강혈마의 짓이었습니다."

"천강혈마, 그놈이라면 아미신녀를 죽이고도 남았을 테지. 하지만 자네가 이렇게 당황하는 것은 다른 것이 더 있다는 얘기지. 그사이 혈마와 내통하고 있는 자들에게서 알아낸 게 있는 건가?"

교주의 물음에 독고천은 마음의 준비를 하려는 듯이 눈을 질끈 감고 말했다.

"혈교와 내통한 것으로 의심되는 자들이 전부 자결했습니다, 교주님."

독고천의 보고에 지금까지 여유를 보였던 혁 교주의 얼굴도 굳어졌다.

"천칠백 전부 말인가?"

혁교주의 물음에 독고천은 아무 대답도 하지 않았다. 이는 죽기만을 바란다는 뜻이었다. 마영대 수장인 자신의 청에 의해 혈교와 내통하거나 의심될 만한 자들을 모두 잡아들였는데, 갑자기 모두가 자결하는 사태가 벌어졌으니 어찌 그가 책임을 회피하기를 바라겠는가?

이내 냉랭한 혁 교주의 음성이 독고천의 귀에 파고들었다.

"이천에 가까운 자들이 모두 자결했다는 말을 나보고 믿으라는 말인가?"

"저도 믿기지 않습니다. 하지만 외부 침입 없이 사슬에 묶여 재갈을 물린 자들이나 심지어 사지가 잘린 자들까지도 모두 죽어 있었습니다. 섭혼술을 걸어두었던 파천군(破天君) 진 장로와 혈수라(血修羅) 한 장로까지 말입니다. 사체를 부검해봤으나 고독(蠱毒)의 표시도 없었습니다."

"그래서 자결이라 판단한 것인가, 천리마군?"

"예, 교주님."

그러자 갑자기 혁 교주가 광소를 터뜨렸다.

"크하하하하!"

난데없는 교주의 웃음에 독고천은 난처한 듯이 고개를 숙였다. 인마대제 혁영화 교주를 가장 잘 안다는 그였지만, 지금의 웃음의 의미는 그조차 짐작할 수 없었다. 단지 그는 고개를 숙여 그의 처분을 기다릴 뿐이었다.

"자네가 그러고 있는 것을 보니 죽기를 작정하고 왔나 보군."

"이 같은 실수를 하고 마영대의 수장인 제가 어찌 살기를 바라겠습니까?"

"어째서 그리 생각을 한 것이지?"

"모두 제가 혈교와 관련이 있어 입막음한 것이라 생각할 것입니다. 하지만 저는… 제가 한 짓이 아니라고 증명할 능력이 없습니다. 그러니 지금 교주님의 처분을 받는 것이 마땅하다 생각합니다. 마영대 수장 자리는 마불(魔佛) 황일비 장로에게 맡기시면 당분간은 무리없이 직책을 수행할 것입니다. 하지만 그에게 오래 맡기시면 안 됩니다. 황 장로의 야심은 천강혈마에 뒤지지 않습니다."

"그래도 난 자네가 계속 맡았으면 하는데?"

뜻밖의 말에 독고천은 오체투지하던 몸을 일으켰다. 그러자 여전히 웃고 있는 혁 교주의 얼굴이 보였다. 이는 그가 책임을 묻지 않겠다는 반증이었다.

"다시 생각해 주십시오, 교주님. 저를 처벌하지 않으면 장로들이 들고일어날 것입니다. 이는 교주님까지 혈교와 내통했다 의심받을 수 있다는 얘기입니다. 그렇게 되면 장료들이 원로들을 대동하고 교주님께 책임을 물을 수도 있는 일입니다."

"글쎄, 그 늙은이들이 감히 나에게 맞설 수 있을까?"

혁 교주가 받아들이지 않자 오히려 독고천이 답답한 듯 목청을 높였다.

"내분이 일어날 것입니다. 혈교와 내통한 교주를 몰아내고 신임 교주를 뽑자고 할 것입니다."

순간 혁 교주의 음성이 천마전 일대를 울렸다.

"자네가 혈교와 내통하고 있는 뿌리를 찾겠다고 해서 시작한 일이야! 설마 이 정도도 짐작하지 못하고 시작하진 않았겠지? 그때 자네가 그랬지, 언제고 등에 칼을 꽂을 놈들이라고! 하지만 자네가 틀렸네. 그들은 항상 칼을 들이대고 있었어. 함정을 파고 내가 움직여 주기만 바라고 있었단 말이야!"

혁 교주의 음성에 독고천은 어지러움을 느끼며 곧바로 피를 토해냈다. 내력이 강한 그가 이 정도였으니 그보다 약한 시녀들은 어떻겠는가? 어느새 시녀들은 모두 귀와 눈, 코, 입에서 피를 쏟은 채 죽어 있었다.

이는 독고천을 벌하는 것이 아니라 입막음해서 정보가 새어나가지 않게 하려는 교주의 뜻이었다.

"한번 시작한 일은 끝을 봐야 하는 법. 우리가 칼을 집어넣는다고 해도 저들은 집어넣을 생각이 없을 것이네. 그러니 자네가 이 일을 계속해야 되겠지. 누가 이길지는 그때 가서 보자고."

"알겠습니다, 교주님!"

다시 오체투지하고 일어서는 독고천을 향해 혁 교주가 말했다.

"천리마군, 혈교와 내통한 자들은 자결한 것이 아니라 내명에 의해 참수한 것이다. 그러니 교내에 곳곳에 말뚝을 박아 그자들 머리를 걸어둬. 그리하면 그놈들이 겁을 먹고 움직이지 않든지 발악하든지 둘 중 하나를 선택할 것이야."

"예, 교주님!"

천리마군이 돌아가자 혁 교주의 귀에 바로 전음이 들렸다.

"적마(赤魔)가 돌아왔습니다, 교주님."

"그 아이는?"

"아미파에서 기억을 잃었으나 무사합니다. 성도로 향하고 있고 이제는 대뢰승들의 추격도 완전히 벗어났습니다."

"이번에도 그 삼룡이란 놈이 도와줬다고 했나?"

"예, 교주님. 아미파의 뇌옥에서 구출해 준 것도 그였습니다. 그가 아니었다면 서연 아가씨는 대뢰승들에게 잡혔을 것입니다."

"소문으로는 그자가 삼류에도 못 미친다고 하지 않았나, 적마?"

"예, 교주님! 하지만 그렇다고 보기엔 그동안의 행적을 설명할 수가 없습니다. 직접 검을 겨룬 것이 아니라 확실치는 않으나 아미파의 전공장로가 그자와 부딪쳐 내상을 입었다는 정보가 있습니다."

적마의 보고에 잠시 고민하는 듯한 교주가 이윽고 결심한 듯이 전음을 보냈다.

"놈이 어느 정도인지 보고 싶다. 살수 하나를 보내. 아미파 장로나 장문을 죽일 수 있을 정도인 놈으로."

"존명(尊命)!"

이윽고 전음이 들리지 않자 혁 교주는 태연히 찻잔을 채워 입으로 가져갔다.

"흠, 오늘 따라 혈향이 향기롭군. 조만간 본교에서도 피바람이 불겠어."

                    *   *   *

사천당가의 한 객사, 그곳엔 병든 기색이 완연한 곡원이 누워 있었고 그의 주변으로 사천독의 당철심과 흑미호 당철향, 그리고 청성의 지평이 서 있었다.

그들은 모두 곡원의 손을 잡고 진맥을 하고 있는 한 인물을 주목하고 있었는데, 그는 다름 아닌 삼룡이었다. 물론 그의 옆에는 진드기 담초홍도 옷깃 한 자락을 잡고 꼭 붙어 있었다.

담초홍은 아미파에서 삼룡과 몇 번 떨어져 본 이후로 웬만하면 삼룡과 떨어지려고 하지 않았다.

삼룡이 그동안 틈만 나면 담초홍을 떼어놓으려 했지만, 그 때마다 뒷간도 안 가고 꼭 붙어 있었으니 천하의 삼룡도 어쩔 도리가 없이 그대로 둔 것이다.

삼룡은 두 눈을 감은 채 벌써 일각 동안 아무 말도 하지 않고 있었다. 하지만 그가 정말로 진맥을 하고 있다고 생각했는지, 그 누구도 삼룡을 방해하지 않고 있었다. 물론 당철향과 그의 언니 당철심은 못 믿어하는 눈빛이었지만.

'이 사람은 혈도뿐만 아니라 근맥 전체에 독이 퍼져 있어. 그런데 대체 날보고 어쩌라는 거야?'

내기(內氣)를 흘려보내서 곡원의 몸 상태를 살피던 삼룡은 자신도 모르게 긴 한숨을 내쉬었다.

"휴우우우~"

그가 한숨을 내쉬자 뒤에 있던 지평이 걱정스럽게 물어왔다.

"삼룡 형님, 형님은 해독하실 수 있으신 거죠?"

지평의 채근에 삼룡이 속으로 생각했다.

'이게 죽은 사람을 살려내라고 하네. 인마, 것두 정도가 있어. 어떻게 다 죽은 사람을 살려내라고 그러는 거야. 에이, 저 당가(唐家) 계집들만 아니면 마음의 준비라도 하게 솔직하게 말해 버릴걸.'

"음, 그러니까 네 사숙의 상태는 말이다."

삼룡이 무어라 말하기도 전에 흑미호 당철향이 나섰다.

　"설마 무지렁이도 쉽게 해독할 수 있는 그 흔한 시독을 이제 와서 못하겠다고 말하려는 건 아니겠죠?"

　추궁하는 듯한 당철향의 눈초리에 삼룡은 갑자기 오기가 발동했다. 뭐, 어차피 그가 손해 볼 건 목숨밖에 더 있겠는가.

　"조금 어렵긴 하지만 불가능한 건 아닙니다."

　순간 이를 들은 지평의 얼굴이 환해졌다.

　삼룡의 긍정적인 답변에 그동안 곡원을 치료했던 사천독의 당철심이 질문했다.

　"소협께서는 무슨 방도가 있으신지요? 혈향시독은 과거 이십 년 전에도 그 해약이나 해독 방법이 없어서 많은 사람들이 중독되면 그냥 죽어야 했다고 들었습니다. 저 또한 아직 마땅한 해독 방법을 찾지 못했습니다만……."

　그러자 삼룡은 겸연쩍게 웃음을 터뜨리며 말했다.

　"하하, 제가 알고 있는 시독과 달라서 처음에는 걱정을 했으나, 환자의 몸을 살펴보니 찬 성질이 아홉에 뜨거운 성질이 여덟이라는 것을 알아냈습니다. 처음에는 그 성질이 비슷비슷하여 균형을 이뤘다 생각했는데, 가만히 보니 한 성질이 더 있더군요. 그 독을 제압하면 나머지 독도 쉽게 제압할 수 있을 겁니다."

　모든 것을 느낀 대로 대충 지어서 말하는 삼룡의 등줄기에는 자신도 모르게 식은땀이 한줄기 흐르고 있었다.

　'뭐, 아니면 말고!

사실 그는 의술을 익힌 것이 아니라서 모든 것을 무공으로 이해하고 있었다. 백서연과 지평의 경우도 그랬고, 주희설처럼 심지(心地)를 다친 경우에도 말이다.

하지만 삼룡은 몰랐다. 그가 말하는 것이 보통 의술을 넘어선 것이란 걸 말이다. 독의와 비견된다는 사천독의에게 충격을 줄 정도로 말이다.

'진맥은 서툴렀는데, 내가 힘들게 알아낸 것을 단번에 알아냈어. 이 사람, 도대체 누구지? 이 정도 실력이면 내가 모를 리가 없는데. 게다가 동생은 이 사람을 못 믿어하는 눈치이고. 한번 시험해 볼까?'

잠시 생각하던 사천독의 당철심이 다시 질문했다.

"얼마 전 찾아낸 고서의 기록에 의하면, 독에 죽은 사람의 시체는 썩어가면서 가해진 독의 성질에 따라 비슷한 성질의 시독을 만들어낸다고 했습니다. 제가 곡 도장을 진맥해 보니 아홉 가지의 한빙시독(寒氷屍毒)과 여덟 가지의 열양시독(熱陽屍毒)의 차이를 느낄 수 있었습니다."

아는 것이 없는 삼룡은 열심히 고개만 끄덕이고 있었다. 물론 모르는 내색은 하지 않은 채 말이다.

"열일곱 가지 성질을 가진 이 혈향시독은 폐부를 통해 스며들어서 혈맥을 일시에 장악하는 독입니다. 처음 곡 도장께서 운기를 통해 열여섯 가지 시독 대부분을 몰아냈으나, 한 가지를 뽑아내지 못해서 근골까지 독이 퍼진 것입니다. 그래

서 저는 혈맥에서부터 독기를 차근차근 뽑아내서 제압할 생
각이었습니다. 이 같은 조치가 소협이 보기에는 잘못된 것인
지요?"

그러자 삼룡은 냉큼 머리를 굴려 대답했다.

"아쉽군요. 혈향시독이 약해졌을 때 한꺼번에 공략해야 하
는데, 오히려 조금씩 자극을 했으니 독이 더 강성해진 것입니
다."

삼룡이 대충 둘러댄 답변이었지만 당철심은 고개를 끄덕
이며 동조했다.

"맞습니다. 저도 때를 놓쳐서 아쉬워하고 있었습니다. 그
것을 조금만 일찍 깨달았다면 이렇듯 손을 놓고 있지 않았을
텐데……."

흑미호 당철향은 삼룡의 실력이 사천독의 앞에서라면 금
방 드러날 것이라 생각하고 다른 일을 하고 있는 언니를 일부
러 대동한 것이었다. 한데 지금의 사천독의는 삼룡을 인정하
고 있지 않은가?

그녀가 아무리 잘 봐주어도 개방 문도 이상으로는 보이지
않는 그를 말이다.

'뭐야, 정말 저 자식이 언니보다 의술이 뛰어난 거야? 그럴
리가 없는데?'

당철향의 의구심을 품는 사이 당철심은 뒤로 한 발 물러서
며 말했다.

"곡 도장의 해독 치료는 소협께서 맡으시지요. 하지만 상태가 여의치 않으면 저를 불러주십시오. 미력하나마 저도 돕겠습니다."

당철향이 깜짝 놀라며 소리쳤다.

"언니, 저 사람을 어떻게 믿고, 그러다 곡 도장께서 잘못되시면!"

"시끄러, 넌 가서 계희하고 철상이나 위로해 줘. 철영 오라버니께 둘 다 꾸지람 듣고 울고 있을 거야."

어머니 같은 당철심이 화를 내자 천방지축 당철향도 더 이상 고집을 피울 수가 없었다.

"알았어, 언니."

당철향이 곡원의 객사를 빠져나가자 당철심이 마저 인사를 건넸다.

"부탁드리겠습니다, 소협! 저는 비록 실패했지만 소협께서는 부디 치료에 성공하시길 바라겠습니다."

지평은 눈물이 그렁한 눈빛으로 삼룡을 쳐다보고 있었다.

그도 삼룡이 아미파에서 큰소리칠 때는 긴가민가했었다. 그런데 오늘 자신도 뒷감당 안 될 것 같은 당가 여식의 자존심까지 박박 긁어가면서 사숙의 진맥하려고 애쓴 것을 비롯해, 명의라 소문난 사천독의마저 그를 인정했으니 어찌 그가 감격하지 않겠는가.

물론 삼룡의 진짜 속마음을 모르고 감격하는 것이었지만.

"너, 왜 그렇게 쳐다보냐?"

벅찬 감정에 지평이 천장을 쳐다보며 재빨리 감정을 추스르며 대답했다.

"아, 아닙니다. 저도 이만 가보겠습니다. 아까 사부님을 뵙느라 사형들께 인사를 못 드렸거든요."

지평까지 객사를 나서자 삼룡은 진맥하고 있던 곡원의 손목을 내려놓고 긴 한숨을 내쉬었다. 이전까지 큰소리쳤던 그의 모습은 어디에도 없었다. 담초홍 앞에서는 자신의 속내를 드러내는 삼룡이었다.

"꼬맹아, 너 말이다. 이 혈향시독인지 뭔지 해독할 방법 있나?"

그러자 담초홍이 냉랭하게 대답했다.

"없어요."

"젠장, 다 죽어서 숨만 쉬고 있는 사람을 대체 어떻게 살리라는 거야. 에이!"

삼룡은 답답한 듯 자리에서 일어났다. 그러자 담초홍이 따라붙으려 했다.

"넌 여기 지키고 있어."

"싫어요. 저 사람 치료 못하니까 도망치려는 거잖아요?"

"아니라니까!"

"거짓말하지 말아요. 지금 그 눈빛은 지난번 날 떼어놓으려고 할 때랑 똑같아요."

　빤히 쳐다보는 담초홍의 눈망울과 눈을 마주친 삼룡은 이내 고개를 돌리며 말했다.

　"에이, 벙어리일 때가 좋았는데. 알았어, 도망 안 칠게. 그런데 그만 놔줘! 정말 바람만 쐬고 올 테니까."

　삼룡이 이렇게 말할 때면 담초홍도 더 이상 잡을 수가 없었다. 하지만 그를 완전히 믿을 수는 없었다. 워낙 미꾸라지 같은 삼룡 아닌가.

　"그럼 탁자에 있는 목검은 두고 가세요."

　'이거, 사룡이 눈치는 저리 가라네? 도무지 틈을 안 줘!'

　어떻게든 떨어지려고 하지 않는 담초홍을 보고 있자니 삼룡은 왠지 모르게 웃음이 나왔다.

　"왜 웃는 거죠?"

　"너 보니까 옛날의 누가 생각나서. 그리고 웃는 것도 내 마음대로 웃지도 못하냐? 알았다, 목검 두고 가마. 대신 오룡이도 데리고 있어. 이놈은 한번 잤다 하면 일어날 생각을 안 해서 귀찮아 죽겠다."

　"알았어요."

　담초홍이 다소곳하게 고개를 끄덕이자 삼룡은 품에서 자고 있는 오룡이를 꺼내놓고는 객사를 빠져나왔다.

　객사를 빠져나온 삼룡은 곧 어디론가를 향해 급히 뛰어갔다.

　시산노호의 딸 백서연은 당철향이 안내해 준 객사에 홀로 머물고 있었다. 그리고 그녀는 탁자 위에 크기가 제각각인 합 세 개와 금선혈와를 올려놓고 생각에 빠져 있었다.

　'그놈 말대로 이 독개구리는 내가 시키는 대로 움직여. 하지만 이 독개구리가 들어 있는 합은 뭐지? 분명 눈에 익은 것들인데 생각이 나질 않아.'

　백서연은 제일 작은 합의 뚜껑을 열고 그곳에 깨알처럼 새겨진 글자를 작은 소리로 읽어 내려갔다.

　"소청지완해, 태청지극치."

　'소청을 풀어야만 태청의 끝에 다다를 수 있다.'

　뚜껑 뒷면에 새겨진 글자는 읽기 힘들 정도로 작게, 그리고 거꾸로 새겨져 있었으나 백서연은 그것을 전혀 의식하지 못하고 읽어 내려갔다. 하지만 그것도 어느 부분만 읽고는 더 이상 읽어 내려가지 못했다.

　"젠장, 처음은 보지 않고도 알겠어. 하지만 그다음은……."

　어느새 백서연은 조금 더 큰 합의 뚜껑을 들고 있었다. 그곳에는 이전의 것과 마찬가지로 깨알 크기의 무언가가 새겨져 있었으나 글자는 아니었다. 게다가 이빨 빠진 톱니처럼 군데군데가 뚫려 있었다.

　'이건 아무 글씨도 없고 아무 쓰임새도 없는 것 같아. 내게 익숙하지도 않고'

　백서연은 마지막으로 금선혈와가 보관되어 있는 합의 뚜

껑 뒷면을 읽어 내려갔다. 그곳에는 상단에 새겨진 큼지막한 태청이란 두 글자 외에는 아무것도 없었다.

"태청(太淸)!"

태청이라는 글자를 유심히 보던 백서연은 능숙한 손놀림으로 튀어나온 글자를 부드럽게 눌렀다. 손놀림으로 봐서는 내기도 살짝 운용하는 것 같았다. 그러자,

차르륵!

미세한 기관 소리와 함께 표면이 갈라지면서 사람 형태의 문양과 글씨가 위로 솟구쳐 올라오는 것이었다. 비밀 장치가 작동하는 것이 놀랄 법도 하건만, 그녀는 익숙한 자신의 손길을 더 놀라워하고 있었다.

'내가 이것을 여는 방법은 어떻게 알고 있는 거지? 그냥 만져서는 작동하지 않는데, 난 내기를 운용해야 한다는 것까지 알고 있잖아! 그 자식이 얼마 전에 결혼 예물로 주었다는데 어떻게 익숙할 수가 있냐고!'

깊은 생각에 빠진 백서연은 머리가 복잡한지 머리를 양손으로 쥐고는 고개를 흔들었다. 그러자 그녀를 보고 있던 금선혈와가 앞으로 폴짝 뛰어오더니 소리 내어 울었다.

우륵, 우륵.

마치 위로해 주는 듯한 금선혈와의 행동에 백서연은 기운을 얻었는지 애써 미소를 지었다.

"그래, 알았어. 고민하지 않을게. 근데 혈와야! …혈와? 내

가 방금 이 독개구리를 혈와라고 불렀어!"

백서연이 혈와라 혼잣말하자 금선혈와는 재빨리 소리 내어 울었다.

"어, 네 이름이 혈와였어?"

백서연의 물음에 금선혈와가 다시 울음소리를 내자 그녀는 기쁜 표정을 감추지 않았다. 잃었던 기억이 되돌아올 수 있다는 희망이 그녀에게 미소를 선사한 것이다. 바로 그때, 침소 밖에서 삼룡의 기침 소리가 들렸다.

"으흠, 흠! 삼룡 오라버니다. 자니?"

삼룡 목소리가 들리자 백서연은 합을 원상태로 바꿔놓은 다음에야 인기척을 했다. 물론 신경칠적으로 말이다.

"누가 내 오라버니야? 그리고 니가 이 밤중에 무슨 웬일이야?"

백서연이 삼룡을 막 대하는 것은 기억을 잃기 전이나 후나 모두 같았다. 당연히 이쯤 되면 삼룡도 막 나간다.

"니가 먼저 날 오라버니라 불렀다니까 그러네. 그리고 장차 낭군 될 사람인데 밤중에 만나면 어때?"

"난 널 낭군으로 인정한 적 없어."

"내가 네 목숨을 몇 번이나 구해줬는데 자꾸 발뺌이야! 지평이, 그 녀석 불러와서 물어볼까?"

삼룡이 자신의 목숨을 구해줬다는 것은 익히 들어왔던 터라 백서연은 딱히 반박할 수가 없었다. 하지만 그대로 인정할 수는 없었다. 인정하는 순간 삼룡은 초야(初夜)를 치르자고 덤벼들 테니 말이다.

"난 기억없어. 기억 돌아오면 그때 얘기해."

백서연이 문전 박대하려 하자 삼룡이 다급히 이곳에 온 용건을 밝혔다

"잠깐만, 물어볼 게 있어서 왔어. 잠깐 들어가도 되지?"

"안 돼. 거기서 얘기해."

"여기서는 곤란한데… 오라버니가 잠시 들어가서 물어보면 안 될까?"

백서연이 아무 대답도 안 하자 삼룡은 들어가기를 포기하고 문밖에서 용건을 말했다.

"혹시 말이야, 혈향시독에 대해서 들어보거나 아는 거 있어? 조금이라도 좋아. 기억나는 거 있으면 말해줘."

"없어. 근데 그걸 왜 나한테 묻는 거지, 내가 무슨 독을 안다고?"

"아참, 내가 말 안 해줬군."

삼룡이 말할 겨를이 없었던 것이 아니라 마차에서 조느라 시간이 없었던 것이다. 어쨌거나 삼룡이 과거 자신에 대해 언급하자 백서연은 귀가 솔깃해졌다.

"넌 전부터 독공을 익히고 있었어. 아주 지독해서 어떤 독도 소용없을 정도로."

"거짓말, 내가 잔인한 독공 따위를 익힐 리기 없잖아."

　강한 부정을 하는 백서연을 향해 삼룡은 이것저것 따지지 않았다. 원래 그의 성정이 그러한 것을 몹시 귀찮아하지 않던가.

　"못 믿겠으면 말어. 근데 말이야, 독이 폐부에 스며들어서 혈맥을 통해 근골에 퍼졌으면 어떻게 되는 거냐?"

　삼룡의 물음에 백서연은 생각할 것도 없다는 듯이 대답했다.

　"바보, 폐부로 스며드는 독이 어떻게 혈맥을 통해 근골로 퍼져? 호흡기로 들어오는 독은 장기와 혈도를 먼저 파괴해. 근골까지 스며들 틈이 없어."

　대답하는 백서연은 대답하는 자신이 신기했는지 고개를 갸웃거리고 있었다. 반면 삼룡은 뭔가에 맞은 듯 멍한 모습이었다.

　'아뿔싸, 사천독의가 나를 시험했구나! 가만 그럼 독이 왜 근골에 스며 있었던 거지? 분명 곡 도장의 근골에까지 독기가 스며들었는데. 혹시?'

　무슨 생각이 난 듯 삼룡이 다시 물었다.

　"그럼 말이야. 폐부로 스며든 독을 더 이상 악화시키지 않는 방법 중에 근골에 독기를 스며들게 해서 균형을 이루는 방법을 쓰는 건 어떨까?"

　이번엔 백서연도 조금 생각하더니 대답했다.

　"으음, 그럼 죽지는 않고 반송장처럼 살 수는 있겠지. 하지만 임시변통이야. 독 기운이 떨어지면 오래 못 갈 거야.”

백서연의 대답을 듣고 난 이후에야 삼룡은 비로소 사천독의에게 자신의 실력이 고스란히 드러났음을 알 수 있었다.

‘사천독의가 뻔히 알면서 일부러! 제길, 곡 도장이 죽으면 그 죄를 고스란히 뒤집어쓰게 생겼어. 어쩐지 계속 찜찜한 기분이 들더니!’

갑자기 처소 밖에서 아무 소리도 들리자 않자 백서연은 삼룡을 불러볼까 갈등했다. 하지만 결론은 긁어서 부스럼 만들지 말자였다.

‘홍, 가거나 말거나!’

하지만 생각과는 달리 그녀의 시선은 가끔 처소 입구를 향하고 있었다. 가끔 이런 생각도 하면서 말이다.

‘정말 나와 혼인을 약속한 사이면 어떡하지? 내가 너무 매정한 건 아닐까?’

“울지 마, 뭐 잘했다고 울어.”

흑미호 당철향은 침상 위에서 울고 있는 청의소녀를 다독이고 있었다. 이 소녀는 당가의 가주 연환철표 당철영의 무남독녀 계희였다.

울고 있는 그녀의 볼은 누군가에게 맞은 것처럼 발갛게 부어 있었다.

“오라버니가 오죽 화가 났으면 너한테 손찌검을 했겠니.

그리고 거기가 어디라고 니들이 가려고 했어?"

"가만있으면 안 되잖아. 우린 힘이 없는데 탈명표왕이 할아버지와 아버지를 죽이러 온다며? 추혼대 아저씨들이 그러는데 어쩌면 철상 삼촌도 소가주이기 때문에 죽어야 할지도 모른다고 그랬어."

어린 조카의 목청이 높아지자 한 성질 하는 흑미호의 목청도 같이 높아졌다.

"누가 철상이까지 죽는다고 그랬어?! 그리고 니들이 아미산에 가서 어쩌겠다고! 누구한테 가려고 그랬는데?!"

당철향의 추궁에 퉁퉁 부은 눈으로 당계희는 갑자기 입을 꾹 다물었다. 어릴 때부터 한번 심통이 나면 말을 하지 않는 그녀의 버릇이었다. 그런 그녀의 고집을 잘 알고 있는 당철향은 머리를 짚으며 바로 사과했다.

"화내서 미안해. 그런데 도대체 누구한테 도움을 청하려고 그랬어?"

그러자 당계희의 작은 입이 오물거렸다.

"개방신룡."

어린 조카의 대답에 당철향은 한동안 말없이 그녀를 쳐다보고만 있었다. 객잔에서 떠도는 헛소문을 믿고 누군지도 모르는 사람을 찾아가겠다고 가출을 감행한 이 철없는 조카를 어떻게 해야 할지 몰라 난감하기만 한 그녀였다.

"그럼 그 헛소문을 믿고 아미산까지 쫓아가려고 했던 거야?"

그러자 당계희는 눈에 힘을 주며 말했다.

"헛소문 아니야. 삼촌이 오독문 무사들을 혼자 벌줄 사람은 그분뿐이라고 했단 말이야."

"혹시, 오 년 전에 철상이한테 무공을 가르쳐 줬단 그 거지 말하는 거니?"

고모의 물음에 당계희는 당연하다는 듯이 고개를 끄덕였다. 하지만 당철향은 더 한심한 듯이 도리를 치며 말했다.

"개방신룡 얘기는 모두 사람들이 꾸며낸 얘기야. 그래, 설사 개방신룡이 예전에 철상이한테 무공을 가르쳐 준 사람이라고 치자. 하지만 얼굴 한 번 보고 이름도 모르는 사람을 대체 어떻게 찾겠다는 거야. 그때도 철상이 말 듣고 찾아봤지만 그 사람 흔적도 찾을 수가 없었잖아."

"그래도 가만있는 것보다는 낫잖아."

당계희는 아예 팔짱까지 끼며 당당한 모습이었다. 조금 전까지 울먹이던 모습은 어디에도 찾을 수가 없었다.

"그럼 백사주(白蛇酒)는 왜 가져간 거니? 그건 보통 술이 아니라 독이야. 독으로 숙성시켜서 보통 사람이 먹으면 바로 죽는단 말이야. 그건 독공을 익힌 사람이나 먹는 술이란 말이야."

"나도 알아. 하지만 철상 삼촌이 말한 사람은 오히려 더 좋아한다고 그랬어. 그리고 그분은 공짜를 무지 싫어한다고 그랬어. 예전에 삼촌한테 무공 가르쳐 준 것도 고기랑 술 가져다주고 한 가지씩 배웠다고 했단 말이야.”

“그래서 백사주를 가져다주고 우리 사천당가를 구해달라고 했단 말이야? 오대세가의 체면도 버리고!”

“아니! 삼촌하고 나는 개방신룡의 제자가 되려고 했어. 어차피 할아버지와 아버지가 죽으면 누군가 복수는 해야 하잖아.”

복수까지 들먹이는 어린 조카를 보는 당철향은 한심한 생각에 머리가 지끈거렸다. 아무리 강호 섭리가 복수가 복수를 낳는다고 하지만, 이 철없는 조카와 동생 녀석들이 헛소문을 듣고 이러고 있으니 어찌 한심하지 않겠는가.

“어휴, 내가 말을 말아야지. 그래, 철상이는 어디 갔어?”

“수련하러. 몇 단계만 넘으면 자기도 그냥 지지 않을 거라면서 수련하러 갔어.”

“알았다, 알았어. 대신 넌 잠자코 있어. 개방신룡 얘긴 다 헛소문이니까 괜히 가출한다고 하지 마. 봉문이 되도 너희들까지 죽는 건 아니니까. 할아버지하고 아버지, 그리고 나 죽은 다음 십 년 후에 복수해. 그전엔 절대 안 돼. 알았어?”

당철향의 목청이 심상치 않게 느껴지자 질녀 당계희도 형식적으로나마 얼른 대답했다.

“응.”

사천당가 객사에는 후미진 쪽으로 허름한 마구간이 길게

늘어서 있었다. 먼 곳에서 방문한 손님들의 경우에는 말이나 마차를 타고 오는 경우가 비일비재했으니 객사에 따로 마구간을 마련한 것이다.

　긴 마구간만큼 마구간지기도 여럿 두어서 낮 동안은 항상 사람들이 바삐 지나다녔다. 하지만 밤이 되면 아무도 지나다니지 않는 한적한 곳이기도 했다.

　퍽!

　둔탁한 소리와 함께 누군가가 매 맞는 소리가 빈 마구간에서 연이어서 들렸다.

　"일어나 검을 들어. 이번에도 검을 놓치면 죽을 줄 알아."

　노기(怒氣)가 실린 목소리가 작게 들리더니 다시 매 맞는 소리가 들렸다.

　마구간은 전면이 훤히 트여 있었지만 불빛은 매 맞는 소리보다 희미했다. 이는 청의 도포를 입은 여덟 명의 도사가 마구간 입구를 막고 있었기 때문이다. 그리고 마구간 안쪽으로는 두 명의 도사가 더 있었는데, 한 명은 진검을 들고 다른 하나는 목검을 든 채 싸우는 모습이었다.

　목검을 들고 있는 도사의 체격은 팔 척가량에 다부진 체격으로, 목검을 자유자재로 휘두르고 있었다. 반면 진검을 든 사람은 검 한 번 제대로 휘두르지 못하고 연신 피하고만 있었다. 그리고 그는 지평이었다.

　지평은 그동안 다부진 체격의 도사의 목검에 맞고 있었는지 팔과 다리를 제대로 쓰지 못하고 있었다. 이를 지켜보는 도사들의 표정은 대부분이 지평이 맞고 있는 게 당연하다는 표정이었고, 두세 명 정도만이 조금 격정하는 듯한 표정이었다.

체격 좋은 도사가 지평에게 소리쳤다.

"사제, 내 검은 들고 있으라고 준 게 아니야. 그동안 왕 사백께 배운 검술을 펼쳐 보란 말이야. 난 이 목검으로도 충분하니까!"

도사는 말이 끝나기가 무섭게 다시 목검을 휘둘렀다. 하지만 지평은 검으로 방어할 생각이 없는 듯 보법으로 피하기만 했다. 하지만 마구간 같은 좁은 공간에서 피할 수 있는 방위는 제한적일 수밖에 없었다. 더구나 같은 청성 제자였으니 보법 또한 눈에 익은 터였다.

지평이 움직이는 방향을 읽은 도사는 초식명과 함께 정수리를 향해 목검을 내려쳤다.

"사두타종(蛇頭打縱:뱀 머리를 내려치다)!"

뿌직.

지평의 정수리에 목검이 부딪치자 목검 허리가 그 힘을 못 이기며 부러져 버렸다. 그렇다고 목검이 약한 것은 아니었다. 오히려 부러진 목검은 일부러 물까지 먹여 더 강하고 쉽게 부러지지 않도록 해놨으니 말이다.

지평의 사형인 듯한 도사는 부러진 목검을 보며 아쉬운 듯이 뒤로 물러났다.

한편 목검에 정수리를 얻어맞은 지평은 넘어지지 않으려고 안간힘을 쓰고 있었다. 그러다가 도저히 안 되겠는지 들고 있던 검을 세워 중심을 잡으려 했다. 그러자 입구를 지키고 있던 한 도사가 버럭 소리를 질렀다.

"네 이놈! 생명과 같은 검을, 그것도 사형의 검을 지팡이로 쓰려 하다니!"

지평을 질책하는 도사는 뱁새눈에 주근깨와 뻐드렁니가 튀어나온 자였다. 그는 지평과 같이 왕진한을 모시고 있는 지관(池寬)이란 놈이었다. 그는 어찌 보면 지평과 가장 가까울 수 있는 사형제 사이였지만 오히려 더 엄하게 꾸짖고 있었다.

풀썩!

지평이 중심을 잃고 넘어지는 소리였다. 하지만 이를 보는 청성 제자들 대부분은 걱정하는 표정이 아니었다.

뻐드렁니 지관이 다른 청성 제자들을 보며 말했다.

"이제까지 사형들이 시범을 보였으니 너희 사제들도 지평 사형에게 시범을 보여라. 청성의 검이 어떤지 보여주란 말이야."

지관의 눈빛에 사제로 생각되는 네 명의 청성 제자가 서로 시선을 피하며 눈치를 보고 있었다. 지금 이것이 정당한 비무를 하는 것이라면 이렇듯 시선을 피할 리가 없었다.

"너희들도 보다시피 우린 목검을 들고 있고, 지평 사제는 진검을 들고 있다. 만약 지평 사제가 지금 우리의 처분을 받아들이지 못하겠다고 생각하면 들고 있는 검으로 우리를 찌르면 그뿐이다. 오히려 나를 비롯한 사형들은 저놈이 아직 청성 제자라고 생각하고 훈계하고 있는 것이다. 이래도 우리가 잘못한 것이냐?"

지관은 눈을 회피하는 사제들을 일일이 손가락으로 가리키며 말을 이었다.

"사제가 곡 사숙님을 처음부터 잘 보필했다면 어찌 저런 괴상한 독에 중독되었겠느냐? 사부님과 옥 사숙은 왜 춘약에 중독되어 왜 지금껏 고생했느냐, 이 말이다. 그런데 이놈은 오늘에서야 개방 방도 같은 몰골로 나타났다. 그것도 사부님의 물려주신 보검까지 잃어버리고 말이다. 게다가 이름도 모르는 문파의 제자를 형님으로 모시고, 당가의 여식에게 읍소를 해서 우리 청성을 당가 무사들 입에 오르게 했다."

지관의 말이 계속될수록 사제들은 차츰 지평에게 실망감이 드러냈다. 그러자 지관은 더욱 목청을 높여 말했다.

"더구나 지평 사제는 오늘 해서는 안 되는 말을 했다. 출신 문파를 모르는 그 연놈들이 무슨 짓을 하든 청성에서 책임지겠다고 공언했단 말이다. 만약 그들이 당가에 실수를 한다면 청성에서 책임져야 한다. 이래도 너희들이 사제란 이유로 지평 사형에게 목검을 들지 않을 것이냐?"

지관의 말이 끝나자마자 지평의 사제들 중 한 명이 목검을 힘껏 움켜쥐고 앞으로 나섰다.

"지관 사형, 전 지평 사형을 용서할 수 없습니다. 저도 사형들처럼 목검을 들겠습니다. 설사 사형이 검으로 제 목을 찌르더라도 피하지 않겠습니다."

"지찬(池燦) 사제로군. 좋다, 가서 목검이 부러질 때까지 지평이 무엇을 잘못했는지 일깨워 주거라."

"예, 지관 사형!"

이 지찬이란 청성 제자는 지평과 함께 곡원을 따라나섰던 사람 중 하나였는데, 평소에 지평을 잘 따르던 사제 중 하나였다. 하지만 지금 그의 눈빛에는 냉기가 풀풀 풍겼다.

반면 아까 쓰러진 지평은 아직까지도 일어나지 못하고 있었다. 하지만 사제에게 누운 모습을 보이기 싫었는지 힘겹게 몸을 일으키려 했다.

"지평 사형, 당신 때문에 사형들과 저희는 이곳 당가에서 고개를 들고 다닐……! 지관 사형, 여길 좀 보세요."

사제의 외침에 지관이 안쪽을 살피자 얼굴에 반쯤 피를 묻힌 채 일어서는 지평의 모습이 보였다. 좀 전에 맞은 정수리가 터진 것이다. 지금까지 그들이 몰랐던 것은 지평이 누워 있어서 보이지 않았던 것이다.

지평은 지혈도 포기한 채 악착같이 일어서고 있었다. 하지만 체력이 바닥난 그가 제대로 일어설 수는 없었다.

다시 지평이 풀썩 쓰러지자 지관은 한심하다는 듯이 혀를

찼다.

"쯧쯧, 사부님과 곡 사숙께 직접 검을 배운 놈이 고작 이 정도에 일어서지 못하는군. 사부님과 사숙들은 자질이 뛰어난 동문들도 많은데 왜 저런 녀석에게 검술을 못 가르쳐서 안달이셨는지. 가자, 저런 녀석과 같은 동문이라는 것이 부끄럽다."

지관이 돌아서자 나머지 청성 제자들도 연이어서 뒤돌아섰다. 지평의 사제로 생각되는 한두 명 정도만이 슬쩍 뒤돌아봤을 뿐, 나머지는 관심도 없어 보였다.

등(燈)을 들고 있던 청성 제자까지 모두 사라지자 지평이 누워 있는 마구간은 일순간에 어두워졌다. 하지만 지평은 누워서 잠이 들었는지 움직이지 않았다. 그냥 그대로 있을 뿐이었다.

곡원의 객사에 삼룡이 피범벅을 한 채 돌아온 것은 한 시진이 지나서였다. 담초홍이 놀라 쳐다보자 삼룡은 애써 미소를 지어 보였다.

"별거 아니야. 누가 넘어져 다쳐서 치료해 주고 오는 길이다."

말하는 삼룡의 얼굴에 그늘이 보였다. 담초홍이 삼룡과 만난 이후로 삼룡의 얼굴에 이렇듯 그늘이 드리워진 것은 처음이었다.

"알았어요. 제가 닦아드릴 테니 거기 앉으세요."

삼룡이 시키는 대로 탁자에 앉자 담초홍은 수건에 물을 적셔 피 묻은 손을 닦기 시작했다. 예전 아미신녀의 시신을 닦을 때처럼 정성을 다해서 말이다.

정성들여 자신의 손을 닦는 담초홍을 보며 삼룡이 말했다.

"꼬맹아, 곡원 도장이 중독된 혈향시독 말이다. 내가 꼭 해독해야 하는데 방법이 없을까?"

진지한 삼룡의 물음에 담초홍은 잠시 뜸을 들이더니 힘들게 입을 열었다.

"사부님께서 혈향시독은 다른 독과 달라서 해독이 불가능하다고 하셨어요. 그리고 저 혈향시독은 숙주예요. 저분이 돌아가시면 새로운 시독이 생기는데, 그게 퍼지면 이곳 사람들은 하나도 남김없이 다 죽을 거예요."

담초홍의 충격적인 얘기에도 삼룡은 그럴 줄 알았다는 듯 고개를 끄덕였다. 그러자 담초홍이 오히려 반문했다.

"알고 있었어요?"

"아까는 몰랐는데 사천독의 때문에 알게 됐어. 내가 의원이 아니란 걸, 해독할 수 없다는 걸 알면서도 곡 도장을 나에게 맡겼지. 하지만 그녀가 해준 말에 실마리가 있었어. 시독에 죽으면 새로운 시독이 생긴다는 말, 그 말이 생각나더군."

삼룡의 말에 담초홍도 동의하는지 재빨리 고개를 끄덕였다.

"그다음 지금의 혈향시독도 해독 못하는데, 다른 시독이 생긴다면, 그것이 다른 사람 폐부로 스며들면 어떻게 될까라는 생각이 들더군. 그리고 객사를 들어오다 보니 이곳을 지키고 감시하는 당가 사람들이 주위에 널렸더군. 아마 곡 도장이 죽으면 여기에 바로 불을 지를 생각일 거야."

"그렇게 하면 퍼지는 것을 막을 수는 있어요. 하지만 이분은 청성파 사람인데 어째서 그렇게까지 하는 거죠?"

"지금은 사천독의가 치료하는 것이 아니니까. 지금까지 독을 써서 목숨만 붙어 있게 한 것도 저 사람이 명문 청성파 출신이기 때문이야. 아마 그동안 어떻게 처리해야 할지 고민이었을걸? 그런 참에 내가 나타난 준 것이고, 청성 제자인 지평이 스스로 책임진다고 했으니까 그녀로서는 더 이상 좋은 방책이 없다고 생각한 것이겠지."

담초홍이 손 닦던 것을 멈추며 물었다.

"그럼 저희는 여기에서 죽는 건가요?"

불안한 기색의 담초홍을 쳐다보던 삼룡의 얼굴엔 어느새 미소가 어려 있었다.

"꼬맹아, 내가 여기에서 죽을 놈으로 보이냐? 난 무림대회에 가야 한다. 안 그럼 사부님한테 매일 맞고 살아야 해. 그리고 내가 지켜줘야 하는 사람도 있어. 내가 여기서 죽으면 서연이 혼자인데, 그러면 그 성격에 가만있겠냐? 아마 저승까지 쫓아오고도 남을 거다. 저기 봐. 눈치 빠른 오룡이 녀석도 잘

만 자잖아. 저 녀석이 미물(微物)이라고 해도 죽을 위험을 느
끼면 바로 도망치거든. 그러니 내가 죽을 일 따위는 없다.”

큰소리치는 삼룡을 보며 담초홍은 씁쓸히 웃으며 생각했
다.

‘역시 나는 짐밖에 되지 않는 존재인 건가! 아무 도움도 되
지 못하니 데리고 있기 싫겠지.’

삼룡은 눈치 하나만큼은 빠른 놈이다. 그런 그가 바로 눈앞
에서 실망하는 담초홍의 눈빛을 보지 못할 리가 없었다.

“꼬맹아, 누가 그러는데 내가 지켜줘야 할 사람 중 아미산
에 살던 진드기도 포함된다고 그러더라. 혹시 넌 아미산 진드
기가 누군지 아냐?”

순간 담초홍의 눈에 눈물이 고였다.

“꼬맹아, 너 우냐?”

“누가 울어요!”

“에이, 지금 울려고 하잖아.”

그러자 담초홍이 고개를 돌려 객사 밖으로 뛰어나갔다. 이
어 낭랑한 목소리가 객사 안까지 들렸다.

“바보!”

병상에 누워 있는 곡원을 쳐다보는 삼룡의 눈빛은 여느 때
와 달랐다. 주위에 아무도 없어서이기도 했지만 그의 진지한
눈빛은 매일 졸던 때와 확연히 차이가 있었다

"독이 아니라 무공이라 생각하자! 무공이라 생각하면 방법이 있을 거야. 정 안 되면 내 몸으로 끌고 오면 돼. 검체(劍體)를 한번 믿어보는 거다. 젠장, 도박은 진짜 싫은데."

마음의 결정을 내린 삼룡은 곡원을 앉히고 자신도 뒤에 앉아 가부좌를 틀었다. 이어 격체전공하는 방법으로 곡원의 몸을 살피기 시작했다.

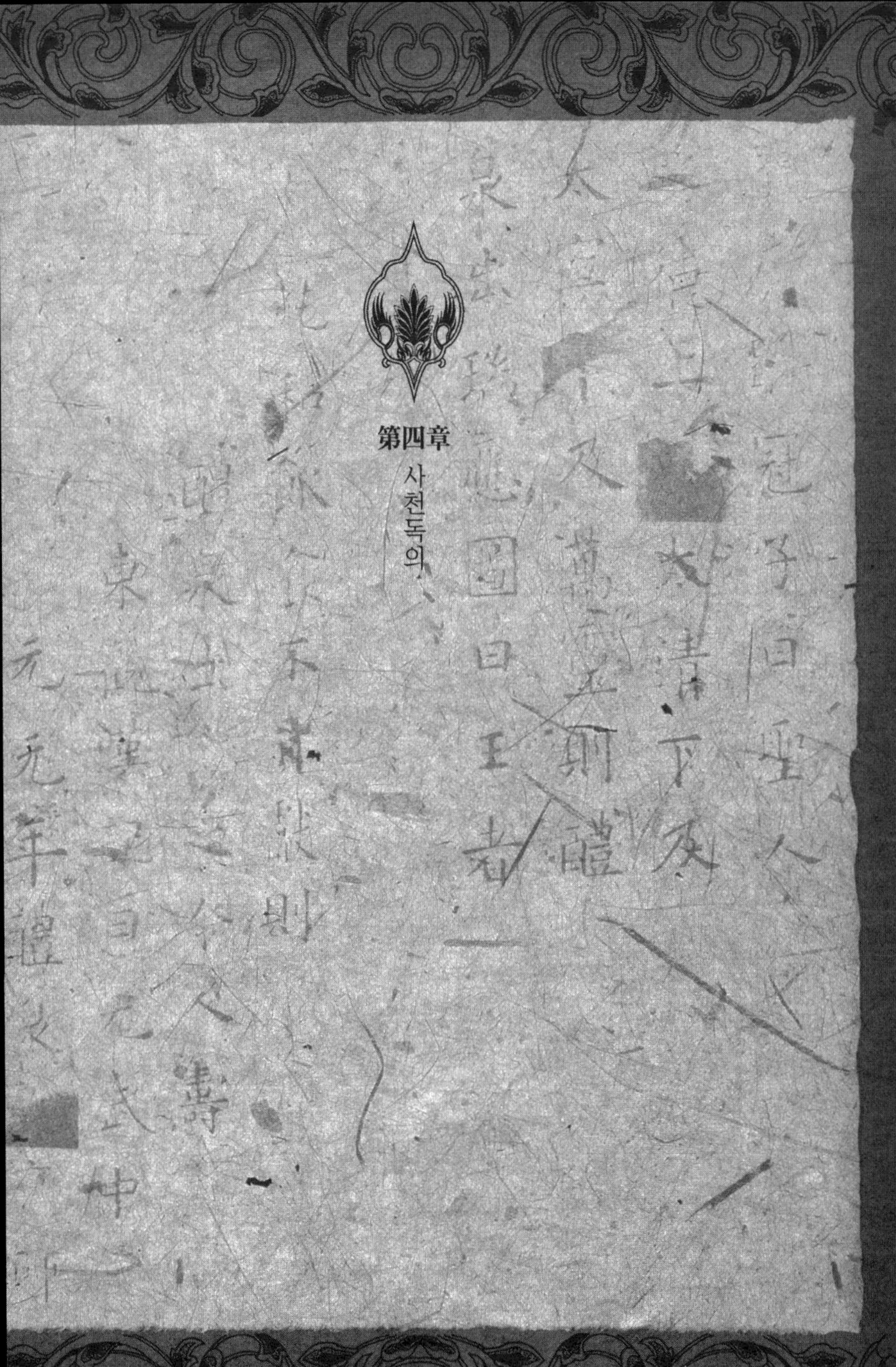

第四章 사천독의

　당가의 가주 연환철표 당철영과 사천독의 당철심은 이른 새벽부터 가주 전각 모처에서 밀담(密談)을 나누고 있었다.

　밀담은 주로 사천독의 당철심이 말을 하고 당철영은 듣기만 하는 편이었다.

　"그러니까 곡 도장이 죽으면 혈향시독 때문에 그 옆에 있던 사람들은 중독되는 정도가 아니라 아예 그 자리에서 죽게 된단 말이지?"

　"예, 오라버니. 그대로 두면 그들뿐만 아니라 우리 당문 전체가 위험하게 될 정도예요. 아까 말씀드린 대로 그 후에 당가 무사 몇 명만 희생시키면 청성은 우리 당문에 큰 빚을 지게 됩니다."

"그래, 그렇게 되면 철심이 네 말대로 객사에 불을 질러도 청성에서는 아무 말 못할 것이다. 그리고 밖에서는 불길 때문에 당가 내부에 무슨 일이 벌어진 것으로 알겠지?"

"그럼요. 그리고 그때를 기다려 혈향시독에 관한 소문을 퍼뜨리면 탈명표왕은 생사결을 취소할 수밖에 없을 겁니다."

잠시 고개를 끄덕이던 당철영은 다시 고개를 가로저으며 부정적으로 말했다.

"하지만 그것만으로는 어림없을 것 같구나. 일단은 그도 지켜볼 텐데, 사람들이 수없이 죽어나가지 않고서는 금방 눈치 채지 않겠느냐?"

"아니에요, 오라버니. 어차피 혈향시독에 중독된 사람은 불로 태워 없애야 해요. 그러니 매일 불만 피우면 밖에서는 우리가 큰 피해를 입은 것으로 생각할 것입니다. 칠 일 정도만 계속 불을 피우면 그도 심각하게 생각하고 일단 물러갈 겁니다."

"그래서 어제저녁부터 하인들에게 장작을 사 모으라고 지시한 것이냐?"

"예, 오라버니."

"계책은 계책이다. 그렇게 되면 당분간 생사결도 피할 수 있고 비급을 뺏기는 것도 막을 수 있으니!"

당철영의 긍정적인 반응이 이어지자 사천독의는 의기양양

하게 말했다.

"이 사태를 끝낼 다른 계책도 있습니다, 오라버니!"

"완전히 끝낼 다른 계책? 철심아, 어서 말해보거라."

"삼룡이란 자의 일행을 이용하는 것입니다. 그자의 일행 중에 백서연 낭자와 담초홍이란 꼬마가 있습니다. 꼬마는 잠시도 떨어지려 하지 않으니 아마 삼룡이란 자와 같이 죽게 될 것입니다. 하지만 백 낭자는 다른 객사에 있으니 살아남을 겁니다."

"그래서, 그 백 낭자를 어떻게 이용한다는 것이냐?"

"어제 얼핏 물어보니, 그 백 낭자는 머리에 충격을 받아 과거 일을 기억하지 못한다고 들었습니다. 그래서 제가 치료를 해주는 척하면서 몸에 혈향시독을 심어둘 생각입니다."

"중독되었다는 것이 금방 표시가 날 텐데?"

"아닙니다, 오라버니. 숙주 단계의 혈향시독은 해독 방법을 모를 뿐, 다루기는 쉽습니다. 제가 지금까지 곡 도장을 통해 그 혈향시독을 다뤄왔으니 삼십 일 정도는 아무 표시 나지 않게 할 수 있습니다."

"오호, 그건 다행이로구나. 그럼 그다음은 어쩔 것이냐?"

"삼룡이란 자와 담초홍이라는 아이가 죽게 되면 그녀는 혼자가 됩니다. 그럼 오라버니는 갈곳없는 그녀를 양녀로 삼으셔야 합니다."

"내 양녀로?"

“네, 오라버니 양녀로 삼으시고 친딸처럼 대해주세요. 옷도 지어 입히고 당가의 무공도 전수하세요. 탈명표왕이 다시 생사결을 신청하러 올 때까지 말입니다.”

“그가 다시 오면 또 생사결을 하자고 할 텐데?”

“허락하세요. 하지만 그 자리에는 반드시 청성의 왕 도장이 있어야 합니다. 곡 도장의 일로 빚을 진 것이 있으니 미리 언질하면 왕 도장도 거부하지 못할 것입니다. 자리가 준비되면 생사결 전에 백 낭자에게 차 접대를 시키세요. 당연히 백 낭자는 오라버니 말에 따를 것이고, 탈명표왕은 오라버니 양녀가 주는 차를 거부할 수 없을 겁니다.”

“하지만 그들도 찻잔에 독이 들었나 의심할 것이다. …설마! 그 찻잔에 독을 넣을 건 아니겠지?”

당철영의 물음에 당철심은 대답 대신 미소를 지었다. 이는 당연히 독을 넣겠다는 뜻이었다.

“설마, 진짜로 그럴 것이냐?”

“맞습니다, 오라버니. 저는 그 찻잔에 독을 넣을 것입니다. 그리고 오라버니는 그들이 보는 앞에서 백 낭자에게 먼저 먹어보라고 시키는 것입니다.”

“그렇게 되면 백 낭자가 죽을 게 아니냐?”

“맞습니다. 하지만 왕 도장은 오라버니가 아니라 탈명표왕을 의심할 것입니다. 양녀에게 차를 대접시키면서 독살시킬 이유는 없다고 생각할 테니까요. 그때 제가 나서서 백 낭자의 사인을 얘기하면 왕 도장이 가만있지 않을 것입니다.”

“그래, 백 낭자가 혈향시독에 중독되었으니 탈명표왕이 곡 도장을 중독시킨 범인으로도 의심받겠구나?”

사천독의 당철심은 자신의 계획을 이해시켰다고 생각했는지 조용히 고개만 끄덕이고 있었다. 하지만 다시 생각에 잠긴 당철영이 걱정스런 표정으로 말했다.

“하지만 철심아, 그렇게 되면 삼룡이란 사람과 백 낭자에게 너무 미안한 일이 아니냐?”

그러자 당철심이 단호하게 대답했다.

“오라버니, 우리 당문을 위해서는 어쩔 수 없어요. 그게 아니라면 아버지와 오라버니까지 생사결로 목숨을 잃고, 우리 당문은 봉문당할 겁니다. 무형심결을 뺏기는 것은 말할 것도 없구요. 이번 기회는 하늘이 주신 기회예요. 이 기회를 발로 차버리실 생각이세요?”

목청을 높이는 사천독의의 말에 당철영은 마땅히 반박할 수가 없었다.

철심의 계책이 아니라면 그야말로 사천당가는 나락에 떨어질 뿐만 아니라 큰 타격을 입게 되어 향후 몇십 년, 아니, 몇백 년 동안은 지금과 같은 세력을 회복하기 어려울 테니 말이다.

마음의 결정을 내렸는지 당철영이 이내 단호하게 표정을 지었다.

"철심이 네 얘기가 맞다. 하지만 이 일은 우리만 알고 있어야 한다. 다른 형제들까지 알아서는 곤란해. 알게 되면 분란만 생길 것이고."

"저도 그렇게 생각해서 이 야심한 밤중에 오라버니를 불러낸 것입니다."

"그런 것이었군. 그럼 곡 도장은 언제 운을 다할 것 같으냐?"

"혈향시독이 워낙 강해서 매일 항독(抗毒)을 써야 합니다. 오늘은 건너뛸 것이니 늦어도 내일쯤이면 숨을 거둘 것입니다."

"그렇다면 혈향시독이 발원하는 때는 또 언제쯤이냐?"

"숨을 거둔 한 시진 후입니다. 시독에 의해 죽은 사람은 부패가 빨리 일어나는데, 혈향시독은 다른 시독보다 더 강해서 한 시진이면 충분할 것입니다."

"그럼 때만 기다리면 되겠군."

"네, 오라버니!"

사천당가의 가주 당철영은 그동안 고민해 온 문제가 한꺼번에 해결될 기미가 보이자 표정이 한층 밝아져 있었다. 그것이 몇 사람의 생명을 이용하는 것이라고 해도 자신들 가문(家門)이 입을 손해보다는 작다 생각하는 것 같았다.

이는 이 계획을 세운 사천독의도 마찬가지였다. 그녀는 결심을 굳히려는 듯 입술을 굳게 깨물어 보였다.

먼동이 터오를 무렵 삼룡은 밤새 잠 한숨 자지 못한 얼굴로 곡원이 있는 객사를 나섰다. 이번에도 담초홍은 객사에 남겨 둔 모양이었다.

담초홍도 어젯밤 이후로 꼭 붙어 다니려고 하지 않았기 때문에 삼룡은 홀가분하게 돌아다닐 수 있었다. 하지만 그의 머릿속은 어젯밤보다 더 복잡했다.

'열여덟 가지 기운이 서로 다른 것 같으면서도 서로 떨어지지 않으려 한단 말이야. 근골에 스며든 독은 단순히 이들을 견제하고만 있고. 아무튼 이 독 기운을 한꺼번에 없애 버려야 하는데 그게 쉽지 않아.'

생각에 빠져든 삼룡은 발길 닿는 대로 걷고 있었다.

'근골에 스며든 독 기운도 점점 약해지고 있어. 이대로 두면 그것도 위험할 것 같아.'

삼룡이 암기를 던질 때 쓰는 허수아비 수십 개가 세워진 마당에 들어섰을 때였다.

갑자기 삼룡의 앞으로 수십 개의 암기 다발이 예성을 뿜으며 날아들었다. 하지만 삼룡은 소리를 못 들었는지 걸음을 멈추지 않았다.

파파팍!

표창과 연미표, 그리고 굵기와 형태가 제각각인 침들이 삼룡의 주변에 박혔지만 정작 그의 몸에는 맞지 않았다. 이는 삼룡이 암기를 의식해서 피한 것이 아니라 던진 사람이 경고의 의미로 던졌기 때문이다.

이어 낭랑한 목소리가 삼룡의 귓전을 때렸다.

"아저씨는 누구신데 제가 경고했는데도 들어오시는 거죠?"

목소리가 들린 안쪽에는 어제 가출을 감행했던 소녀, 당계희가 뾰로통한 표정으로 노려보고 있었다. 그녀의 손에는 여러 종류의 암기가 들려 있었는데, 이번엔 제대로 맞출 것처럼 자세를 취하고 있었다.

하지만 삼룡은 그 모든 것을 무시하고 마당 한쪽에 세워진 나무 허수아비로 발걸음을 옮겼다. 그 허수아비에는 이미 수십 개의 암기가 박혀 있었다.

그러자 당계희가 버럭 화를 냈다.

"당신 누군데 내 연공을 방해하는 거야! 정말 죽고 싶어?"

비로소 삼룡이 반응했다. 하지만 놀란 모습이 아니었다.

"쉿!"

삼룡은 당계희를 한 번 노려보더니 이내 고개를 돌려 허수아비를 쳐다봤다. 반면 당계희는 자신의 경고를 두 번이나 무시한 삼룡에게 잔뜩 화가 난 상태였다.

"거기서 안 비키면 칠보추혼독을 바른 암기를 던질 테야. 일단 중독되면 일곱 걸음도 못 걷고 죽는 독이지. 그 독은 해독하고 싶어도 시간이 없어서 못해. 그래도 좋다면 그대로 있어. 곧 던져 줄 테니.”

사실 당계희가 가진 독은 단순한 마비 정도만 일으키는 독이었다. 극독은 황금만큼이나 비쌌으니 연공할 때마다 칠보추혼독 같은 비싼 독을 쓸 리 만무했다. 하지만 협박은 통하는 자에게만 가능한 것이다.

삼룡은 듣는 척도 하지 않고 허수아비만 쳐다보고 있었다.

“정말이라니까! 이 칠보추혼독이 묻은 암기에 맞으면 얼굴이 시커멓게 되고 구멍이란 구멍에서는 모두 피가 나와서 무지 험하게 죽는단 말이야.”

당계희가 목청을 높여봤지만 삼룡은 요지부동이었다.

“정말 던진다! 이번이 마지막 경고야!”

그때였다. 삼룡이 고개를 돌리지도 않고 물었다.

“혹시 지네처럼 생긴 암기 가지고 있냐?”

“당연하지.”

“그럼 나비처럼 생긴 암기는?”

“당연히 갖고 있지. 난 비접(比蝶)을 세 가지나 가지고 있는걸. 예쁘게 생겨서 잘 쓰진 않아.”

우쭐해진 당계희는 자신이 가지고 있는 암기에 대해 늘어놓고 있었고, 삼룡은 이것저것 물어보면서 허수아비에 박힌 암기를 하나둘 떼어내고 있었다.

“지금 뭐 하는 거야?”

당계희가 삼룡의 옆에 다가와서 물었다. 마침 삼룡은 떼어낸 암기를 자신이 원하는 위치에 다시 꽂고 있었다.

"지네처럼 생긴 암기가 있다고 했지? 그거 잠시만 빌려줄래?"

"치, 내가 거짓말했을 것 같아?"

삼룡의 말에 당계희는 허리춤을 뒤적거리더니 손가락 크기의 전갈 표창을 꺼내 자랑했다. 하지만 극독이 묻어 있다고 허풍 친 것을 잊지 않았는지 건네주지는 않았다.

"봐, 정말 있지?"

이를 보고 삼룡은 아무렇지도 않게 표창을 집어 들더니 허수아비의 단전 부근에 꽂았다.

"어, 어!"

당계희가 발작적으로 소리쳤지만 삼룡은 벌써 암기를 만진 이후였다. 게다가 삼룡의 요구는 계속됐다.

"비접 가지고 있다고 했지? 그것도 줘봐."

"싫어. 처음부터 내가 거짓말한 거 다 알았으면서."

"진짜 몰랐어. 그러니까 줘봐. 난 전부터 독 같은 거 안 무서워하거든."

삼룡은 대답하면서도 당계희를 쳐다보지 않았다. 오로지 그의 관심은 허수아비에 꽂힌 암기에 있는 듯 행동했다.

"치, 거짓말! 독을 무서워하지 않는 사람이 어디 있어? 내가 아는 사람 중에 그런 사람은 아무도 없어. 청성 도사들도 독 묻은 표창이라고 하면 줄행랑치는데."

"믿기 싫으면 믿지 마. 근데 비접은 빌려주지 않을 거냐?"

삼룡의 말에 당계희는 잠시 갈등했다. 하지만 이미 자신의 입으로 허풍 친 것을 인정했으니 주지 않을 이유도 없었다. 그녀는 비접 세 개를 건네며 물었다.

"근데 아저씨, 지금 뭐 하고 있는지 말해주면 안 돼?"

당계희의 물음에 삼룡은 별거 아니라는 듯이 대답했다.

"무공 수련!"

"에이, 무슨 무공 수련을 이런 식으로 해."

"나는 그래. 귀찮게 몸 움직이는 게 싫어서! 너도 수련하기 싫을 때 있지?"

"응, 그렇긴 하지. 하루 종일 수련하면 무지 아파서 어쩔 때는 잠도 잘 안 오는걸. 그런 다음날은 정말 수련하기 싫어."

당계희는 아직 열세 살의 어린아이였다. 그랬으니 삼룡의 말에 귀가 솔깃한 건 어쩌면 당연한 일이었다. 물론 그녀도 아직 반신반의하고 있었지만.

"그래서 난 움직이지 않고 수련하는 법을 터득했어."

"어떻게?"

대답하는 당계희의 눈이 반짝였다. 무언가 잔뜩 기대하는 눈빛이었다.

"난 제자 아니면 무공 안 가르쳐 줘. 그리고 귀찮아서 제자도 안 받아. 그러니까 나한테 배울 생각은 아예 접는 게 좋아."

"치이, 내 암기 빌려줬잖아!"

"무공은 빌려주는 게 아니야. 한 번 가르쳐 주면 끝이잖
아."

"그러지 말고 가르쳐 주라. 사부라고 안 부르면 되잖아?"

"싫어."

어떻게 된 상황인지 당계희는 수련 방법을 가르쳐 달라 애
원하고 있었고 삼룡은 튕기고 있었다. 물론 삼룡의 시선은 여
전히 허수아비에게서 떨어지지 않은 채로 말이다.

당계희는 영리한 소녀였다. 무조건 매달리는 법보다는 상
대방이 원하는 것을 먼저 생각했다.

"술 가져다줄까? 아버지가 마시는 술 중에 좋은 거 있는
데."

술이라는 단 한 마디에 지금껏 꼼짝 안 하고 허수아비를 쳐
다보던 삼룡이 멈칫했다. 구미가 당긴다는 뜻이었다. 하지만
이내 고개를 가로저었다.

"안 돼. 지금 마시면 내가 개자식 된다. 멍청하고 미련한
동생 놈이 하나 있는데, 그 녀석하고 약속했어. 그러니까 안
돼."

당계희가 어리다고 눈치까지 없는 건 아니었다. 게다가 삼
룡이 술 얘기에 입맛 다시는 것까지 봤으니 그냥 물러날 리가
없었다.

"어, 그거 봉밀주(蜂蜜酒)라고 무지 맛있는 술이야. 산에서 따온 벌집을 통째로 넣어서 무지 달다고 그랬어."

하지만 삼룡은 별 반응이 없었다. 아이들 입장에서야 단맛이 나는 술이 맛있는 술이겠지만 삼룡의 입장에서는 백주처럼 쓰고 독한 술이 아니면 별 감흥을 주지 않는 술이었다.

이를 눈치 챘는지 당계희는 재빨리 다른 술을 열거했다.

"음, 봉밀주 말고도 산삼이 들어간 대곡주도 있고, 백 년 넘은 영지가 들어간 소홍주, 뱀 쓸개 천 개를 집어넣은 황주도 있어. 이거 다 가져다줄 테니까 가르쳐 주라."

당계희가 색다른 술 이름을 댈 때마다 입맛을 다시는 삼룡이었지만 이내 고개를 부르르 떨었다. 당계희는 넘어올 듯 넘어오지 않는 삼룡이 야속했지만 아직 그녀에게는 숨겨둔 비장의 술이 있었다.

"좋아. 이건 삼촌이 개방신룡 주려던 건데, 그 무공 가르쳐 주면 백사주 줄게. 아버지가 그러셨는데 무형독비 할아버지가 오래전에 독으로 담근 술이라고 했어. 그래서 보통 사람이 먹으면 죽는데. 내공이 높은 사람이나 독공을 익힌 사람은 몸에 더 좋다고 했단 말이야. 그걸 줄 테니 대신 수련 안 해도 되는 무공 가르쳐 줘!"

그때였다. 암기가 박힌 허수아비에게서 눈을 떼지 않던 삼룡이 당계희를 빤히 쳐다봤다. 반면 백사주에 삼룡이 넘어왔다고 생각한 당계희는 콧대를 드높였다.

“가르쳐 줄 거지?”

하지만 삼룡은 술을 먹겠다는 눈빛이 아니었다.

“너 방금 독으로 만든 술이 어떤 사람의 몸에는 더 좋다고 그랬니?”

“응, 근데 그 얘긴 누구나 다 아는 얘기잖아. 지금까지 그런 것도 몰랐던 거야?”

순간 삼룡은 망치로 머리를 한 대 맞은 듯 멍한 표정이었다. 반면 당계희는 눈앞에 있는 삼룡에게 무공을 배워야 하는지 아닌지 갈등하고 있었다.

‘이 사람, 순 허풍쟁이 아니야? 옷차림도 거지하고 다를 바 없는데. 에이, 괜히 내 수련만 방해됐네.’

삼룡이 궁금한 듯 물었다.

“꼬마야, 독에 중독된 사람이 독주를 먹으면 어떻게 될까?”

“술은 독 기운을 빨리 퍼지게 하니까 당연히 더 빨리 죽지. 독은 해독약이 아니란 말이야.”

답답한 듯 삼룡이 다시 물었다.

“그게 아니라, 중독된 사람이 성질이 다른 독주를 먹으면 어떻게 되냐고?”

“마찬가지야. 상성(相性)이 있는 독주가 아닌 이상 죽어.”

“그럼 그 상성이 있는 독주는?”

이번엔 바로 대답하기 어려웠는지 당계희는 손가락을 입

에 물고 고민에 빠졌다. 조금 고민하던 그녀가 확신한 듯이 대답했다.

"죽지 않아."

순간 삼룡이 환한 표정을 지으며 무릎을 내려쳤다.

"그래, 그거야!"

이어 삼룡은 주위를 두리번거렸다. 이제야 자신이 어디에 있는지 궁금했던 것이다.

"꼬마야, 객사가 어느 방향에 있냐?"

"저기 저쪽. 근데 나 꼬마 아니거든요. 몇 년만 있으면 나도 혼인할 나이란……. 어, 방금 전까지 여기 있었는데?"

당계희가 방향을 가리키기 위해 잠시 고개를 돌린 사이 눈앞에 있던 삼룡이 보이질 않았다.

"어, 이상하다? 분명 여기 있었는데, 어디로 간 거지? 그리고 출입문은 저쪽인데?"

이때 두리번거리는 당계희의 뒤쪽에서 남자 목소리가 들렸다.

"계희야, 뭐가 이상하다는 거야?"

그는 당철상이었다. 어젯밤 늦게까지 수련하다가 지금 나오는 길이었다.

"어, 아무것도 아니야. 혼자 수련하려니 심심했는데 잘됐네."

"싱겁긴! 자, 아침 일찍 나왔으니 실력이 얼마나 늘었는지 한번 볼까?"

　드르륵 소리와 함께 삼룡이 곡원의 객사로 뛰어들어 왔다.
담초홍은 곡원의 침상 옆에서 기대 깜빡 잠이 들었는데, 그
소리에 화들짝 놀라 몸을 일으켰다.
　"꼬맹아, 됐다! 혈향시독이든 뭐든 이제 됐어!"
　기쁘게 소리치는 삼룡의 말에 담초홍이 졸린 눈을 비비며
대답했다.
　"정말요?"
　"그렇대두, 곡원 도장을 내가 살릴 수 있단 말이야."
　아직 삼룡의 말이 믿어지지 않는 듯 담초홍은 고개를 갸웃
거렸다. 그도 그럴 것이, 그녀의 사부 아미신녀도 해독할 수
없다 하지 않았던가!
　그사이 삼룡은 곡원의 몸을 진맥하고 있었다. 얼마 안 있어
삼룡의 눈이 이채를 띠었다. 분명 자신이 밖으로 나갈 때는
혈향시독과 균형을 맞춘 독의 힘이 점점 약해지고 있었는데
지금은 다시 균형을 이루고 있었기 때문이다.
　"지금 제가 할 수 있는 건 그것뿐이었어요."
　담담하게 말하는 담초홍에게 삼룡은 머리를 쓰다듬으며
칭찬했다.
　"잘했다."
　담초홍은 귀찮았는지 삼룡이 머리를 만지는 것을 기분 나

빠하지 않고 그냥 내버려 뒀다.

"그런데 독한 술이 필요해. 될수록 독한 걸로."

"알았어요. 제가 구해올게요."

담초홍이 술을 구하기 위해 뛰어나가자 삼룡은 기다렸다는 듯이 곡원의 옷을 벗겼다. 이윽고 아무것도 걸치지 않은 그를 다시 침상에 앉혀 가부좌를 틀게 하더니 담초홍이 돌아올 때까지 출입문에서 기다렸다.

잠시 후 담초홍이 술병 하나를 들고 헐떡이며 달려왔다.

"여기 있어요. 여기 사천당가에서 제일 독한 술이라던데요."

"좋아. 근데 오룡이는 어디 있냐?"

담초홍은 자신의 품 안에서 잠들어 있는 오룡을 꺼내 들었다.

"여기요. 따뜻한 곳을 좋아해서요."

"이 자식 팔자가 나보다 좋네. 얀마, 일어나. 너 할 일 있어!"

삼룡의 목청에 오룡은 번쩍 눈을 뜨더니 재빨리 그의 앞으로 기어왔다. 그러자 삼룡이 술병 마개를 뽑아내며 말했다.

"여기에 니가 가지고 있는 독 좀 뿌려라. 중요한 데 쓸 거니까 아끼지 말고 다 뿌려."

오룡이 삼룡의 말대로 술 주둥이에 독을 뿌리자 삼룡은 재빨리 술병을 흔들어 독을 섞었다. 이를 보고 담초홍이 물었다.

"그걸 먹일 거예요?"

"응, 이게 내가 생각한 방법이야. 그리고 그동안 방해받으면 안 되니까 넌 객사 앞을 지켜줘. 누구도 들여보내면 안 돼. 알았지?"

"알았어요."

담초홍의 대답을 들은 삼룡은 객사 안으로 들어가더니 문을 잠갔다.

곡원의 침상 옆에는 긴장한 표정의 삼룡이 서 있었다. 늘상 천하태평인 그의 모습은 지금 이 순간 어디에도 없었다.

'어차피 곡 도장에겐 시간이 없어. 벌써 몸이 쇠약해질 대로 쇠약해졌으니까. 적어도 지금은 일 할의 가능성은 있는 거야. 혈향시독과 균형을 이루지 않은 유일한 독, 그 독이 제발 시독(屍毒)이 아니길. 제길, 내 생각이 맞아야 하는데.'

이윽고 삼룡은 술병을 자신의 입으로 가져가더니 술병을 단숨에 비우는 것이었다. 입에 머금는 것이 아니라 자기가 전부 마셔 버린 것이다.

그러자 삼룡의 얼굴이 금세 검붉어지며 중독 증상이 나타났다.

삼룡은 힘들게 걸음을 옮기더니 곡원의 뒤에서 가부좌를 틀었다. 그때까지도 삼룡의 몸은 점점 검게 변해가고 있었다.

"오룡이 녀석, 세네. 잘못하면 나도 위험하겠어. 자, 이제 미련한 동생을 위해서 진짜 도박 한번 해볼까!"

심호흡을 길게 한 삼룡은 곡원의 천주, 대저, 천종, 영대혈 등을 능숙한 손놀림으로 점혈하기 시작했다. 하지만 점혈만 하는 것이 아니었다. 점혈했던 곳을 다시 풀고 막고를 반복하는 것이었다.

무언가를 한쪽으로 몰아가듯이 말이다. 하지만 그 와중에도 삼룡의 얼굴은 타 들어 가듯 검게 변하고 있었다. 심지어 검은 반점까지 생겨날 정도였다.

곡원의 객사로 삼룡이 들어간 지 일다경이 조금 지났을 무렵 사천독의 당철심과 흑미호 당철향이 상기된 표정으로 담초홍의 눈앞에 나타났다.

사천독의는 출입문을 막고 비켜주지 않는 담초홍을 보고 대번 미간을 찌푸렸다. 평소 자신의 성정을 쉽게 드러내지 않는 그녀였지만 허름한 차림의 여자 아이가 자신을 막고 있는 것이 마음에 들지 않았던 모양이다.

"곡 도장의 상태를 봐야하는데 비켜주지 않으련?"

평소처럼 인자한 표정으로 말하는 당철심이었지만 지금 말투에는 조급함이 엿보였다. 하지만 담초홍은 아미신녀가 아혈을 짚었을 때처럼 아무 말도 하지 않았다.

"언니, 얘가 비켜주지 않으려는 것 같은데?"

동생의 말에 당철심은 다시 미간이 좁혀들었다. 담초홍이 기를 쓰고 입구를 막으려 하고 있는 것이 뭔가 마음에 걸렸던 것이다.

'이 아이, 뭔가 알고 있는 표정이야. 뜬금없이 술을 가져간 것도 이상한데 날 보는 느낌도 좋지 않아. 마치 내 속을 훤히 들여다보는 것 같아.'

"얘, 어서 비켜. 안 그럼 나한테 혼난다."

흑미호 당철향이 목소리를 높여봤지만 담초홍은 요지부동이었다. 그러자 당철향은 손을 들어 담초홍의 뺨을 때릴 듯 자세를 취했다. 겁만 주려는 의도로 말이다. 하지만 담초홍이 두 눈을 똑바로 뜨고 쳐다보자 괘씸한 마음에 힘껏 손을 휘둘렀다.

내기는 실리지 않았지만 맞고 바로 쓰러질 정도로 세게 말이다. 하지만 그녀의 손길은 허망하게 허공을 가르고 말았다.

키 작은 담초홍이 고개를 한 번 숙인 것으로 당철향의 손길을 피했던 것이다. 그러자 적당히 처리하려던 당철향이 화를 냈다.

"이게 감히 내 손을 피해!"

생각과 달리 담초홍이 자신의 손길을 피하자 당철향은 자신도 모르게 초식을 섞어 그녀를 공격하기 시작했다. 그녀는 먼저 손을 갈고리 모양으로 만들어 담초홍의 긴 머리채를 잡으려 했다.

담초홍도 보고만 있지 않았다. 그녀는 가볍게 허리를 뒤로 꺾으며 휘어 들어오는 손목을 쳤고, 그것으로 당철향의 공격은 또 무위로 돌아가 버렸다.

이에 놀란 것은 당철향과 당철심 모두였다.

보통 여자 아이라고 생각했는데 지금 하고 있는 모습을 보면 무공을 할 줄 아는 게 아닌가? 그것도 사천당가의 삼양수(三陽手)라는 금나수법을 거리낌없이 받아내면서 말이다. 이는 우연이나 반사 신경만으로 되는 일이 아니었다.

두 번의 공격이 연이어 실패하자 당철향은 수치심에 못 이겨 얼굴이 붉게 물들이고 말았다. 하지만 이대로 물러설 흑미호 당철향이 아니었다.

잠시 뒤로 물러났던 당철향은 보법을 펼치며 담초홍을 압박했다. 게다가 이번엔 상대방을 제압하는 금나수법이 아니라 후려치는 장법을 준비하고 있었다.

'철향이가 적련신장(赤蓮神掌)을… 대체 어쩌려고!'

당철심이 속으로 걱정을 하고 있을 때, 당철향의 손바닥은 벌써 담초홍의 자그마한 어깨를 향하고 있었다. 하지만 다음 순간 당철심의 눈은 더 커졌다. 조금만 건드려도 날아갈 것 같은 담초홍이 태연히 당철향의 손바닥을 향해 장법으로 맞받아 쳐내는 것이 아닌가?

퍽!

크고 작은 두 손바닥이 부딪치는 순간, 먼저 공격을 감행했던 당철향이 뒤로 밀려나고 말았다. 그것도 이 장 넘게 말이다.

또다시 뒤로 밀려난 당철향은 분에 못 이겨 허리춤에 감춰 두었던 암기에 손을 뻗었다. 그 순간 당철심이 급히 그녀를 말렸다.

"그만 멈춰!"

당철향은 그만둘 생각이 없는 듯 소리쳤다.

"언니도 봤잖아! 근데 왜 말리는 거야?!"

당철심은 대답 대신 손가락으로 담초홍을 가리켰다.

담초홍의 입가에서는 선명한 붉은 선혈이 주르륵 떨어지고 있었다. 이 모습에 방금 전까지 전의를 불태웠던 당철향도 미안한 생각이 들었다. 하지만 담초홍은 다시 입술을 꼭 깨물어 보이며 자신의 의지를 보였다.

"너 설마, 또 막으려는 건 아니겠지?"

당철향의 질문에 담초홍은 당연하다는 듯이 고개를 끄덕였다.

"좀 전에는 흉내만 낸 적련신장이다. 다시 맞으면 넌 죽어. 그래도 막을 테냐?"

"네, 막을 겁니다."

담초홍에게서 확고한 의지가 느껴지자 당가의 두 자매는 기가 질려 버렸다. 지금 담초홍의 말뜻은 자신을 죽이기 전에는 결코 허락하지 않겠다는 뜻이 아닌가?

"애, 우린 그냥 곡 도장의 상태를 확인하고 싶을 뿐이야."

"그래도 안 돼요. 조금 있다 오세요."

"이건 네가 고집 부릴 일이 아니거든? 그러니까 넌 잠시만 비켜 있어. 괜히 나서서 다치지 말고!"

담초홍이 물러설 기색이 없자 당철향은 직접 출입문에서 그녀를 떼어놓으려 다가섰다. 그 순간 냉기 서린 목소리가 당철향의 손을 멈추게 만들었다.

"설마, 초홍이에게 또 손을 쓰려는 건 아니겠죠?"

당철향이 손을 멈추고 고개를 돌리자 오 장 거리에서 백서연이 그녀를 노려보고 있었다. 그럼에도 당철향이 손을 치우지 않자 백서연이 재차 경고했다.

"당 낭자, 다시 초홍이를 건드리면 저도 가만있지 않겠습니다."

백서연의 말에 당철향이 발끈하는 기색을 보이자 그녀의 언니 당철심이 재빨리 그들 사이에 끼어들었다.

"철향아, 손 내려라. 아무리 잘못을 했더라도 손님에게 그러면 되겠니?"

당철심의 말은 손을 쓴 당철향이 아닌 담초홍에게 잘못이 있음을 지적하는 것이었다.

"대체 초홍이가 무슨 잘못을 했다는 것이죠?"

"백 낭자, 곡 도장의 상태를 봐야 하는데 저 아이가 입구를 막고 비켜주질 않습니다. 게다가 아무 말도 하지 않으니 제 동생이 답답해서 손을 쓰려는 것입니다."

"초홍이가 비켜주지 않는 데는 이유가 있을 겁니다."

백서연이 담초홍 편을 들자 잠시 참았던 흑미호 당철향이 성깔을 드러냈다.

"그래서 지금 나와 사천독의 언니의 앞길을 저 꼬맹이처럼 막으시겠다? 감히 사천당가에서!"

고함과 동시에 당철향이 품속에 손을 집어넣는 것을 본 당철심이 소리쳤다.

"철향이, 넌 빠져!"

당철향은 지금껏 편을 들다가 갑자기 화를 내는 당철심에게 조금 놀란 표정을 지었다. 평소 자신에게 이같이 화내는 모습을 본 적 없는 그녀는 몹시 당황스럽기까지 했다. 하지만 백서연을 당철영의 양녀로 삼아야 하는 당철심의 입장에서는 당철향과 백서연이 싸우는 일만은 막아야 했다.

당철심은 두 눈을 부릅떠 당철향에게 재차 경고하고는 다시 어머니 같은 인자한 표정으로 바꾸어 백서연을 대했다.

"전 병자를 고치는 의원입니다. 저 아이는 제가 병자에게 가는 걸 막고 있는 겁니다. 그래서 동생이 혼내려고 한 것이구요."

그러자 이때까지 아무 말도 않고 있던 담초홍이 입을 열었다.

"어제 당 부인께서는 곡 도장의 치료를 삼룡 오라버니에게 맡긴다고 하지 않았습니까?"

담초홍의 말에도 사천독의는 당황하지 않았다. 오히려 한심한 표정으로 백서연에게 하소연하듯 말했다.

"조금 전 저 아이가 한 말은 사실입니다. 하지만 오늘 아침 괴상한 얘기를 들었습니다. 저 아이가 치료에 쓴다고 술을 가져갔다는 보고였죠. 이를 의원인 제가 어찌 받아들여야겠습니까?"

"그럼 당 부인께서는 지금 삼룡이, 그러니까 초홍이 오라버니가 치료는 안 하고 안에서 술을 먹고 있다는 뜻인가요?"

"꼭 그렇다는 건 아닙니다, 백 낭자. 단지 확인하고 싶었습니다. 이것도 사리에 어긋나는 것인지요?"

당철심은 이쯤에서 상황이 마무리될 것으로 생각했다. 어차피 길을 막고 있는 건 담초홍 하나뿐이었고, 백서연은 더 이상 자신을 막을 이유가 없다고 생각한 것이다. 하지만,

"당 부인, 제가 아는 초홍이는 술 마시는 것을 밖에서 지켜줄 것만큼 어리석지 않습니다. 또한 제가 아는 삼룡 오라버니도 사람 목숨 가지고 장난칠 리 없습니다."

"지금 백 낭자의 얘기는!"

"물러나 주시지요."

백서연까지 물러날 기색이 없자 당철심은 난감했다.

'술로 혈향시독을 해독한다? 아니야, 그럼 혈향시독이 더

빨리 퍼질 텐데. 그건 술로는 절대 해독할 수 없어. 문제는 술 때문에 곡 도장이 더 일찍 죽는 것인데……. 시간이 빨라지는 건 상관없어. 하지만 백 낭자는!'

잠시 생각을 정리한 당철심이 돌아가려고 마음먹은 순간 일이 벌어지고 말았다. 당철심 때문에 분기를 눌러온 흑미호 당철향이 또 폭발하고 만 것이다.

"오냐, 너도 무공 좀 하나 보구나. 내 적련신장을 한번 받아봐라!"

당철심이 말릴 새도 없이 당철향은 백서연을 향해 달려들었다. 하지만 당철심은 그리 걱정하지 않았다. 일단 당철향이 암기를 던지지 않은데다 담초홍이 무공을 익혔으니 같은 일행인 백서연도 그럴 것이라는 생각에서 말이다.

물론 백서연에게는 막을 능력이 있었다. 문제는 뇌섬보를 익힌 그녀의 눈에 당철향의 동작이 반격할 필요도 없이 매우 느려 보였다는 데 있었다. 이 때문에 그녀는 과거 기억과 지금의 상황이 겹쳐 보이고 있는 상황이었다.

'이 모습, 어딘가 눈에 익어. 하지만 내가 달려들고 누군가를 향해 공격할 때였어. 그자는 나처럼 공격하지 않고 여유를 부리고 있었지. 그 사람이 누구였지? 생각만 하면 기분이…….'

그 짧은 시각 동안 백서연은 당철향이 공격하고 있다는 사실도 잊은 채 과거의 기억을 붙잡고 있었다. 급박한 상황이었지만 떠오르는 과거를 놓치고 싶지 않은 그녀였다.

백서연이 마치 무공을 전혀 모르는 사람처럼 쳐다만 보고 있자 당철심이 급히 동생을 말리려 했다.

"철향아, 멈춰!"

당철심이 뒤늦게 소리쳤지만 이미 당철향의 양 손바닥은 백서연의 가슴에 부딪치기 일보 직전이었다. 누군가 옆에서 막아주지 않는 이상 백서연이 당철향을 피할 가능성은 전혀 없어 보였다.

그 절체절명의 순간, 누군가의 신형이 적련신장을 뿌리는 당철향을 지나치는 것이었다. 그리고 뒤늦게 당도한 당철향의 양손은 빈 허공을 때렸다.

또 허탕을 친 당철향은 자신의 빈손을 원망하듯 쳐다보고 있었다. 그녀는 아직 누군가가 백서연을 도와줬다는 것도 눈치 채지 못하고 있는 듯싶었다.

"많이 다쳤냐?"

그는 삼룡이었는데, 한 팔에 백서연을 끼고 입가에 담초홍을 향해 걱정스러운 표정을 짓고 있었다. 하지만 담초홍도 삼룡의 모습을 확인하자 바로 입가에 미소를 지으며 대답했다.

"네, 이 정도쯤은 괜찮아요."

당철심은 자신의 눈을 의심하며 고개를 흔들었다. 동생 당철향의 손에 영락없이 백서연이 죽는 줄 알았는데, 단 한순간에 나타난 삼룡이 어느새 백서연을 가로챈 상태로 서 있는 것이 아닌가!

'객사 안에 있어야 할 놈이 언제 저기에! 설마, 저놈이 고수?'

이 같은 생각은 직접 백서연을 공격한 흑미호 당철향도 크게 다르지 않았다.

당철심과 당철향이 삼룡에게 의구심을 품을 시각, 당철상과 그의 질녀 당계희는 연무장에서 한참 암기를 던지며 수련을 하고 있었다.

암기를 던지던 당계희가 무슨 생각이 났는지 손을 멈추며 물었다.

"철상 삼촌, 어제도 자정 늦게까지 수련했다며? 이제 개방신룡 사부는 찾으러 가지 않을 거야?"

"아니, 갈 거야. 하지만 어제처럼 무모하게 가출하진 않을 거다. 그리고 곰곰이 생각해 보니까 개방신룡은 사부님이 아닌 거 같아."

"왜? 어제는 그분이 확실하다며?"

"사부님이 귀찮은 걸 무지 싫어한다는 사실을 그동안 잊고 있었어. 그런 분이 오독문 무사들이 설친다고 해서 나서진 않았을 거야. 오 년 전에 내가 저잣거리에서 길을 잃었을 때 그분을 만났다고 했잖아, 그때 철영 형님한테 형제 둘을 잃은 흑룡파 녀석들이 눈에 불을 켜고 설칠 때도 바로 근처에 있는 사부님은 못 본 척하려고 했거든.”

“그럼, 어떻게 구해준 건데?”

“사부님이 배가 무지 고프셨나 봐. 나보고 슬쩍 물어보더라고, 구해주면 밥 사줄 거냐고.”

“그래서?”

“뭐, 처음에는 나도 안 믿었지. 하고 있는 복장은 거지랑 비슷했는데 개방 문도는 아니었거든. 하지만 그 당시엔 내가 선택할 수 있는 게 없었어. 그래서 구해주면 밥뿐 아니라 술하고 고기도 사준다고 그랬지.”

“그랬더니 어떻게 했는데?”

“바로 끝났어.”

“일 초식에 수십 명을 이긴 거야?”

“아니, 한 놈만 패더라구. 대신 아주 무섭게 패. 한 대 치면 뼈가 탈골되고, 다시 치면 그 뼈가 다시 제자리로 돌아와. 그리고 또 한 대 치면 숨을 못 쉬고 다시 맞으면 숨을 내쉬면서 비명을 질러. 그게 얼마나 겁이 나는지 흑룡파 녀석들도 맞고 있는 자기 동료를 내버려 두고 도망쳤잖아. 나중에 사부가 하는 말이, 한 명만 제대로 패면 다른 놈들은 알아서 도망가기 때문에 덜 귀찮아서 한 놈만 팬다고 그러더라.”

“우와, 정말 대단하다. 근데 좀 게으르긴 하네. 귀찮아서 한 명만 팬다니!”

“사부가 좀 그래. 귀찮아서 제자도 안 받겠다고 그랬으니까! 아무리 매달려도 허락하지 않더라. 그다음은 너도 알다시피 술이랑 고기 사주면서 한 가지씩 배웠지.”

“은자만 많았어도 삼촌은 금방 고수가 되는 건데. 삼촌 내공은 추혼대 아저씨들하고 별 차이 없잖아. 암기술도 나보다 훨씬 뛰어나고!”

“그러게. 그때 내가 가진 은자만 많았어도 지금쯤 큰형님처럼 만천화우를 펼칠 수 있었을 거야. 그때만 생각하면 지금도 아쉬워. 제자로 받아달라고 무조건 매달려야 했는데.”

당철상의 얘기를 듣던 당계희가 갑자기 피식 웃으며 말했다.

“나도 귀찮아서 제자 안 받겠다는 사람 하나 아는데.”

“누구?”

“아까 여기 왔었어. 복장은 삼촌 말처럼 개방 거지 차림 비슷했는데… 글쎄, 자기는 수련 안 하고 무공 익히는 법을 안다는 거야.”

“그래, 사부가 여기 있을 리가… 수련도 안하고 무공을……!”

당계희의 말에 당철상은 얼어붙은 듯 꼼짝도 하지 않았다. 마치 아까 전에 삼룡이 놀랐을 때처럼 말이다.

“삼촌, 왜 그래? 삼촌!”

당계희의 외침에 당철상이 비로소 정신을 차리며 말했다.

"너 지금 수련 안 하고 무공 익히는 법을 안다는 사람 봤다고 그랬지? 그, 그 사람, 지금 어디 있어?"

"몰라, 아까 여기 왔었는데 금방 사라졌어. 삼촌 오기 전에 말이야. 아마 객사에 있지 않을까 싶은데? 아까도 그 사람이 객사가 어느 방향이냐고 물어봤거든. 혹시 삼촌이 아는 사람이야?"

"계희야, 혼자 수련하고 있어. 나 잠시 갔다 올 데가 생겼다."

당철상은 뒤를 확인도 하지 않고 객사가 있는 방향으로 뛰었다. 질녀가 말한 사람이 자신이 말한 사부인지 확인하기 위해서 말이다.

삼룡의 양쪽 얼굴에는 손바닥 자국이 시뻘겋게 나 있었다. 그뿐만이 아니었다. 무슨 죄를 졌는지 조그만 담초홍의 뒤에 숨어서 벌벌 떨고 있었다. 그리고 담초홍 앞에는 백서연이 도망친 삼룡을 쫓아 삿대질하고 있었다.

"내가 빨리 내려놓으라고 했지! 그리고 내 엉덩이는 왜 만지는데?"

백서연이 또 한 대 칠 것처럼 손을 들자 삼룡은 담초홍을 방패 삼아 내밀며 소리쳤다.

"방금 구해줬잖아."

"구해주면 엉덩이 만져도 되는 거야? 그런 거야?"

“안에서 다 들었어. 서연이 네가 날 삼룡 오라버니라고 부르는 거. 그건 너도 인정했다는 거잖아?”

“그, 그건… 상황이 그랬잖아, 상황이!”

“어쨌든 날 오라버니라 다시 불렀으니까 너도 어느 정도 인정한 거잖아?”

“아, 술 냄새. 이게 어디서 술 먹고 왔네? 초홍이 뒤에 숨지 말고 이리 나와. 오늘 날 잡자, 잡어!”

팔을 걷어붙이고 큰 소리치는 백서연이 무서웠는지 삼룡은 담초홍의 뒤에서 나올 생각을 하지 않았다. 이를 보는 당철심은 조금 전에 먹었던 생각을 달리하고 있었다.

'아까는 내가 잘못 본 거야. 저 자식이 객사에 있었던 게 아니라 숨어서 술 먹다가 이제야 나타난 걸 거야. 그게 아니라면 쉽게 피할 수 있는 백 낭자의 손찌검을 피하지 못할 리가 없잖아.'

“언니!”

당철심이 자신을 부르는 소리에 고개를 돌리자 당철향이 출입문이 열려 있는 곡원의 객사를 가리키고 있었다.

“아차, 그랬지.”

담초홍이 삼룡과 백서연 때문에 신경 쓰지 못하는 걸 깨닫고 당철심이 재빨리 곡원의 객사로 들어갔다. 하지만 이내 큰 충격을 받은 것처럼 허탈한 표정으로 객사를 빠져나오는 것이었다. 이를 보고 지레짐작한 당철향이 물었다.

"죽었어? 곡원 도장이 죽은 거야?"

"아, 아니. 살아 있어."

"뭐야, 아깐 위험할지도 모른다며?"

"그게 아니라. 혈향시독이, 혈향시독이 해독됐어."

"언니, 지금 농담하는 거지? 혈향시독은 그 누구도 해독할 수 없다며?"

"농담이 아니야. 직접 들어가서 봐."

당철향이 언니의 말을 못 믿겠는지 그녀가 직접 객사 안으로 뛰어들어 갔다. 그런데 침상 위에서 곡원이 편안하게 잠을 자고 있는 것이 아닌가?

이를 보고 당철향이 급히 손가락 하나를 코 부근에 가져가 확인해 봤지만, 분명 곡원은 숨을 안정되게 쉬고 있었다. 이는 분명 독에 중독된 사람의 숨결이 아니었다. 게다가 얼굴색도 몰라보게 좋아져 있었다.

흑미호 당철향마저 사천독의처럼 충격을 받고 객사를 빠져나오자 또 한 번 희한한 광경이 눈에 들어왔다. 바로 자신의 막내 동생이 백서연을 피해 요리조리 도망치는 삼룡이란 놈을 향해 넙죽 절을 하고 있는 게 아닌가!

바로 사천당가의 소가주 당철상이 말이다. 한데 이 삼룡이란 놈은 사천당가에서 제일 귀한 막내 동생을 헌 짚신 보듯 하고 있었다.

"네가 여긴 어쩐 일이냐?"

　삼룡의 말이 떨어지자 당철상은 그제야 고개를 드는 것이었다.

　"여기가 제집입니다, 사부님!"

　"아, 맞아. 그때 네 성이 당씨라고 했지? 하지만 난 제자 안 받아. 그러니 날 사부라 부르지 마라."

　"제발 저를 제자로 받아주십시오. 사부님께서 허락하지 않으셔도 이번엔 무조건 따라나설 겁니다."

　"인마, 지금 나한테 딸린 식구가 무려 셋이야. 너까지 받아줄 능력은 없다."

　삼룡의 기준에 의하면, 오룡이도 식구 숫자에 들어갔다. 어쨌건 삼룡은 당철상을 받아줄 마음이 조금도 없는 것 같았다.

　이때까지도 당철심과 당철향은 철상이 왜 삼룡에게 무릎을 꿇고 있는지 제대로 파악하지 못하고 있었다. 철상이 나타나자마자 넙죽 엎드리고는 제자로 삼아달라고 애걸복걸하는 모습에 기가 찼을 뿐이었다.

　사천독의 당철심이 노기가 서린 목소리로 동생을 꾸짖었다.

　"소가주! 지금 소가주가 지금 누구에게 무릎을 꿇고 있습니까?!"

　당철심은 당철향과 달리 철상을 항상 소가주라 호칭했다. 남들이 보는 시선도 있지만 스스로 소가주임을 잊지 말라는 뜻에서 말이다.

"철심 누님, 이분이 오 년 전 저의 목숨을 구해주고 무공을 가르쳐 주신 분입니다. 이는 부끄러운 일이 아닙니다."

"그래도 그렇지요. 어서 일어나세요."

"안 됩니다. 사부님이 저를 제자를 받아줄 때까지 일어서지 않으렵니다."

당철상이 고집을 부리자 당철심이 억지로 일어나게 할 요량으로 그의 어깻죽지를 잡았다. 당철향도 이를 보고 달려와 당철심을 도왔다. 그러자 작은 체구의 당철상은 그녀들의 손길에 잡혀 일어날 수밖에 없었다.

"철심 누님, 철향 누님, 제발 저를 놔주십시오."

"소가주, 일단 일어나세요. 저랑 가서 얘기부터 하세요."

"싫습니다. 지금은 사부님께 허락을 받아야 해요."

이대로는 안 되겠다 싶었는지 당철향이 철상의 혼혈을 짚었다. 그러자 철상은 더 이상 힘을 쓰지 못하고 그대로 혼절했다. 그러자 당철심은 남자 하인 하나를 불러 철상을 업고 어디론가로 데려갔다.

이때까지도 삼룡은 백서연에게 쫓기느라 철상을 전혀 신경 쓰지 않았다. 하지만 당가의 여식들이 사라지자 정색을 하고는 바로 담초홍에게로 향했다. 쫓아가던 백서연도 바뀐 삼룡의 분위기에 걸음을 멈춘 상태였다.

삼룡이 가까이 다가가자 담초홍은 기운이 다했는지 눈에

흰자위를 드러내며 쓰러졌다. 당철향과 장력을 교환한 후 기
혈이 뒤틀린 상태로 지금껏 참은 것이었다. 삼룡은 기운을 잃
고 쓰러지는 담초홍을 조심스레 안아 들고는 서둘러 곡원의
객사로 향했다.

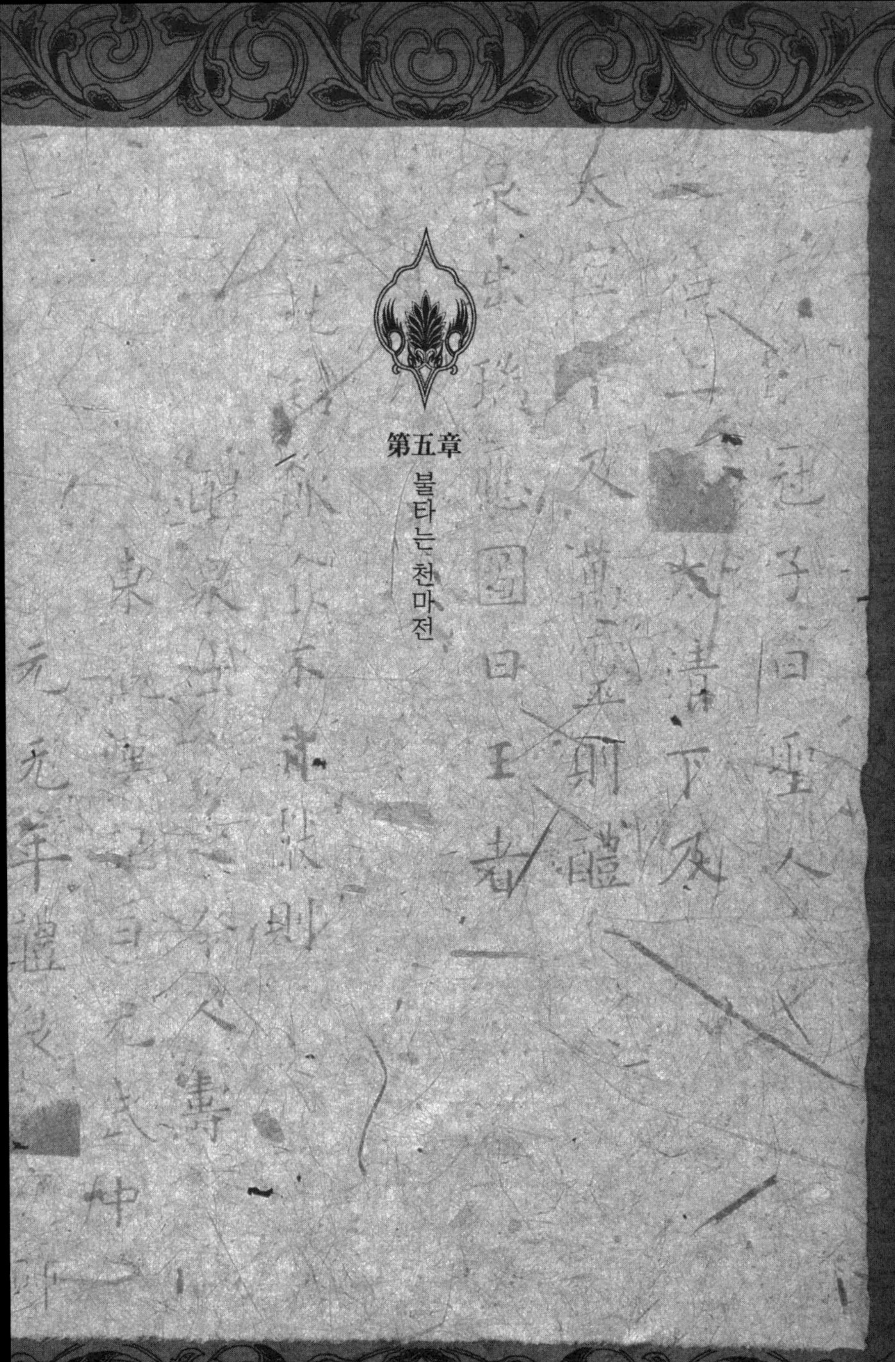

第五章

불타는 천마전

허허실실

조정의 백만 대군이 쳐들어와도 함락할 수 없는 강호 문파가 어느 곳이냐고 질문한다면 강호무림인들은 대부분 귀주의 마교(魔敎) 총단을 지목할 것이다.

강호 역사가 시작된 이래로 수많은 정사대전이 있었어도 마교 총단을 쳐들어간 일은 단 한 번도 없었으니 그런 생각도 어느 정도 일리가 있었다. 하지만 그 역사가 바뀌고 있었다. 바로 오늘 말이다.

아침이 밝아오자 간밤에 마교 총단에서 있었던 살육의 현장이 고스란히 드러났다. 이것이 하룻밤 새에 벌어진 일이란 것이 믿어지지 않을 정도로 수많은 사람들이 참혹한 광경으로 죽어 있었다.

썩어 들어간 시체 내음이 진동하고 사방에 혈흔이 널려 있는 것이 바로 오늘의 마교 총단 모습이었다. 하지만 마교 무사들은 대부분 온전한 모습으로 죽어 있었다. 실제로 싸움을 해서 훼손된 시체는 그다지 많아 보이지 않았다.

단지 마교 총단 곳곳에 말뚝을 박아 걸어놓은 효수된 머리 일천칠백 개를 중심으로 사지가 멀쩡한 시체들이 중점적으로 쌓여 있었다. 그리고 그곳에서부터 심한 악취가 풍기고 있는 것이었다. 그런 곳이 무려 일천칠백 곳이었으니 악취가 마교 일대를 뒤덮은 것은 당연한 일이었다.

그렇다고 마교 총단에 살던 마교인 모두가 전멸한 것은 아니었다. 태양이 떠오르고 난 뒤부터는 붉은 무복을 입은 사람들이 어지럽게 돌아다니고 있었으니 말이다.

붉은 무복을 입은 이들은 하나같이 총단 입구를 향해 뛰어가고 있었다. 그곳에는 언제 모여들었는지 수만에 가까운 마교인이 좌우로 나뉘어 도열해 있었다. 게다가 누가 오기만을 기다리는지 모두 한쪽 무릎을 꿇은 모습들이었다.

개중에는 자리에 서서 기다리는 이들도 몇몇 있었는데, 마영대 수장 천리마군 독고천과 장로 마불 황일비가 유독 눈에 띄었다.

독고천은 양손에 마교 교주의 상징인 흑룡장포를 떠받들 듯 들고 있고, 그리고 황일비는 교주의 신물 천마참월도(天魔

斬月刀)를 쥐고 있어서 특히 눈에 띄었다. 마불 황일비는 다른 마교인과 달리 머리를 파릇하니 깎은 스님의 모습이었는데 두 눈빛이 사물을 꿰뚫어 버릴 듯 강렬해 보였다.

황일비는 흑룡장포를 들고 있는 독고천과 눈을 마주치자 자연스레 말을 건넸다.

"천리마군, 자네까지 가담했을 줄은 몰랐네."

그러자 천리마군 독고천은 거드름을 피우듯 양어깨를 펴며 대답했다.

"홍, 마불, 자네야말로 의외일세. 난 지금까지 자네가 혁 교주 편에 서 있는 줄만 알고 역공작만 펴왔었네. 자칫 잘못했으면 파천군 장로나 혈수라 장로처럼 처단했을지도 모를 뻔했네."

"나도 마찬가지네. 혈존께서 자네를 죽이지 말라는 지시가 없었다면 교주보다 자네에게 먼저 살수를 보냈을 걸세. 자네 눈을 속이지 않고 교주를 암살할 수는 없으니 말일세."

"하하, 칭찬으로 들어도 되겠나?"

"그럼, 그럼. 이제는 모두 우리 모두 한 배를 탄 게 아닌가? 자네는 총단을 장악했고, 나는 원로회를 장악했으니 말일세."

마불 황일비의 말에 독고천은 조금 놀란 듯이 대답했다.

"벌써 원로회까지 장악했나? 내가 알기로는 전임 교주를 비롯한 원로 몇몇이 달가워하지 않았다 들었는데?"

"역시 마영대 수장의 귀는 속일 수가 없군. 맞네. 하지만 내가 누군가? 마불일세, 마불."

"그럼, 자네가 모두?"

"아닐세. 전임 교주는 직접 내 손으로 처치하고 나머지들은 구음마군 장로와 마영군 장로가 살수들을 이끌고 처리했네."

"자네 홀로 전임 교주 묵염마제를 상대했단 말인가?"

이에 마불 황일비가 대답하기 싫었는지 재빨리 화제를 돌렸다.

"그 얘긴 차차하기로 하세. 그런데 존주(尊主)께서 조금 늦는구먼."

"이제 오실 때가 되었네."

"아참, 천리마군. 내 자네에게 궁금한 것이 있는데."

"말해보시게. 조금 있으면 바빠서 말 붙일 시간도 없을 테니."

"다른 게 아니라, 어떻게 했기에 혈향시독에 중독된 시체들을 이렇듯 걸어둘 수가 있었나? 그 같은 일은 교주의 지시가 아니었다면 할 수 없는 일이 아닌가?"

황일비의 물음에 독고천은 씁쓸히 웃으며 대답했다.

"왜 아니겠나? 바로 교주의 지시로 그런 것이네. 혈교와 내통하는 우리들을 떠보기 위해 지시한 것이지. 교주는 자신이 아직 건재하다는 것을 보이고 싶었던 것이고, 난 그 점을 역

이용했을 뿐이네."

"혁 교주의 눈을 속이다니, 천리마군, 자네 정말 대단하
군."

"하하, 내가 자네에게 칭찬을 다 듣는군. 하지만 난 존주께
서 오래전에 준비한 계획의 하나였을 뿐이네. 일평생을 이날
을 위해 그자에게 충성했네. 그도 못한다면 마영대 수장 직도
맡지도 못했을 걸세. 이제 그만 하세. 저기 오시는구먼."

말을 마친 독고천은 재빨리 입구를 향해 몸을 돌렸다. 그곳
에는 남색 도포에 부채로 얼굴을 가린 한 젊은 인물이 수백
명의 혈의(血衣)무사를 대동한 채 총단 입구를 들어서고 있었
다.

먼저 독고천이 흑룡장포를 받들어 올린 채 무릎을 꿇으며
크게 외쳤다.

"혈존등극(血尊登極) 만세무극(萬歲無極), 혈교천하(血敎天
下) 무림일통(武林一統)!"

이후 무릎을 꿇고 있던 수만의 무사도 독고천을 따라 외쳤
다. 그러자 지진이 난 것처럼 일대가 들썩이는 것처럼 흔들렸
다.

소리가 잦아들자 천리마군 독고천과 마불 황일비는 부채
로 얼굴을 가린 이의 앞쪽으로 나와 자신들이 들고 있던 흑룡
장포와 천마참월도를 공손히 바쳤다. 그러자 혈의 무사 둘이
대신 받아 들어 다시 부채로 얼굴을 가린 이에게 바쳤다.

혈의무사가 장포와 도를 바쳤으니 곧 존주라는 자의 얼굴이 마교에 알려질 순간이었다.

차르륵!

부챗살이 접히는 소리와 함께 젊은 인물의 얼굴이 드러났다. 천리마군 독고천과 마불 황일비도 존주라는 자의 얼굴을 처음 보는 듯 조심스레 얼굴을 들어 그의 얼굴을 쳐다봤다.

부채 대신 천마참월도를 들고 있는 인물은 다름 아닌 능운비였다. 두천과 함께 아미파까지 따라갔던 점창파의 능운비 말이다.

존주의 얼굴을 확인한 독고천과 황일비는 즉시 고개를 숙이며 충성을 나타냈다. 하지만 젊은 인물이 존주로 나타난 것에 적지 않게 놀란 모양이었다.

이때 능운비가 천마참월도를 곁에 있던 혈의무사에게 넘겨주며 말했다.

"수고들 했습니다. 한데 숫자가 생각보다 적군요."

독고천이 바로 고개를 숙이며 대답했다.

"끝까지 혁 교주의 편에 선 자들을 모두 숙청했습니다. 스스로 혈향뇌신단(血香腦神丹)을 먹고 충성을 맹세한 자들도 있었지만, 끝까지 혁 교주의 편에 선 자들이 많아 모두 숙청할 수밖에 없었습니다. 어차피 마공 수준이 높은 자들이기 때문에 혈향뇌신단을 먹게 되어도 스스로 거부를 하면 심령을 제압할 수 없습니다."

"독고 장로의 말대로 그 손실은 어쩔 수 없군요. 그렇다면 황 장로, 혁 교주는 내가 지시한 대로 사지를 끊고 잡아뒀습니까?"

"예, 존주님! 제가 직접 천마참월도로 교주의 팔과 다리를 한 마디씩 남기고 모두 잘라 버렸습니다. 그리고 저를 따라 나섰던 독고 장로 휘하 마영대 무사들에게 교주를 기둥에 묶어두라 지시하고 오는 길입니다."

"목숨에는 지장이 없게 처리하셨겠지요?"

"어느 분부라고 어겼겠습니까? 존주께서 특별히 지시한 일이니만큼 신중을 기했습니다. 비록 혁 교주의 머리와 가슴에 약간씩의 상처를 입히긴 했지만 워낙 마공 수준이 높아서 생명에는 지장이 없었습니다."

"알겠습니다. 두 분 모두 수고하셨습니다. 그런데 저기 불길이 치솟은 전각은 대체 어디입니까?"

능운비가 가리키는 곳을 황일비가 서둘러 쳐다보자 아니나 다를까, 마교 총단 한쪽에서 시커먼 연기와 함께 커다란 불길이 치솟고 있었다. 이를 본 황일비가 낭패한 표정으로 대답했다.

"존주님, 저곳이 바로 혁 교주가 묶여 있는 천마전입니다."

이어 황일비는 독고천이 있는 쪽을 쳐다보며 질책했다.

"이보시오, 독고 장로. 도대체 어떻게 된 일이오. 저곳은 마영대가 지키기로 했는데, 어째서 저곳이 불타고 있느냔 말이오!"

황일비의 질책에 독고천은 얼굴이 백짓장처럼 하얗게 변해갔다. 오늘의 거사를 모두 그가 도맡아 실행했는데, 막판에 와서 일을 그르쳤다는 생각에서 말이다.

독고천이 긴장한 나머지 수습을 못하자 황일비가 자신의 수하들에게 명령했다.

"혼마대는 당장 천마전으로 가서 무슨 일이 벌어졌는지 확인하고, 검마대와 빙마대는 불을 꺼라. 어서!"

황일비의 지시가 내려지자 그의 예하에 소속된 수천의 마교인이 일시에 불길이 치솟고 있는 천마전으로 뛰어갔다.

*   *   *

담초홍이 다시 눈을 뜬 것은 한 시진이 지나서였다. 그녀는 눈을 뜨자마자 고개를 두리번거렸는데, 혹시나 삼룡이 자신을 버려두고 갔을까 봐 몹시 걱정하는 표정이었다.

"여기 있다. 너 두고 안 갈 테니, 더 자!"

바로 옆에서 친근한 목소리와 함께 삼룡의 얼굴이 보이자 담초홍은 그제야 다시 잠이 들었다. 어젯밤 내내 잠을 못 잔 상태에 무리하게 흑미호 당철향을 상대했으니 무척이나 피곤한 모양이었다.

그때 삼룡의 옆에서 낯선 남자의 근심스런 목소리가 들

렸다.

"저 아이, 혈맥이 이상하딘데… 어떻게 된 건가?"

삼룡에게 말을 붙인 남자는 청성의 곡원이었다.

"곡 도장, 벌써 거동하시면 안 됩니다."

"아닐세. 그동안 너무 누워 있었으니 억지로라도 돌아다니고 싶네. 그래봤자 죽기밖에 더하겠는가?"

"하하, 지평 동생이 지금 곡 도장님 말씀을 들었으면 무지 좋아할 텐데."

"아, 지평이 놈도 여기 왔다고 그랬지? 그런데 이놈이 코빼기도 안 보이다니! 내가 혼 좀 내야겠어."

곡원의 말에 삼룡은 입술을 지그시 깨물며 대답했다.

"그러지 마십시오. 그동안 피로가 쌓여 앓아누웠습니다. 그러니 쉬게 내버려 두십시오."

"알았네. 아무렴, 내 자네의 말이라면 들어야지. 생명의 은인인데."

"제가 아니라 진짜 생명의 은인은 바로 이 꼬맹입니다, 곡 도장 어르신."

삼룡의 말에 곡원이 눈을 동그랗게 뜨고 물었다.

"자네가 혈향시독을 해독한 게 아니었나? 자네가 사천당가에서도 해독 못한 것을 해결한 바람에 이곳에서는 난리가 난 모양이던데?"

"해독은 제가 하긴 했는데, 그 길을 터준 게 바로 이 녀석입니다. 이 녀석이 저 몰래 곡 도장에게 원기를 북돋아주고 신체를 활성화시켜 놨습니다. 아마 그렇지 않았으면 마지막 관문에서 곡 도장은 기운을 모두 잃고 숨을 거두었을 겁니다."

"그랬군. 한데 저 아이의 혈맥이 조금 특이하이. 자네가 백 낭자와 잠깐 나간 사이에 내 얼핏 살펴보았는데, 마치 천음절맥처럼 맥이 가늘어 얼마 살지 못할 것으로 보였네. 하지만 신기한 것도 있더군. 혈맥이 워낙 가늘어 정확히 측정은 할 수는 없었지만 저 아이의 내력이 상당히 높은 것 같았네. 나도 처음에는 몰랐는데, 저 아이가 긴장을 풀 때 살짝 그 내력을 느낄 수 있었네."

"초홍이는 천음절맥이 아닙니다. 그래서 귀찮게 됐죠."

뜬금없는 삼룡의 말에 곡원이 고개를 갸웃거리며 되물었다.

"아니, 천음절맥이 아닌데 귀찮게 됐다니? 지금 자네의 말은 천음절맥인 것이 오히려 낫다는 얘기로 들리는군?"

이에 당연하다는 듯이 대답하는 삼룡이었다.

"제대로 들으셨네요. 저 아이가 천음절맥이면 죽기 전까지 잘 보살펴 주면 되거든요. 근데 천음절맥이 아니니 귀찮게 된 거죠."

귀찮은 것을 싫어하는 삼룡의 본모습에 곡원은 의아한 모습을 짓고 있었다.

"그래도 죽는 것보다야 사는 게 낫지 않겠나?"

"모르는 소리 마세요. 저 아이가 저렇게 사는 건 염라지옥
에 사는 것보다 못한 일입니다."

"그게 무슨 말인가?"

"무슨 이유인지 모르겠지만 초홍이는 어렸을 때 혈맥이 좁
혀졌어요, 천음절맥처럼. 그 때문에 천음절맥의 고통을 느끼
며 살아야 합니다. 혈맥이 좁혀졌으니 고통이 수반되는 건 당
연하잖아요. 그동안은 어떤 맘 좋은 분이 저 아이가 발작을
일으킬 때마다 밤새도록 내력을 심어주었거든요. 그래서 지
금껏 고통을 모르고 살아왔는데, 이제는 그걸 해줄 사람이 없
거든요."

"천음절맥의 고통을 상쇄시킬 정도라면 내력 소비가 엄청
날 텐데? 보통 사람의 신체도 대주천이 이루어지는 시각이 여
섯 달 정도이니 그때마다 한 번씩은 내력을 전해주어야 하지
않겠나? 하지만 내력이 무한하지 않고서는 대라신선이라도
불가능한 일이지 않나?"

"그건 상관없는데, 귀찮게 된 게 문제죠. 옆에서 고통스러
워하는 모습을 볼 수도 없잖아요?"

"내력은 상관이 없어? 자네, 지금 그 말뜻은 고칠 수 있다
는 것인가?"

"몰라요. 고민 좀 더 해보구요. 점쟁이 할망구가 집에 가만
히 틀어박혀 살면 삼재를 면한다고 그랬는데, 괜히 집 나와서
이 무슨 생고생인지 모르겠습니다."

지금껏 대화를 나누던 곡원은 도대체 이 삼룡이란 놈에 대해서 알 듯하면서도 모를 의문이 가득했다. 도대체 의원이 아니라면서 혈향시독을 해독했다고 하고, 무인이 일평생 정진하는 내공 따위는 안중에도 없다는 듯 말하고 있는 게 아닌가?

그때였다. 객사 밖에서 청성 왕진한의 목청이 들렸다.

"이보게, 오사제! 자네, 정말 일어났는가?"

그러자 곡원이 그 자리에서 기쁘게 대답했다.

"왕 사형, 여기 곡원이 살아 돌아왔습니다."

다음 순간 객사의 문이 벌컥 열리며 한 덩치 하는 옥소기가 육중한 몸을 드러냈다.

"오사제!"

"이사형도 오셨군요. 그런데 사형 얼굴이 왜 이렇게 수척해지셨습니까? 혹 그동안 저 때문에 벽곡단으로만 연명하신 겁니까?"

곡원이 눈앞에서 농을 하자 옥소기의 큼지막한 얼굴에서 굵은 눈물방울이 뚝뚝 떨어졌다. 이어 뒤를 향해 소리쳤다.

"왕 사형, 오사제가 농을 다합니다그려!"

"어, 어디 나도 좀 보세."

잠시 후 옥소기의 뒤에서 조금 수척해진 왕진한이 모습을 드러내서 곡원과 눈을 마주치더니 눈물부터 흘렸다. 거의 죽었다고 포기한 사제가 하룻밤 사이에 멀쩡하게 되돌아왔으니 어찌 기쁘지 않겠는가!

사형제 간의 우애가 어찌나 깊었는지 이들은 한참 동안을 서서 서로를 바라보기만 했다. 물론 삼룡은 옆에서 생명의 은인 대접이 형편없다고 투덜거렸지만.

왕진한과 옥소기가 기뻐하는 모습에 삼룡은 슬쩍 자리를 비켜주려 했다. 물론 곡원이 괜찮다고 팔을 잡았지만 눈치가 보여 더는 있을 수가 없었다.

객사를 나오고 보니 삼룡은 잠이 밀려오기 시작했다. 게으른 그가 밤을 새웠으니 지금까지 버틴 것만 해도 대단한 일이었다. 그래서 삼룡은 잠을 청할 요량으로 지평의 객사로 방향을 정했다.

물론 마음은 백서연의 객사로 향했지만 그랬다가는 당장에 칼부림이 날 것 같아 차선책으로 지평의 객사를 선택한 것이다. 하지만 얼마 가지 못해 걸음을 멈추고 말았다. 피곤한 그의 눈앞에 청성 제자 다섯이 길을 막고 비켜주질 않은 것이다.

게다가 이들은 하나같이 삼룡을 기분 나쁘게 쳐다보고 있었다.

'귀찮은데. 내가 돌아가야지.'

오래 생각할 것도 없이 삼룡은 청성 제자들을 피해 길을 돌아가려 했다.

반면 청성 제자들은 사제들에게 사부님 시중을 맡기고는 작정을 하고 삼룡의 앞길을 막은 터였다. 그러니 삼룡을 이대로 놔줄 리가 만무했다. 청성 제자들끼리 눈짓이 한 번씩 오가더니 도사 하나가 시비를 걸어왔다.

"저 몰골 보게, 이거 개방 거지는 저리 가라구먼."

하지만 삼룡은 별 반응하지 않았다. 이미 이 정도 시비는 예상하고 있는 그였다. 그러자 안 되겠다 싶었는지 목청 큰 청성 제자 하나가 갑자기 삿대질까지 하며 호통 쳤다.

"네놈의 이름이 삼룡이렸다, 출신 문파는 개소문이고!"

그 호통을 신호로 청성 제자 다섯이 후닥닥 뛰어가서는 삼룡이 아예 빠져나가지 못하게 빙 둘러싸 버렸다. 당하는 입장에서는 화날 법도 하건만 삼룡은 슬쩍 웃어주며 응대해 주었다.

"제 출신 문파는 어떻게 알았습니까, 청성 도사 형님들?!"

그러자 한 청성 제자가 실소하며 삼룡을 비꼬았다.

"이놈아, 사천 지역에서는 네 이름과 출신 문파만 대면 모를 놈이 없을 것이다. 너는 그것도 몰랐느냐?"

이에 삼룡이 놀라 대답했다.

"사천에 사는 사람들이 저를 다 안다구요?"

"그래, 네놈이 바로 청음객잔에서 이름을 얻은 삼풍대협(三風大俠)이 아니더냐?"

그 순간 주위에 있던 청성 제자 모두가 일제히 삼룡을 손가락질하며 비웃었다.

"푸하하하!"

"하하, 저놈, 얼굴 좀 보게. 똥 씹은 표정이야."

"정체를 들킨 탓이겠죠, 사형!"

자신이 삼풍대협으로 소문이 난 것을 모르는 삼룡은 청성 제자들의 놀림에 고개를 갸웃거렸다. 대협이란 칭호는 강호에서 상대방을 높일 때 쓰는 호칭이었다. 한데 이 청성 제자들은 대협이란 칭호로 자신을 놀리고 있는 것이 아닌가?

'아, 이것들이 인내심 시험하네? 하지만 난 지금 무지 졸리다구. 그러니 일단 참자. 때려봐야 내 팔만 아프지. 암!'

"헤헤, 산적 두목보다는 삼풍대협이 듣기는 좋네요. 뭐, 그런가 보다 해야죠, 도사 형님들."

이번에도 삼룡이 별 반응을 안 보이자 청성 제자들은 왠지 힘이 빠지는 기분이었다. 하지만 아직 이들이 포기한 것은 아니었다.

"이 속없는 녀석 보게?"

"그러게 말입니다, 사형. 나이도 꽤 들어 보이는 놈인데 실실거리고 웃는 걸 보십시오. 이런 놈이니 음양쌍랑 같은 악독한 사파인들도 손을 쓰지 않은 거겠죠?"

"맞다. 저런 자식한테 손을 대면 우리도 손가락질 받게 될 게야!"

방금 말한 청성 제자는 어제 지평에게 매질을 주도했던 뼈드렁니 도사 지관이었다. 아마 이번 일도 그가 주도했을 가능성이 높았다.

이 정도 했으면 웬만한 강호 무사들은 아무리 삼류라고 하더라도 싸우자고 했을 것이다. 하지만 삼룡은 그렇지 않았다. 화내는 것도 귀찮은 일로 치부하는 그였으니까.

"어이쿠, 지당하신 말씀입니다. 저 같은 형편없는 놈한테 손을 대시면 청성 도사 형님들의 체면이 서질 않게 됩니다. 그러니 뒤에서 실컷 저를 욕하시고 길은 열어주십시오. 이 삼풍대협이 형님들에게 이렇게 간청드리겠습니다."

삼룡이 변죽 좋게 웃기까지 하자 그를 비웃던 청성 제자들은 고개를 절레절레 흔들며 손사래 쳤다.

"내 살다 저런 밸 없는 놈은 처음 본다. 어찌 사내가 저런 속없는 말을 한단 말이냐?!"

지관이 뒷짐을 지어 보이며 큰 소리 치자 사제로 보이는 청성 제자가 바로 동조했다.

"사형, 저놈의 행실을 직접 보니 지평 사제가 불쌍합니다. 청성의 제자가 저렇듯 한심한 놈을 형님으로 대할 수 있겠습니까? 제가 볼 때는 저 녀석이 사제를 함정에 빠뜨리고 그걸 꼬투리를 잡아 협박한 게 틀림없습니다."

"맞습니다. 어찌 저런 놈한테 온전한 생각으로 형님 대접을 하겠습니까? 놈은 필시 지평 사제 꼬투리를 잡은 겁니다. 이놈을 그냥 보내줄 게 아니라 엄중히 따져 물어야 합니다."

사제의 말에 삐드렁니 지관이 튀어나온 입을 매만지며 생각을 하는 척하더니 이내 근엄하게 말했다.

"그건 안 된다. 물론 지평 사제를 생각하면 마땅히 따져야 하나, 저놈은 사부님에게 고초를 겪었다고 고자질할 놈이다. 어찌 되었든 저놈은 곡 사숙을 치료해 준 놈이 아니더냐?"

"아닙니다, 사형. 제가 볼 때는 당 부인께서 거의 치료해 놓은 것을 저놈이 막판에 나선 것입니다. 저런 한심한 놈이 무슨 의술을 알 리가 있겠습니까?"

"흠, 그도 일리는 있구나!"

지관을 비롯한 청성 제자들은 삼룡을 가운데 놓고 이러쿵 저러쿵 떠들면서도 정작 삼룡에게 길을 내주지 않고 있었다. 이 때문에 슬슬 열이 받기 시작한 삼룡이었다. 욕하는 건 참아도 귀찮게 하는 건 용서 못하는 그가 아닌가?

"니들이 내 욕하는 건 좋은데, 길은 비켜줘야 하지 않겠냐?"

순간 청성 제자들이 할 말을 잃었다. 분명 조금 전까지 자신들의 위세에 눌려 굽실굽실거렸던 삼룡이 어느새 고개를 빳빳이 들고 노려보고 있으니 말이다. 갑작스런 삼룡의 태도 변화에 청성 제자들은 모두 어이가 없다는 표정이었다.

이를 보고 지관이란 청성 제자가 턱짓을 하자 덩치 좋은 한 청성 제자가 팔을 걷어붙이며 나섰다.

"네놈이 방금 무어라 했느냐?"

“뭐라고 하긴요. 더위를 살짝 먹은 개들에게 경고를 하는 것이지요. 자꾸 미친 짓 하면 두들겨 맞는다고 말이죠.”

계속된 삼룡의 독설에 청성 제자들은 모두 뜨악한 표정을 지었다. 순간 삼룡의 앞에 나섰던 덩치 좋은 청성 제자가 검집째 후려칠 것처럼 들어 올렸다.

“이런 건방진 놈이 다 있나!”

“덩치 좋은 도사 형님, 참으세요. 그러다 진짜 다치십니다. 지금까지는 지평이 얼굴을 생각해서 넘어가려던 참인데 더 이상은 곤란합니다.”

“이놈 봐라? 점점 기어오르네!”

팔을 걷어붙인 청성 제자가 손을 쓰려 하자 지관이 슬쩍 그를 말리는 척했다.

“이봐, 사제. 저놈 별호가 삼풍(三風)이란 것을 벌써 잊었는가? 저놈 허풍에 놀아난 무림 명숙들이 허다하다네. 손을 쓰면 자네 손만 더러워진다네.”

지관은 사제를 말리는 척하면서 삼룡을 충동질했다. 이에 삼룡이 먼저 공격해야 자신들이 뒤탈 걱정없이 자근자근 밟아줄 테니 말이다. 하지만 이런 수도 넘어가야 통하는 방법이었다.

“그럼요. 어디 개똥이 무서워서 피한답니까, 더러워서 피하지! 저도 몸소 실천하고 있는 중이니, 도사 형님들께서도 그렇게 아시고 물러나 주시죠?”

되로 주고 말로 받는다는 속담처럼 본전도 못 찾은 청성 제자들이었다.

삼룡의 말에 의하면, 오히려 그가 청성 제자들이 더러워서 피하는 중이라는 말이 아닌가? 그러자 지관이 오히려 분기를 참지 못하고 들고 있던 검을 자루째 휘둘렀다. 하지만 이는 삼룡이 바라던 바였다.

삼룡이 허리를 틀어 검집을 피하면서 동시에 지관의 무릎 아래를 툭 건드렸다. 그러자 지관이 하체의 중심을 잃고 고목이 도끼에 쓰러지듯 서 있는 상태 그대로 고꾸라지는 것이었다.

콰당!

지관이 객사 마당에 처박히자 뿌얀 먼지가 바닥 위로 올라왔다. 그만큼 지관이 느낀 고통은 클 수밖에 없었다.

지관이 험한 몰골로 넘어지자 청성 제자들은 일제히 삼룡을 공격했다.

삼룡을 둘러쌀 때부터 어느 정도 각오한 그들이었으니, 일단 공격하고 보는 것이었다. 하지만 그 틈바구니에서도 삼룡은 그들의 공격을 모조리 피하고 있었다. 특히나 넘어져 있는 지관을 발로 밟아가면서 말이다.

"아아, 아아악!"

지관은 땅바닥에 엎어진 상태로 연신 비명을 질렀다. 하지만 청성 제자들로서는 물러설 수도 없었다. 삼룡이 미꾸라지

처럼 바로 눈앞에서 알짱거리니 잘하면 한 방에 때려눕힐 수
있다 싶었기 때문이다. 하지만 이는 순전히 그들만의 생각이
었다.

삼룡의 몸놀림은 그들이 생각하는 그 이상이었다. 그를 맞
추다 싶으면 어느새 동문 사형제가 휘두른 검집이 길을 막고
있었다. 마치 삼룡은 네 명이 펼치는 검술의 검로를 모조리
꿰뚫어 본 듯 움직이고 있었다.

게다가 청성 제자들이 빈틈을 보이면 바로 손바닥으로 갈
기는 그였다.

짜악!

물에 젖은 천이 벽에 달라붙는 것처럼 삼룡의 큼지막한 손
바닥이 청성 제자들의 면상을 후려갈겼다. 그것도 정면으로
말이다.

삼룡에게 면상을 허용한 청성 제자들은 순간 번개가 번쩍
이면서 눈앞에 아무것도 보이질 않았다. 게다가 찝찔한 맛이
얼굴 전체에서 느껴지기까지 했다.

앞을 보지 못한 청성 제자들은 검술을 펼칠 생각을 접고는
검집을 상하좌우 막무가내로 흔들었다. 언제 또 삼룡에게 얼
굴을 얻어맞을지 모르니 체면이고 뭐고 일단 휘두르고 보는
것이었다.

하지만 이런 행동은 결국 다른 사형제들에게 방해만 될 뿐
이었다. 삼룡 하나만으로도 벅찬데 같은 편인 이들이 방해를

하니 눈앞의 삼룡이 빈틈을 보여도 공격할 수가 없었다.

쫘악!

가죽 찢어지는 소리와 함께 또 한 명의 청성 제자가 코피를 쏟으며 뒤로 넘어졌다. 그리고 얼마 후 온전하게 서 있는 청성 제자는 아무도 없었다. 오직 양 손바닥을 활짝 편 삼룡만이 우뚝 서 있을 뿐이었다.

이때 제일 먼저 삼룡에게 얻어터진 지관이란 청성 제자가 허리를 부여잡고 일어섰다. 그는 무릎을 맞고 넘어진 탓에 앞을 볼 수 있는 유일한 청성 제자였다. 하지만 그는 직접 면상을 얻어맞은 것보다 더한 충격에 빠지고 말았다.

바로 자신의 사제 네 명 모두 쌍코피를 쏟으며 바닥에서 나뒹굴고 있는 게 아닌가? 아직도 사제들은 하나같이 눈을 제대로 뜨지 못하고 있었다. 그뿐만이 아니었다. 제각각 턱이 빠져 비명도 제대로 지르지 못하고 있었다.

"네, 네 이놈! 감히 청성 제자를 욕보이다니!"

지관은 일단 호통부터 치고 봤다. 하지만 그 스스로 괜한 말을 했다는 생각이 들었다. 생각해 보면 먼저 욕보인 것은 바로 자신들이었다. 게다가 이놈의 손속을 보자니 사파 무사들은 저리 가라 할 정도였다.

일부러 면상만 후려갈겨서 기어코 저 꼴을 만들어놨으니 말이다. 이는 사파 무사들도 하지 않는 짓이었다.

'잘못 건드렸다. 뭐, 저런 무식한 놈이 다 있지?

지관이 뒤늦게 후회하고 있을 때, 삼룡이 지관을 바라보며 씩 웃어주었다. 그러자 잔뜩 겁을 집어먹은 지관의 몸이 저절로 움찔거렸다. 아까는 몰랐는데 삼룡이란 놈의 몸에서 살기보다 더한 독기가 아른아른거리는 게 아닌가!

물론 이는 봄날 아지랑이를 지관이 잘못 본 것이었다. 삼룡은 다 끝난 싸움을 다시 시작할 만큼 부지런한 놈이 아니었다.

"그러게 왜 건드려. 잠도 못 잔 사람을!"

삼룡의 말에 기겁한 지관은 하마터면 다리에 힘을 잃고 주저앉을 뻔했다. 비록 삼룡의 목소리에 사자후 같은 내력은 실리지 않았지만, 목소리를 듣는 것만으로도 다리에 힘이 빠진 것이다. 그만큼 그가 만들어놓은 광경이 그를 야차보다 더 무섭게 만든 것이다.

이때 삼룡이 손바닥을 툭툭 털면서 말했다.

"아직 본 사람이 없으니까 없던 일로 해라. 니들이 말한 대로 난 허풍쟁이니까. 알았냐?"

삼룡의 호통에 지관은 자신도 모르게 움찔거리며 대답했다.

"네, 대협!"

"됐어. 그냥 지평 동생처럼 형님이라 불러."

"알겠습니다, 형님!"

지관은 올해 나이가 서른다섯이었다. 그러니까 삼룡보다

다섯이나 많은 것이다. 그런 그가 아무 생각 없이 형님이라고 대답했다. 어젯밤 내내 명문정파의 체면을 따지던 그가 말이다.

삼룡이 몇 발짝 앞으로 걸어가자 지관은 그제야 안도의 숨을 내쉬었다. 하지만 다음 순간 지관은 다시 숨을 멈춰야 했다.

바로 삼룡이 가던 길을 멈추고 이렇게 말하는 것이었다.

"너희들 말이야, 어제 좀 심했어. 알지?"

순간 지관은 온몸에 소름이 좌르륵 돋아 올랐다. 지금 이 얘긴 삼룡이 자신들을 벼르고 있었다는 얘기지 않는가? 하지만 다음 순간, 뻐드렁니 지관은 그만 눈물을 주르륵 흘리고 말았다.

"어제 그 녀석이 깨진 머리를 하고서도 극구 말려서 내가 참은 거다. 지금은 너희들이 시비 걸어서 생긴 일이고. 알아 둬!"

지관은 어제 마구간에서 지평에게 했던 말과 행동들이 머릿속에 주마등처럼 떠올랐다 사라졌다. 사형인 자신들은 한 치의 관용도 베풀지 않았는데, 사제인 그가 모든 것을 감싸 안은 것이었다.

이후로도 지관은 한동안 멍하니 서 있었다.

사천당가의 사람들이 멀리서 보고 황급히 달려올 때까지 말이다.

　　　　　　　＊　　　　＊　　　　＊

　사천당가 가주 전각, 당가의 가주 연환철표 당철영, 홍화독
랑 당철노, 철포정 당화기 등이 무거운 침묵 속에서 사천독의
가 실행하려 했던 계획을 전해 듣고 침통한 표정을 짓고 있었
다.

　특히나 혈향시독(血香屍毒)을 이용해 청성파를 끌어들이려
했던 부분에서는 모두들 눈을 지그시 감거나 어금니를 꽉 깨
무는 모습들이었다.

　흑미호 당철향이 사천독의의 편을 들어 계획의 당위성을
언급했으나 이미 무산된 계획인 탓에 별다른 말들은 없었다.
다만 타 문파를 이용해서까지 봉문을 막아야 하는 오늘날 당
가가 처한 현실에 대해서 한탄할 따름이었다.

　철포정 당화기가 사천독의의 애기를 모두 듣고 무겁게 입
을 열었다.

　"가주 형님께서 직접 무산된 계획을 밝히신 이유는 철심
처제의 계획을 어떻게든 살려보자는 의도인 것입니까?"

　"그렇다네. 비록 혈향시독으로 사태를 해결할 순 없다 해
도 철심이의 계획이 온전히 쓸모없게 된 것은 아니지 않는가?
물론 자네들이 동의해야만 하는 일이겠지만."

　"일단 그 방법이나 들어보고 나서 애기하는 게 어떻겠습니

까? 그때 가서 정 안 되면 다른 계책을 생각해 보는 것이 좋겠습니다."

당화기의 제안에 모두들 동의하자 사천독의가 바뀐 계획을 설명했다.

"일단 백 낭자의 몸에 혈향시독을 심어두고 오라버니 수양딸로 삼자는 기본 틀은 같습니다. 곡 도장이 요양해야 한다고 하면 탈명표왕이 생사결(生死決)을 치르러 올 때까지 청성 도장들도 여기를 떠나지 않을 것입니다. 다만 그 삼룡이란 자가 문제입니다. 그자가 있으면 모든 문제가 꼬여 버리게 됩니다. 백 낭자에게 심어둔 혈향시독을 다시 해독할 수도 있고, 아무튼 그자가 모든 문제에서 방해됩니다."

여기까지 듣던 홍화독랑 당철노가 고개를 갸웃거리며 물었다.

"방해가 된다 함은 곧 제거하자는 말인데… 철심아, 삼룡이란 자가 비록 삼풍대협이라 불리는 자라 할지라도 소가주에겐 생명의 은인이다. 그럴 수는 없다."

"철노 언니, 언니도 그자에 대해서 알게 되면 먼저 제거하자고 하실 겁니다."

"내가 먼저 하자고 한다고? 그래, 일단 무슨 사정인지 듣기나 해보자."

당철심은 깊은 한숨을 내쉬며 다시 말을 이었다.

"휴, 어제 그자의 정체가 의심스러워 하오문에 사람을 보내 알아봤습니다. 그랬더니 의심스러운 부분이 한둘이 아니었습니다. 먼저 그자의 행적과 시산노호의 행적이 일치한다고 합니다. 그리고 오늘 아침, 그자의 무공이 삼류가 아닌 것을 저와 철향이가 똑똑히 봤습니다. 철상이가 오 년 전에 말한 내용만 봐도 그자의 무공은 평범을 뛰어넘는 자입니다. 한데 그런 자가 삼류를 자처하다니요?"

당철심이 풀어놓는 얘기에 당가의 수뇌부들은 모두 믿기지 않는다는 표정이었다.

"의심은 거기에서 끝나지 않았습니다. 공교롭게도 그자의 사문 개소문이라는 곳과 혈향시독이 발원한 금사강은 매우 가까운 곳입니다. 게다가 그는 지금까지 그 누구도 해독 못한 혈향시독을 그자는 단 하룻밤 사이에 해독했습니다. 더 생각해 보니 그자의 출현이 결코 우연이 아니라는 생각이 들었습니다."

여기까지 듣던 철포정 당화기가 고개를 끄덕이며 동조했다.

"정말 처제 말대로 의심스러운 부분이 한둘이 아니로군. 그리고 철심 처제는 그자와 봉문첩을 보낸 자들과 연관이 있을 것이라 생각하는 거 같은데?"

"네, 형부. 그게 아니라도 그자는 우리 사천당가를 이용하기 위해 접근한 자일 가능성이 큽니다. 그런데 철상이는 그것도 모르고 그자를 사부로 모신다고 하는 것입니다."

"그래서 소가주를 강제로 연금시켜 놓은 것이로군!"

"네, 그자가 철상이를 이용할 게 눈에 빤히 보이는 상황이니 어쩌겠어요. 제가 아는 것은 여기까지입니다. 결정은 오라버니들과 형부, 언니들이 결정해 주세요. 저는 결정을 따르겠습니다."

모두가 침묵하는 가운데 가주 연환철표 당철영이 결론을 내렸다.

"오래 생각할 시간이 없다. 백 낭자를 끌어들이자면 지금 당장 결정을 해야 한다. 삼룡이란 자를 제거하는 데 반대하는 사람 있는가?"

당철영이 두 눈을 부릅뜨고 의견을 묻자 이를 반대하는 사천당가의 수뇌부들은 없었다.

"그럼 삼룡이란 자는 제거하기로 하겠다. 철심아, 쉽지 않겠지만 너는 백 낭자를 맡아 처리하도록 해라."

"걱정 마십시오. 어제와 오늘 관찰해 보니 백 낭자는 삼룡이란 자와 사이가 별로 좋질 않았습니다. 이를 이용하면 쉽게 끌어들일 수 있을 겁니다."

"다행이로군. 아무튼 네 어깨의 짐이 무겁겠구나."

"오라버니, 저는 당문을 위해서는 이보다 더한 일도 각오하고 있습니다. 그러니 너무 심려 마십시오."

회의가 끝나자 당가의 수뇌부들은 담담한 표정으로 전각을 빠져나왔다. 그리고 제일 나중에 전각을 나선 사천독의는 결연한 표정으로 백서연의 객사로 걸음을 옮겼다.

＊　　　＊　　　＊

높이 솟은 태양 아래, 시뻘건 화마가 거대한 용으로 화해 천마전(天魔殿) 곳곳에서 용트림하고 있었다. 천마전 중앙에서 시작된 불길은 수천 마교인이 동원되었어도 전혀 꺼질 생각을 하지 않았다.

어지간한 건물에 불이 났다면 쉽게 끌 수 있었지만 궁궐 규모의 천마전은 곁에서 물을 아무리 많이 뿌려봤자 아무 소용 없었다. 전각 안이 용광로같이 뜨거우니 물이 스며들 시간도 없이 수증기로 날아가 버렸기 때문이다.

하늘에서 장대비가 내리지 않는 이상 불길 잡기는 애당초 힘들어 보였다.

불타는 천마전을 점창파 도사복의 능운비가 부채를 거머쥐고 뒷짐을 진 채 느긋하게 쳐다보고 있었다. 그리고 그의 앞에는 천리마군 독고천이 한쪽 무릎을 꿇고 침통한 표정으로 고개를 숙이고 있었다.

천마전에 불난 책임이 온전히 자신에게 있으니 그로서는 입이 열 개라도 할 말이 없는 상황이었다. 문뜩 천마전을 바라보던 능운비가 독고천에게 물었다.

“단 한 사람도 저곳에서 빠져나오지 못했다 했습니까?”

"예, 존주님. 외곽의 무사들 얘기로는 단 한 사람도 빠져나오지 않았다고 합니다. 모두 안에서 옥쇄(玉碎)를 선택한 것 같습니다."

"흠, 치욕을 당하느니 팔다리가 잘린 교주와 천마전에 불을 질러 옥쇄를 한다? 아주 괜찮은 생각입니다."

천리마군 독고천이 오체투지하며 외쳤다.

"감히 존주께 큰 누를 끼쳤습니다. 저를 벌해주십시오."

"이따위 일로 제일 큰 공을 세운 독고 장로를 벌하다니요. 당치 않습니다. 앞으로 할 일이 더 많으니 그쪽이나 신경 씁시다."

"예, 존주님!"

때마침 불길을 잡기 위해 마교인들을 총지휘했던 황일비 장로가 황급히 다가와 보고했다.

"존주님, 불길이 거세어 도저히 잡을 수가 없습니다."

"황 장로도 그만 하면 됐습니다. 이제는 다른 전각에 불길이 번지지 않도록 하세요."

"알겠습니다, 존주님."

이후 황일비 장로가 물러가자 능운비가 다시 독고천에게 물었다.

"독고 장로, 뇌음사 대뢰승들은 어떻게 처리했습니까?"

뇌음사 대뢰승들을 언급하는 능운비의 표정은 이전과 달리 조금 경직되어 있었다. 예전에 그들과 부딪친 것이 마음에 남아 있던 모양이었다.

"혁 교주의 눈을 피하느라 천마신교의 절정고수 열 명과 초절정 열 명밖에 보내지 못했습니다. 그리고 그들에게 상처 하나씩을 입힌 것이 고작이었습니다."

"상처를 입은 자가 둘이나 있었는데, 생각보다 피해가 적 군요. 한두 명 정도는 죽여줄 줄 알았는데."

"마공을 익힌 무사들은 그자들에게 절반의 힘도 쓰지 못합 니다. 예전에도 장로 급 고수 몇을 더 동원하고서야 간신히 상황을 마무리할 수 있었습니다. 아예 대규모 전력을 출동시 키지 않으면 힘들지 않을까 싶습니다. 하지만 그렇게 되면 다 른 문파들을 자극하는 일이라서."

"절반의 힘을 쓰지 못한다? 역시 그때의 느낌은 그것 때문 이었군요. 마치 아미신녀처럼 복마력을 가진 중들이라. 거기 에 패도적인 뇌전의 기운까지."

"어차피 태청검보를 찾으면 되돌아갈 사람들입니다. 혁 교 주 여손의 위치만 알려주면 끝날 일들이니 신경 쓰지 마십시 오."

독고천이 말을 맺는 순간 시체처럼 오싹하고 섬뜩한 기운 이 일대에 퍼졌다. 그와 함께 능운비의 주변에 회오리바람이 휘몰아쳤다.

"독고 장로, 방금 그 말은 조금 건방졌습니다. 지금까지의 공로를 모두 상쇄할 뻔했다는 말입니다."

　인마대제가 형상화된 마기나 내기가 실린 음공으로 상대방을 제압하는 데 반해, 능운비는 눈에 보이지 않는 공포로 상대방을 제압했다. 마치 눈앞에 진짜 마신(魔神)을 대하는 느낌에 독고천이 즉시 고개를 숙였다.

　"죄, 죄송합니다, 존주님!"

　"혈마의 힘에 대해서 의심하지 마시길 바랍니다. 천마의 무공을 배우는 것과 혈마가 되는 것은 근본적으로 다르니까."

　"예, 존주님!"

　"이곳의 세력 편제를 새로 해야 하니 독고 장로는 장로 역할을 맡을 만한 사람들을 추천하고 그 일이 끝나면 각 지역에 있는 분타를 흡수하는 일에 신경 쓰세요. 그리고 이곳에는 천마전 대신 혈마궁을 세우면 좋겠군요."

은혜를 원수로 갚을 것인가?

허허실실 虛虛實實

백서연은 아침나절 이후로 계속 객사에 머물렀다. 그전에 삼룡이와 다툼도 있었지만, 그건 그리 중요하지 않았다. 지금 그녀에게 중요한 것은 번개처럼 그녀의 머리에 스치는 과거의 기억이었다.

그 때문에 그녀는 서둘러 객사로 돌아와 기억을 더듬고 있었다. 하지만 과거를 기억하려고 하면 할수록 머리통이 깨질 것 같은 고통이 밀려들어 와 도저히 그냥 있을 수 없었다. 그래서 그녀는 길고 얇은 천 하나를 구해 머리에 질끈 동여맨 채 탁자에 앉아 기억을 더듬고 있었다.

'당 낭자의 신형이 매우 느려 보였어. 눈앞에 다가올 때까지도 난 충분히 피할 수 있다고 생각했으니까. 그리고 그다음 뭔가 보였단 말이야. 날 비웃는 웃음, 주위에 있던 사람들, 그리고 삼룡이, 그 자식 얼굴도 얼핏 본 거 같고, 그리고 또 다른 하나 능, 능운…….'

"아, 머리가 아파!"

백서연이 고통을 참지 못하고 탁자에서 일어설 때였다. 객사 입구에서 인기척과 함께 당철심의 목소리가 들렸다.

"백 낭자, 제가 죽을 좀 가져왔습니다. 좀 들어가도 될까요?"

"들어오세요."

백서연의 허락이 떨어지자 당철심이 쟁반 위에 죽 그릇을 든 시녀 하나를 대동해서 들어왔다. 그리고 시녀는 죽 그릇을 탁자 위에 올려놓고 공손히 뒷걸음질치며 바로 물러났다.

"아침을 안 드셨다고 하더군요. 이런! 머리에 끈을 동여맨 것을 보니 어디가 아프신 모양이로군요. 혹시 제 동생 때문에?"

"아닙니다, 당 부인. 단지 머리가 좀 아파서 이러고 있었습니다. 동생 분의 일은 아무 상관이 없답니다."

"전 또 제 동생 때문에 탈이 난 줄 알고. 아무튼 아침에 있었던 일은 제가 동생에게 단단히 주의를 주었으니 앞으로 그런 일은 없을 것입니다."

백서연이 아픈 기색으로 고개를 끄덕이자 당철심이 손을

내밀고 진맥해 보기를 청했다.

"백 낭자, 아무래도 안색이 좋지 않군요. 그래도 제가 사천 지역에서는 이름난 의원이니 믿고 손을 한번 내밀어보세요."

이에 백서연이 살포시 소매를 걷어 손을 내밀자 당철심은 기쁜 표정으로 진맥을 했다. 하지만 정작 진맥을 하고 난 뒤에는 표정이 심각해졌다.

'뭐야, 내력이 상당하잖아? 그럼 왜 방어를 하지 않은 것이지?'

진맥을 하고서도 정작 아무 말이 없자 백서연이 궁금증을 참지 못하고 물었다.

"무슨 병이라도 생겼나요, 당 부인?"

"음, 병은 아니고 최근에 머리에 큰 충격을 받으신 일이 있었군요. 그 때문에 몸 상태가 전체적으로 좋질 않습니다. 너무 무리를 해서 과거를 떠올리면 아마 두통이 심해질 것입니다."

"역시, 제가 무리를 했었군요. 아까도 슬쩍 과거가 떠올려서 생각을 했더니 머리가 아파서 견딜 수가 없었습니다."

당철심이 화들짝 놀라며 만류했다.

"그러다가 큰일 납니다, 백 낭자. 기억을 상실한 사람에게 가장 안 좋은 것이 바로 억지로 과거를 기억하려는 것입니다. 그냥 편안하게 지내다 보면 기억이 되돌아올 것입니다. 그러기 위해서는 안정이 필수이죠. 참, 얼핏 듣기론 삼룡 소협과 정혼한 사이라는 것 같던데?"

이번엔 백서연이 화들짝 놀라며 정색했다.

"아닙니다. 제가 그 걸신 자식하고 정혼을 하다니요? 아직 기억이 돌아오지 않아서 확실한 것은 모르지만, 일단 그 자식 혼자서 얘기하는 겁니다. 지금 같이 다니는 것도 일신(一身)을 의탁할 데가 없어서 같이 다니는 것뿐입니다."

"어쩐지, 그 사람 혼자 얘기였군요. 아무리 생각해 봐도 곱디고운 백 낭자와는 짝이 아니라 생각이 들었습니다. 그런데 백 낭자 같이 고운 분이 의탁할 데가 없다니요?"

"저는 집도 없고 절도 없는 신세이니 달리 선택할 방법이 없습니다. 삼룡이란 자도 혼인을 강요하는 것은 아니라서 함께 동행하고 있는 것입니다."

"이런 딱하기도 해라!"

당철심은 백서연의 말에 장단을 맞추며 정말 자신의 일처럼 안타까운 표정을 지었다. 그러다가 그녀는 갑자기 자신에게도 깊은 시름이 있는 것처럼 긴 한숨을 내쉬었다. 그러자 백서연이 그 까닭을 묻지 않을 수가 없었다.

"당 부인, 무슨 근심이 크시기에 저보다 더 깊은 한숨을 쉬십니까?"

"그리 보였습니까?"

긍정의 의미로 백서연이 고개를 끄덕이자 당철심이 다시

길게 한숨을 내쉬며 말했다.

"사실은 오라버니 생각이 나서. 바로 사천당가의 가주이신 분 말입니다. 그분께는 지금 무남독녀 계희 하나가 있습니다. 하지만 십 년 전에는 둘이었죠."

"둘이었다고 하시면?"

"네. 그 아이의 언니가 하나 더 있었습니다. 백 낭자처럼 총명하고 재능이 뛰어나서 모두 사천당가의 큰 기둥이 될 거라는 아이였습니다. 아마 살아 있었다면 백 낭자 또래였을 겁니다."

"그런데 어쩌다가?"

"너무 총명한 탓이었습니다. 어린 나이에 봐서는 안 될 무공서를 본 것이죠. 물론 오라버니 허락없이 몰래 본 것이구요. 그리고 그 아이가 내력이 뒷받침되지 않은 상태에서 무리하게 무공서를 따라 하다가 그만……."

애기하던 중간 당철심은 말을 잇지 못하고 소매로 눈을 훔쳤다. 그러자 백서연도 따라 소매로 눈물을 훔치는 것이었다. 당철심이 들려주는 애기를 듣다 보니 자신도 자연스레 눈물이 흐른 것이다.

"고마워요, 백 낭자. 이렇듯 함께 울어주긴 힘든 일인데."

"아닙니다. 자식을 잃는다는 건 슬픈 일이죠. 저야 듣는 입장이어서 잊으면 그뿐이지만 실제 자식을 잃은 사람은 그 슬픔을 영원히 간직할 것입니다."

"그래서 아까 한숨을 쉰 것이랍니다. 제가 백 낭자를 보고 그 아이 생각이 났을 정도면, 오라버니는 매일매일이 그럴 텐데."

당철심의 말을 듣던 백서연은 어느 순간 고개를 갸웃거렸다.

"저를 보고 생각이 나다니요?"

"이 얘긴 안 하려고 했는데… 사실은 오라버니가 어제 백 낭자를 보시고 무척이나 기뻐하셨답니다. 예전에 잃은 그 아이와 생김새가 너무 똑같다고, 마치 그 아이가 살아 돌아온 것 같다고 하셨습니다. 하지만 오늘은 슬퍼하시더군요."

"왜죠?"

"곡원 도장의 치료가 끝났으니 삼룡 소협과 함께 가실 게 아닙니까? 그래서 제가 사실대로 말씀드렸더니 크게 낙담하시면서 아쉬워하신 거죠. 대신 허름한 옷으로 보내는 것이 마음에 걸린다면서 옷 한 벌을 지어주라 하셨습니다. 그래서 지금 사람들이 백 낭자의 옷을 짓고 있답니다. 아마 저녁쯤이면 입어 보실 수 있을 겁니다."

여기까지 사정을 듣던 백서연은 크게 혼란스러워하는 모습이었다. 지금 이 얘긴 자신이 여길 떠나지 않았으면 하는 당철심의 은근한 권유가 아니던가? 반면 당철심은 흔들리는 백서연이 생각할 시간을 주지 않고 바로 본론을 꺼내들었다.

"그래서 말인데… 백 낭자."

"말씀하세요."

"불쌍한 오라버니의 큰딸이 되어주면 안 될까요?"

*　　*　　*

"드르렁, 푸우우우. 드르렁, 푸우우우!"

밤새 잠을 자지 못했던 삼룡은 객사가 떠나갈 정도로 코를 골며 잠을 청하고 있었다. 물론 그가 코 고는 소리 때문에 잃아누운 지평이 쉬지도 못하고 객사 밖으로 나와야 했지만.

어젯밤 사형들에게 심한 매질을 당한 지평은 머리에 천을 위아래로 동여맨 모습으로 객사 앞에 처량하게 쪼그려 앉아 있었다. 다른 곳을 가고 싶어도 지금의 몰골로는 도저히 돌아다닐 자신이 없는 그였다.

한편으로 생각해 보니 앞으로 사형제들을 어떻게 대해야 할지도 난감했다. 예전에도 지관을 비롯한 사형들이 자신을 싫어하는 줄 알았지만, 어제처럼 심각한 줄은 짐작도 못했다. 또 어제 분위기를 보자면 그나마 사이가 좋았던 사제들까지 그에게 등을 돌리지 않았던가.

이런저런 생각이 든 지평은 자신의 신세가 처량하고 한탄스러워 자연스레 몸이 움츠러들고 결국 쪼그려 앉게 된 것이었다.

지평이 한참을 처량하게 쪼그려 앉아 있을 때였다. 도관을 갖춰 입은 도사 하나가 지평의 옆으로 와서 친근하게 말을 붙이는 것이었다.

"사제, 무슨 생각해?"

아무 생각 없이 쪼그려 앉아 있던 지평은 옆에서 누가 뭐라고 하자 생각나는 대로 대답했다.

"그냥 이것저것이요. 지관 사형 마음을 어떻게 풀어드려야 하나 다른 사형들은 또 어떻게 대해야 하나 그런 생각이요."

"사제가 내 마음을 풀어준다고!"

그 소리에 지평이 화들짝 놀라 옆을 보니 자신의 사형 뻐드렁니 지관이 자신처럼 쪼그려 있는 것이었다.

"지관 사형! 여, 여긴 어떻게."

지관은 인상을 한껏 찌푸리며 말했다.

"왜, 지금 내가 못 올 데 온 거라는 말이냐? 또 어제처럼 사제들을 데리고 마구간에서 한번 볼까?"

"또, 또요?"

지평이 대답도 제대로 못하고 눈만 껌뻑이자 지관이 그의 어깨를 툭 치며 말했다.

"농담이야, 농담! 대체 도를 닦는 도사라는 놈이 뭐가 무서워서 놀라는 게야?"

지관의 행동과 표정에서 뭔가 다른 분위기가 느껴지자 지평은 이를 더 어리둥절해했다. 그러자 지관이 씩 웃으며 말했다.

"어제 일 미안했다. 사형인 내가 속이 좁았어. 그동안 네가 사부님과 사숙에게 혼자 귀여움을 받으니 눈에 뭐가 씌었나 봐! 인물 좋은 네가 참아라. 보다시피 난 뻐드렁니에 눈도 작잖아."

지관이 전에 없이 편안하게 말하자 지평은 자신의 귀와 눈을 의심했다. 분명 어제저녁까지 자신을 못 잡아먹어서 안달이 난 사형이 이렇듯 갑자기 살갑게 대하니 말이다.

'귀가 멍하고 정신이 혼미한 것이 꼭 꿈을 꾸는 것 같아? 그래 내가 꿈을 꾸고 있었던 거야. 지금은 삼룡 형님 코 고는 소리도 안 들리잖아.'

순간 지평의 손이 지관의 얼굴로 천천히 움직였다. 반면 그의 사형 지관은 사제의 손이 다가오는 것을 보고서도 가만히 내버려 두었다.

"아야! 지평 사제, 내 볼은 왜 꼬집는 거야?"

"꿈 아니에요, 꿈?"

어느덧 지평의 손가락이 사형인 지관의 볼을 꼬집고 있었다. 그래도 지평은 못 믿겠다는 듯 연신 꼬집기를 반복했다.

"아야! 꿈인지 확인하려면 자기 볼을 꼬집어야지 왜 내 볼을 꼬집어?"

지관은 당하면서도 그리 화난 표정이 아니었다. 물론 그 때문에 지평에게 다시 한 번 꼬집혔지만 말이다. 그러자 이번엔 지관도 참지 않고 지평의 볼을 꼬집었다.

"아프다! 그럼 이게 꿈이 아니었던 말이에요?"

"그래, 넌 그동안 속고만 살았냐? 아님 내가 너무 못살게 굴어서 그런 거냐? 뭐, 그동안 내가 심하긴 했지. 그래도 인마, 사람을 그렇게 못 믿어? 혹시 누구한테 크게 당하기라도 한 것이냐?"

지관의 말을 듣던 지평의 두 눈에서 어느 순간 굵은 눈물 한 방울이 떨어졌다.

"녀석, 예나 지금이나 울보인 건 똑같구나. 예전에 사부님한테 회초리를 맞고도 이렇게 눈물을 흘렸지. 그러니 내가 못살게 한 거 아니냐? 좀 강해지란 말이야. 나처럼!"

"사형, 정말 지관 사형이구나. 예전에 날 챙겨주던 그 사형 말이야."

"그래, 이 녀석아. 나다, 나. 근데, 왜 또 꼬집어? 설마 어제 일을 복수하는 것은 아니겠지?"

순간 오랫동안 소원했던 두 사형제의 웃음소리가 사천당 가의 한쪽에서 떠들썩하게 울렸다. 그리고 한 시진 후,

"드르렁, 푸우우우. 드르렁, 푸우우우!"

지평의 객사 안에서는 여전히 삼룡의 코 고는 소리가 요란하게 들렸다. 그리고 그 밖에서는 청성의 사형제 둘이 사이좋게 앉아 있었다.

문뜩 코 고는 소리를 듣던 지관이 말했다.

"지평 사제, 옛 속담에 때린 놈은 절대 발 뻗고 못 잔다고

하지 않았어?"

지평이 지레짐작하며 대답했다.

"혹시 사형께서 어제 저 때문에 못 주무셨다는 말씀을 하시려는 거죠? 전 어제 일 다 잊었어요. 그러니……."

"아니, 그게 아니라 저 안에서 주무시고 계시는 분 말이다. 오늘 그분한테 사제들이 좀 맞았거든. 먼저 맞을 짓은 하긴 했지만 그래도 사제들을 그렇게 만든 분이 저렇게 태연하게 주무실 줄은 몰랐다. 아마 사제들에게 이 사실을 얘기해 주면 너무 억울해서 자다가 경기할 거다."

사형제들이 맞았다는 얘기에 지평의 눈동자가 접시만 하게 커졌다. 하지만 반응이 조금 달랐다. 일단 못 믿겠다는 표정이었다.

"왜, 내 말을 못 믿겠어?"

차마 대답을 못하겠는지 지평은 조심스럽게 고개를 끄덕였다.

"이거 증인 한 명을 데리고 왔어야 하는 건데. 사부님 시중을 들던 사제 네 명이 지금 다른 사형들의 수발을 들고 있어. 대체 어떻게 패면 그렇게 되는지. 원!"

"그럼 진짜로 삼룡 형님을 건드리셨단 말이에요? 그 무서운 사람을요? 제가 어제 간신히 말렸는데."

지평의 말에 지관이 동의하며 고개를 끄덕였다.

"몰랐으니까 건드렸지. 설마 삼류 행세를 하고 다니는 절정고수, 아니다. 초절정고수가 있는 줄 알았겠어? 우린 그냥 허풍치고 다니는 삼풍대협인 줄로만 알았거든."

"그래도 다행이네요. 사형은 안 맞으셔서."

"무슨 소리야? 나도 맞았어. 맞은 게 자랑이 아니라서 얘기를 안 했을 뿐이지."

그러자 지평이 고개를 살랑살랑 흔들며 말했다.

"에휴, 사형도 참. 제가 또 속을 줄 아셨어요? 삼룡 형님은 싸우자고 해도 먼저 피하는 분이시지만, 일단 출수하면 다시 출수 안 하기 위해서 아예 끝장을 보신다구요. 두 번 출수하는 자신을 절대 용서할 수 없다고 말하시는 분이니까요. 그런데 사형은 지금 멀쩡하잖아요?"

"정말이라니까! 내가 먼저 맞고 바닥에 쓰러져 있다가 일어나 보니 그사이에 사제 네 명이 턱이 빠진 채 바닥에 쓰러져서 눈도 못 뜨고 있더라구!"

여기까지 듣던 지평은 일단 안도의 숨을 내쉬었다.

"휴, 그 정도였으면 사형들은 정말 운이 좋으셨네요."

"그건 또 무슨 소리냐?"

"삼룡 형님의 목검으로 맞으셨으면 아마 사형도 지금쯤 누워 계실 겁니다. 그 목검은 봐주는 게 없거든요. 게다가 무척 공평한 검이라서 아주 무섭죠."

지관이 호기심 어린 표정으로 되물었다.

"내가 운 좋은 건 나도 알고는 있는데, 공평한 검이 무섭다니? 대개 무슨 말이냐?"

"어휴, 이 얘긴 다시 하는 것도 무서운 일인데. 일단 알아두서야 할 걸 말씀드리면요, 삼룡 형님이 목검을 들고 있을 때는 절대 건드리면 안 됩니다. 그것 때문에 오독문 비겹대 놈들 중에 정신 나간 놈이 한둘이 아니에요."

"오독문 비, 비겹대?"

"네, 그놈들이 시비를 걸은 일이 있었거든요. 그때도 오독문 녀석들 몇 명만 맞고 대충 넘어갈 수 있었어요. 근데 독각화선이란 놈이 최악의 수를 쓴 겁니다. 뭐, 자기 딴에는 구명절초를 써서 이겨보고 싶었다나요? 어쨌든 그 때문에 삼룡 형님이 목검을 드셨어요."

"그, 그래서?"

"먼저 형님이 시범으로 독각화선을 팼습니다. 그리고 차례대로 똑같이 패더라구요. 숫자까지 세어가면서 똑같이요. 그런데 한 열 몇 놈째를 패다가 한 대를 더 때린 거예요. 그 순간 형님이 인상을 팍 쓰더니 다시 독각화선이 쓰러져 있는 곳으로 되돌아가시더라구요."

"그만두려고 그런 건가?"

"그만 하긴요? 새로 시작했는데."

"새, 새로?"

"아무튼 그때 독각화선은 이미 기절한 상태였습니다. 그런데 형님이 혈도를 몇 개 찍으니까 금세 깨어나더라구요. 그러면서 형님이 이렇게 얘기했어요."

"미안해서 어쩌지? 이게 사조님의 검이거든. 너도 알지? 처음이나 나중 놈이나 똑같이 맞아야 한다는 균검 말이야. 근데 말이다. 내가 실수로 한 대를 더 때렸거든. 그러니까……."

"그래서, 기절한 독각화선을 깨워서 한 대 더 때린 거야?"

"어휴, 그럼 정신 나간 놈이 생겼겠어요? 다시 처음부터 새로 패더라니까요. 그게 그 목검을 든 사람이 지켜야 할 문규래요. 원래 삼룡 형님이 속한 사문 제자들이 좀 게으른가 봐요. 그래서 그런 문규가 있대요. 근데 문제는요, 또 열 몇 놈 패다가 실수로 한 대 더 때린 거예요. 이번엔 맞던 놈이 잘못 움직여서 더 맞은 거죠."

"설마, 또 새로 그런 건 아니겠지?"

"아니긴요? 다시 시작됐죠. 문규라서 삼룡 형님도 어쩔 수 없대요. 그래서 균검을 안 들고 다니려고 했는데 형님 사부님이 강제로 주서서 들고 다니는 거랍니다."

"그럼 나머지 오독문 무사들은?"

"그때 제정신인 놈들이 거의 없었습니다. 차라리 저한테 맞겠다고 매달린 놈들이 태반이었어요. 어떤 놈은 수중에 가지고 있던 독약을 먹고 자살한 놈도 있었는데, 그놈이 더 불쌍했어요."

"그건 또 무슨 소리냐, 죽었으면 그만인데?"

"에휴, 모르는 소리 마세요. 그놈부터 팼어요. 다 죽어가는 놈의 혈도를 찍으니까 살아나더라구요. 그러더니 삼룡 형님 하시는 말이……."

"죽더라도 이거는 맞고 죽어야 한다. 안 그럼 내가 지옥까지 쫓아가야 하거든. 그러니 맞고 가라!"

"그래서?"

"그래서는요? 다 맞고 죽었죠. 형님 말이 균검을 들려면 그 정도 상황은 미리 준비하고 있대요. 아무튼 독약 먹은 그놈도 완전히 죽지 못했어요. 또 다른 놈에게 한 대 더 때릴지 모르니까. 그러니 다른 놈들은 자살할 마음도 쉽게 먹을 수 없었죠."

지평의 얘기가 계속될수록 그의 사형 지관은 객사 안에서 들리는 코 고는 소리가 무섭게 들리기 시작했다.

"그래서 모조리 팬 거야?"

"아니요. 실성한 사람은 지나치더라구요. 형님이 그것까지는 문규에 안 나와 있어서 괜찮다고 하던데요? 그리고 이건 여담으로 하나 더 말씀드리는 건데요. 여기 오다가 형님이 목검을 들고 다니는 것이 건방지다고 다짜고짜 시비를 건 강호 노괴가 하나 있었어요. 태양혈이 불쑥 솟아 있는 걸 보니 내력도 상당하겠더라구요.”

삼룡에 관한 다른 얘기가 시작되자 지관은 자신도 모르게 침을 꿀꺽 삼키며 귀를 기울였다.

“그 노괴가 시범 삼아 자신의 머리카락을 뽑아 암기술을 펼쳐 보였는데 눈앞이 어지러울 정도로 화려하고 예측불허였어요. 시작하기 전부터 겁을 주려는 수작인 거였죠. 근데, 그 자의 내공이 아무리 깊으면 뭐 합니까? 끌어올릴 시간을 안 주는데. 심지어 그 노괴는 암기 하나 던지지 못했어요. 그냥 시작하자마자 목검으로 두들겨 패더니 완전히 항복할 때까지 계속 맞았어요.”

뻐드렁니 지관은 사제의 얘기를 들으면 들을수록 삼룡이 코 고는 소리가 무섭게 들렸다. 생각하면 할수록 무서운 괴물이 바로 그란 생각이 드는 순간이었다.

하지만 지관이 그런 생각을 하는 그 순간에도 삼룡은 달콤한 단잠에 빠져 있었다. 아주 달콤한 단잠에.

‘서연아, 삼룡 오라버니다. 이리 오렴!’

무려 스무 명이 넘는 사천당가의 무사가 한 전각을 지키고 있었다. 밖에서 쉽사리 습격받을 일 없는 사천당가의 내당의 건물이건만 이곳을 지키는 당가의 무사들은 매우 삼엄한 경비를 펼치고 있었다.

심지어 건물 지붕에까지 올라가 있는 무사들도 서넛은 되었으니 이 전각에 허락없이 접근하기란 거의 불가능에 가까운 일이었다.

이렇게 외부 접근이 차단된 전각 안에는 사천당가의 소가주 당철상이 삼룡을 사부로 모시려 했다는 이유로 강제 연금되어 있었다. 물론 안에 있는 당철상은 한 시진 전부터 건물을 몰래 빠져나가기 위한 방법을 찾고 있었다. 하지만 그도 마땅한 방법을 찾지 못해서 속을 끓이고 있었다.

전각 북쪽으로 나 있는 창문 틈으로 밖을 살피던 당철상은 눈앞에서 부지런히 돌아다니는 당가 무사들을 보고 고개를 잘래잘래 흔들었다.

'조금도 쉬질 않고 돌아다니네. 아무래도 북쪽은 힘들겠어. 이쪽은 한 시진째 조금의 틈도 보이질 않아.'

북쪽 창이 안 되겠다 싶었는지 당철상은 서쪽 창 쪽으로 재빨리 움직였다.

'이쪽도 힘들어. 대체 언제까지 이럴 작정이지? 천상 밤이 되길 기다려야 하나?'

사천당가의 소가주 당철상은 체구는 작았지만 영민했다. 게다가 쉽사리 포기하거나 무모하게 탈출을 시도하는 성정도 아니었다. 하지만 그녀의 누나 당철심은 철상의 그런 점을 누구보다 잘 알고 있었다.

그 때문에 사천당가에서도 정예 무사로 꼽히는 사혼대(四魂隊) 무사들 중 경신법이 가장 뛰어나고 임기응변이 뛰어난 추혼대(追魂隊) 무사들을 주위에 배치시켜 놓은 것이다.

해가 중천에 뜨고 조금 더 기운 시각, 흑미호 당철향과 질녀 당계희가 늦은 점심 식사를 가지고 당철상이 연금되어 있는 건물을 직접 방문했다.

당철향과 당계희가 문을 열고 들어오자 마침 당철상은 침상에 앉아 운기조식을 하고 있었다. 물론 그녀들이 들어오는 것을 보고 방금 전에 일부러 자세를 취한 것이었다.

당철향은 당철상이 운기조식하고 있는 것을 보고는 조용히 탁자 위에 밥과 반찬을 올려놓았다. 이는 운기조식을 하는 중간에 방해를 받으면 주화입마(走火入魔)에 빠질 수 있었기 때문이다.

“계희야, 우리 방해하지 말고 가자!”

“예, 고모.”

막 당철향과 당계희가 돌아가려 할 때 철상이 깊은 숨을 몰아쉬며 운기조식을 마치고는 눈을 떴다.

“누님, 오셨습니까?”

아무 일도 없다는 듯이 태연하게 말하는 당철상이 이상했는지 당철향은 가만히 그를 응시하기만 했다. 반면 함께 들어온 질녀 당계희는 걱정했던 마음을 쏟아냈다.

“삼촌, 괜찮은 거야. 아까 울고불고 난리였다며?”

“내가 언제? 난 그런 적 없어.”

당철상은 근엄한 표정으로 고개를 가로저었다. 그러자 당계희는 약간 실망한 듯 말했다.

"치, 괜히 나만 걱정했잖아."

"걱정할 것도 셌다. 난 나약하지 않아. 그러니까 괜한 걱정 이랑 말아."

이때 가만히 보고만 있던 당철향이 의심스런 눈길로 말했 다.

"철상이 너, 내일 아침까지는 여길 빠져나갈 생각하지 마. 대신 내일 아침 이후로는 얼마든지 가능해. 그리고 밤이 되면 추혼대 아저씨들이 더 많이 배치될 거다. 도망칠 생각이 있었 다면 아예 접어."

당철상이 담담하게 대답했다.

"이제 그런 생각 안 할 것이니 누님은 볼일 보세요. 여기에 추혼대 아저씨들이 있든 없든 저는 그동안 내공 수련하면 되 니까 상관없어요."

"한번 믿어보마. 가자, 계희야!"

당철향이 질녀에게 손을 내밀자 당계희는 손을 뒤로 뺐다. 여기에 남고 싶다는 뜻으로 말이다.

"좋아, 대신 오래 있으면 안 된다."

"알았어, 고모!"

당계희가 활짝 웃자 흑미호 당철향도 미소 띤 얼굴로 밖을 나섰다. 그러자 당철상이 다급한 표정으로 당계희를 붙잡고 물었다.

"계희야, 혹시 누님들이 사부님에게 무슨 일 꾸미는 거 아니냐?"

"난 몰라. 근데 그 삼룡이란 사람이 진짜 사부가 맞는 거야? 고모들은 삼촌 사부가 아니라고 하던데?"

"아니, 오 년 전 내 목숨을 살려주신 사부 맞아. 근데, 아까 누님이 내일은 괜찮다고 한 게 영 마음에 걸리네. 그냥 사부를 내쫓으려고 하는 걸까?"

당계희가 뭔가 생각난 듯이 말했다.

"아! 오늘 연회를 연다고 한 거 같았는데, 혹시 삼촌 사부한테 대접하려고 한 건 아닐까?"

"연회를 연다고? 봉문첩 때문에 어수선한 이 상황에?"

"응, 아까 보니까 돼지도 잡고 소도 잡던데. 그래서 일하는 아줌마들한테 물어봤는데, 오늘 아버지께서 직접 연회를 연다고 준비하라고 하셨대."

"큰형님이 직접 준비를 시켰다고?"

당계희가 대답 대신 고개를 끄덕이자 당철상의 눈빛은 더욱 의구심이 생겨났다. 탈명표왕이 언제 들이닥칠지 모르는 상황에 갑자기 연회를 한다는 것 자체가 말이 되지 않았다. 순간, 철상의 눈빛이 번뜩였다.

"계희야! 나 좀 도와줄래?"

잠시 후, 철상이 연금되어 있는 전각 출입문이 열리며 밖에까지 들릴 만큼 제법 큰 목소리가 들렸다.

“철상 삼촌, 추혼대 아저씨들 고생시키지 말고 얌전히 있어. 얌전히 있으면 내가 또 맛있는 거 싸 가지고 올게.”

“알았다. 대신 내가 좋아하는 걸로 가져와야 한다.”

이내 문이 열리더니, 청의에 양 갈래로 머리를 땋은 당계희가 머리를 숙인 채 총총거리는 걸음으로 전각을 빠져나왔다. 익히 당계희를 아는 추혼대 무사들은 그녀가 전각을 빠져나갈 때까지 긴장을 늦추지 않았다.

혹시나 그녀가 비명을 지르거나 사람을 불러 모은 순간 당철상이 도망갈 틈을 벌어주지 않을까 해서 말이다. 하지만 당계희는 아무 짓도 하지 않고 그대로 전각을 빠져나갔다.

*　　*　　*

백서연의 객사에서 빠져나온 사천독의 당철심은 그 길로 연환철표 당철영을 찾았다. 당철영도 그녀를 기다리고 있었는지 재빨리 주위를 물린 후 은밀히 물었다.

“백 낭자 일은 어찌 됐느냐?”

“반쯤 넘어온 상태입니다, 오라버니. 삼룡이란 자와 함께 있는 것을 싫어하는 것 같기는 한데, 쉽게 결정은 못 내리더군요. 하루 정도 생각할 시간을 달라고 하기에 그러라고 했습니다.”

“그 정도면 반이 아니라 거의 다 된 일이로구나! 그럼 혈향시독은?"

"죽에 넣어뒀습니다. 제가 먹는 걸 보고 왔으니 중독된 것이나 다름없습니다. 이제 탈명표왕을 맞을 준비가 다 되었습니다."

"수고했다. 이제 연회를 열어 그 삼룡이란 자만 제거하면 되겠구나."

다 된 일처럼 말하는 당철영에게 당철심이 궁금한 것이 있는지 반문했다.

"오라버니, 아무 이유 없이 그자를 죽이면 청성 도장들이 가만있지 않을 것입니다. 그 문제는 어찌하실 작정이십니까?"

"연회가 시작되기 전 그자를 따로 불러 예전 철상이를 구해준 보답이라고 하면서 무서(武書) 한 권을 선물로 줄 것이다. 선물이니 그자는 아무 의심 없이 받을 것이고, 그러고 난 뒤 연회 중간에 무서가 없어졌다는 소동이 벌이는 것이다. 그럼 넌 사람들을 시켜 그자의 몸을 뒤져 무서를 훔쳐 간 범인으로 밝힌 후 죽이면 된다."

"보통 무서로는 청성 도사들을 납득시키기 어려울 텐데. 오라버니께서는 어떤 무서를 쓰실 생각입니까?"

"무형심결을 써야지. 그래야 내가 줬다고 그자가 주장하더라도 청성에서 믿어주질 않을 테니까?"

"진짜를 내주시다니요. 차라리 가짜 무형심결이나 만천화우 정도로 속이는 건 어떻습니까?”

“그자가 혹시나 무형심결을 노리고 접근했다면 분명 가짜를 알아볼 것이다. 그렇게 되면 우리가 도로 의심받게 되지. 그 모험을 하느니 진짜 무형심결을 주어야 한다. 어차피 그자가 바로 연회에 참석할 것이니 어디로 도망치지도 못할 것이 아니냐?”

“그렇군요. 어차피 그자는 독 안에 든 쥐 신세를 벗어나지 못하는군요. 알겠습니다, 오라버니. 저는 이럴 게 아니라 내공을 흩어버리는 산공독(散攻毒)을 준비하겠습니다. 그자가 먹을 술이나 음식에 넣어두면 반항해도 처리가 쉬울 겁니다.”

“좋아. 그 일은 너에게 맡기마. 실수없이 처리하도록 해라.”

“걱정 마세요. 제가 괜히 독의와 비견되겠습니까? 독의는 사람을 살리거나 죽일 때 인정을 두지 않기 때문입니다. 오늘은 죽이기로 했으니 반드시 죽여야지요. 그럼 저는 가보겠습니다.”

당철심이 가주 전각을 빠져나가자 연환철표 당철영은 사안의 중대성 때문인지 그녀를 전각 밖까지 직접 배웅했다.

당철영이 잠시 자리를 비운 사이 뒤쪽에 있던 병풍 뒤쪽에서 한 인형(人形)이 어른거렸다. 그리고 모습을 드러낸 이는 놀랍게도 당철상이었다. 그것도 머리를 양 갈래로 땋은 당계희의 모습으로 말이다.

당철상은 병풍 뒤에서 당철영과 당철심의 밀담을 엿들었는지 약간 얼이 빠진 모습이었다.

'무슨 사정인지는 모르겠지만 형님과 누님은 사부와 백 낭자를 죽이려 하고 있어. 비록 가주 형님의 뜻을 반하는 거지만 그냥 내버려 두면 난 사부를 죽인 죄를 짓는 거야. 그래, 그럴 순 없지.'

입술을 굳게 다문 당철상은 자신이 전각으로 숨어든 뒤쪽 비밀 출입문으로 사라졌다.

*　　*　　*

삼룡은 해가 거의 저물 무렵에서야 일어났다. 물론 그는 더 자고 싶어했으나 다른 사람들이 그를 놔주지 않았다.

"이보게, 삼룡 소협. 좀 일어나 보게!"

친절하게 삼룡을 깨우는 사람은 청성의 왕진한 도장이었다.

"이봐, 삼룡이! 왕 사형이 일어나라는 소리 못 들었나?"

조금 거친 듯한 말투는 청성의 옥소기 도장이었고, 그는 말로만 안 되겠던지 곧 솥뚜껑만 한 손으로 삼룡의 어깨를 잡고 흔들었다. 하지만 그의 손길로는 천하태평 삼룡을 깨울 수 없었다. 왜냐하면 그에게 신세를 진 곡원 도장이 바로 옆에서 말렸기 때문에.

"이 사형, 피곤한 것 같으니 그만두십시오."

"그럴까, 사제?"

황소처럼 억센 성정의 옥소기도 곡원이 말리자 금세 순한 양처럼 고분고분해졌다. 그러자 지금까지 삼룡 옆을 지켰던 지평이 거들었다.

"삼룡 형님이 원래 잠이 많습니다. 그러니 사부님과 두 분 사숙님이 이해하세요."

그렇게 모두가 삼룡을 깨우길 포기하고 돌아서려는 때 침상 한쪽에서 작고 검은 머리가 허공에 뜨더니 그대로 삼룡의 복부로 돌진했다.

"우악! 누, 누구야!"

삼룡이 복부를 부여잡고 일어섰다. 그리고 돌아보니 진드기 담초홍이 자신을 살벌하게 째려보고 있는 게 아닌가? 그러자 삼룡이 더듬으며 말했다.

"너, 너, 대체 왜 째려보는 거냐?"

반면 담초홍은 아주 당당했다.

"약속 안 지켰잖아요."

"내가 어, 언제?"

뭔가 찔리는 것이 있는지 삼룡이 말을 더듬었다. 하지만 담초홍은 꼬치꼬치 상황을 따지지 않았다. 말해봐야 인정하지 않을 것이고 가녀린 눈빛으로 쳐다보는 것에 삼룡이 약하다는 걸 잘 아니 말이다.

"아, 알았어. 내가 잘못했다. 난 꼬맹이 니가 깰까 봐 두고 나왔어. 다음부터 안 그럴 테니까 이번만 넘어가자."

"이번 한 번뿐이에요."

"그, 그래!"

담초홍에게 삼룡이 쩔쩔매는 모습을 보이자 왕진한과 옥소기의 눈빛이 휘둥그레졌다. 삼룡에 대해서 웬만큼 안다는 그들이었는데, 이렇듯 삼룡의 약한 모습은 그들도 처음이었으니 말이다.

순간 왕진한이 일어난 삼룡의 손을 잡고 말했다.

"이보게, 삼룡이. 자네가 다섯째 사제를 고쳐 줬다 들었네. 정말 고마우이."

"그거 운이 좋았어요. 저 혼자 힘도 아니니까 너무 띄우지는 마세요."

"아무튼 고마우이. 자네가 혹 청성의 도움이 필요하면 언제든 말하게. 내 자네 일이라면 장문 사형과 담판을 지어서라도 도와주라 청하겠네."

"에이, 됐어요. 여기서 청성파까지 얼마나 먼데 거기 가서 도움을 청해요. 그냥 살던 대로 살래요."

순간 삼룡의 말에 청성파의 네 도장은 눈을 껌뻑였다. 물론 금세 삼룡다운 사고방식이란 걸 깨닫고 크게 웃었지만 말이다.

그렇게 객사에서 화기애애하게 웃음꽃이 폈을 때였다. 사천당가의 시종 하나가 들어와 연회를 개최한다는 사실을 알리고 모두 참석해 달라는 가주 연환철표 당철영의 얘기를 전하고 돌아갔다.

왕진한과 옥소기 등은 오 년 전 사천당가의 소가주의 목숨을 구한 은인이 또 삼룡이었다는 얘기에 모두 놀란 표정이었다. 하지만 삼룡이 배고파서 저지른 일이라고 해명하자 그제야 이해가 되는지 모두들 고개를 끄덕였다.

곡원이 완쾌된 것 때문에 식욕이 동했는지 왕진한 도장이 먼저 연회에 시작되기도 전부터 함께 가자고 은근히 재촉했지만 삼룡은 좀 더 쉬고 싶다는 핑계로 함께 따라나서지 않았다. 물론 그 때문에 배가 고픈 담초홍은 삼룡의 옆에서 눈을 흘기고 있었지만 말이다.

어둠이 밀려오기 시작할 무렵에야 삼룡은 기지개를 켜며 일어났다. 물론 허기에 지친 담초홍의 따가운 시선은 계속되고 있었다. 그러자,

"꼬맹아, 그러다 눈 찢어지겠다. 연회가 시작하기도 전에 가면 아무 소용 없다니까 그러네. 연회는 나중에 가야 맛있는 걸 먹는 거야. 처음부터 맛있는 요리가 나오면 나중에는 먹을 게 없어. 그리고 지금 가도 먹을 거 안 줘. 일부러 시장기 느끼라고 차 같은 것만 준단 말이야. 가서 차 마시면서 그냥 손

가락만 빨고 있을래?”

“그래도 뭐 요깃거리라도 나올 거 아니에요. 난 아침도 못
먹었는데.”

“너 점심에 죽 먹었다며?”

“그건 밥이 아니잖아요. 그래서 전 무지 배고프단 말이에
요.”

담초홍이 조그만 입으로 연신 재잘거리자 삼룡은 귀를 막
으며 객사를 나서야겠다고 마음먹었다.

“에휴, 알았다, 알았어. 가면 되잖아.”

그러자 담초홍이 재빨리 길잡이를 했다. 하지만 담초홍은
몇 걸음 걷지 않아서 걸음을 멈춰야 했다. 바로 그녀의 눈앞
에 엷은 홍의(紅衣)를 입은 성숙한 여인이 길을 막았기 때문
이다.

삼룡은 그녀를 보고 활짝 웃었다.

“서연아!”

삼룡은 기분이 좋아 웃었지만 오히려 그를 웃게 만든 여인
은 인상을 썼다.

“죽을래? 누구 허락받고 내 이름 부르라고 했어?”

쌀쌀맞은 백서연을 대하고서야 비로소 꿈과 현실을 구분
하는 삼룡이었다.

‘꿈에서는 되게 상냥했는데.’

“그래, 어쩐 일이냐? 혹시 이 오라버니랑 같이 연회에 참석

하려고 지금까지 기다린 것이냐?”

　막상 용건을 말하려고 하자 백서연은 용기가 나지 않는 모양이었다. 그래서 그녀는 일부러 다른 곳을 보며 말했다.

　“말 안 해줘도 상관없긴 한데 그래도 니가 내 목숨을 여러 번 구해줬다니까… 아무튼 해줄 말이 있어서 왔어.”

　“뭔데? 혹시 혼인하자는…….”

　순간 두 눈을 부릅뜨고 양주먹을 쥐고 닭 목 비트는 시늉을 하는 백서연이었다.

　“너, 진짜 나한테 죽어볼래?”

　“흠흠, 뭐, 혼인 때문에 일찍 죽고 싶지는 않아. 난 니가 허락할 때까지 무조건 기다린다. 됐지?”

　순간 백서연이 얼른 고개를 돌리며 말했다.

　“여기 가주님께서 날 수양딸로 삼고 싶다고 하셔. 그래서 앞으로 여기서 살기로 마음먹었어. 그러니까 넌 무림대회인지 뭔지 거기나 가란 말이야. 난 너랑 혼인할 일 없어. 그리고 초홍이 너무 구박하지 말고.”

　서연의 얘기를 듣고 삼룡은 아무 말도 하지 않았다. 하지만 그 때문에 더 마음이 쓰였다. 적어도 삼룡이 그녀를 끔찍이 아낀다는 건 기억이 돌아오지 않은 지금도 느낄 수 있었다.

　‘저 자식, 왜 아무 말도 안 하지? 저러니까 내가 갈 수가 없잖아?’

　백서연이 그 자리에서 안절부절못하며 힐끗힐끗 돌아봤지

만 삼룡은 여전히 멍청하게 서 있기만 했다.

'내가 너무 충격을 줬나? 하지만 사천당가 가주의 수양딸이잖아. 나에겐 둘도 없는 기회라구. 근데 그걸 지가 싫어하는 거야? 대체 왜?'

백서연은 자신도 의식하지 못할 정도로 삼룡을 신경을 쓰고 있었다. 하지만 그 순간 한 남자의 마음은 더없이 차가워지고 있었다. 바로 그녀가 가슴에 불을 지폈던 한 남자가 말이다.

"그래, 축하한다. 잘살아! 더는 매달리지 않는다."

짧은 축하의 말과 함께 삼룡이 뒤에 담초홍을 남겨둔 채 앞장서 걸었다. 몇 발짝 걸어가던 삼룡은 뒤를 힐끗 돌아보며 말했다.

"꼬맹아, 너도 내 곁을 떠날 생각이라면 지금 떠나! 저 언니 따라가면 너도 사천당가의 여식이 될 수 있을 거다. 전에도 말했지만 난 좋은 옷도 맛있는 음식도 못해줘. 하지만 내가 먼저 등 돌리는 일 따위는 없다."

삼룡의 말에 화들짝 놀란 담초홍은 두말하지 않고 그의 뒤를 쫓았다.

홀로 자리에 남게 된 백서연은 냉랭히 사라져 가는 삼룡의 뒷모습을 보며 화를 내고 있었다.

"참내, 왜 지가 화를 내고 지랄이야. 난 그간 미운 정이라도 들이시 얘기리도 헤주러 왔는데. 뭐, 잘살라구? 그래 난 여기서 잘살 거다. 내가 왜 널 쫓아다니면서 고생을 하냐? 너 따라다니면 내가 너랑 혼인해 달라고 사정할 것 같아? 어림도 없어. 그리고, 뭐? 자기가 먼저 등 돌리는 일 따위는 없다니? 그럼 내가 먼저 등 돌렸다는 거야?”

백서연은 과거 기억이 생각나지 않을 때처럼 크게 흔들리고 있었다. 하지만 그녀는 그녀 자신이 왜 흔들리는지 잘 알지 못했다. 다만 무언가 가슴속에서 텅 비어지는 느낌뿐이었다.

삼룡의 시무룩한 모습을 담초홍은 오늘 처음 보았다. 그녀가 알기로 절대 그늘질 것 같지 않은 사람이 바로 삼룡이었다. 하지만 지금 그의 눈동자 밑은 어둠보다 짙은 암영(暗影)이 드리워져 있었다.

조금 전까지 담초홍은 그다지 기분이 나쁘지 않았다. 오히려 즐거운 기분이었다.

사부의 시신을 뒤졌던 백서연을 더 이상 안 봐도 되어서 기뻤고, 기억을 되찾은 그녀가 다시 칼을 들이댈 것이라는 걱정을 안 해도 되었으니까. 그리고 그녀가 앞으로 삼룡과 엮이지 않을 것이 무엇보다 기뻤다.

하지만 삼룡의 얼굴에 드리워진 짙은 암영을 보고 있자니 그녀의 마음이 바위처럼 무거워졌다.

“너, 배 안 고프냐?”

앞서 걷던 삼룡이 뒤처진 담초홍을 돌아보고 있었다. 담초홍은 자신의 감정을 들킬까 재빨리 미소를 지으며 뛰어왔다.

"어쩐 일이냐? 꼬맹이, 니가 날 보며 다 웃어주고."

"제가 언제요?"

"방금 웃었잖아!"

"아니에요. 저 안 웃었어요. 억지 부리지 마세요."

"헛참, 내가 이런 일로 무슨 억지를 부려?"

"전, 아무튼 안 웃었어요. 그러니 억지 부리는 거죠. 뭐!"

담초홍의 억지에 삼룡은 눈을 껌벅이더니 이내 손을 들었다.

"내가 졌다. 내가 진드기인 너한테 이길 생각을 다 하다니! 그래, 니 똥 굵다."

순간 담초홍의 눈빛이 번쩍임과 동시에 주먹이 불끈 쥐어졌다. 이는 담초홍이 박치기를 하기 바로 전에 취하는 자세였다. 하지만 눈치 빠른 삼룡이 이를 모를 리 없었다.

"농담이야, 농담! 근데 꼬맹이 너 배 안 고프냐? 계속 그렇게 서 있을 거면 밥 먹는 거 취소하고 어디 잘 곳부터 알아본다? 난 지금 먹는 것도 귀찮거든? 아마 자게 되면 삼 일은 못 일어날 텐데, 그래도 좋아?"

"아, 아니에요. 지금 가요."

삼룡이 담초홍을 데리고 외당 객사 전체 출입문까지 가자 미리 기다리고 있던 시종 한 명이 길 안내를 했다. 하지만 시종이 안내한 곳은 연회가 열리는 전각이 아니었다. 등잔만 환히 켜져 있고 빈 탁자만 놓여 있는 전각이었으니 말이다.

게다가 여기까지 안내한 시종은 무조건 안에서 기다리라는 말과 함께 도망치듯 물러난 상태였다.

성대한 연회라고 잔뜩 기대를 했던 담초홍은 혹시나 하는 마음으로 주위를 확인했으나 연회가 열리는 장소 같지는 않았다. 반면 삼룡은 무표정한 얼굴로 병풍 뒤를 보고 있었다.

그러던 어느 순간 병풍 뒤에서 인기척이 느껴지더니 누군가 달려나와 삼룡에게 넙죽 절을 했다.

"사부님!"

반갑게 절을 하는 사람은 사천당가의 소가주 당철상이었다. 하지만 그를 보는 삼룡은 이전처럼 무표정했다.

"네가 날 이곳까지 오게 한 것이냐?"

"죄송합니다, 사부님. 사정이 여의치 않아서."

"용건이나 말해. 여기 이 꼬맹이가 조금만 더 지체하면 날 잡아먹으려고 할지도 몰라."

담초홍이 눈을 흘겼지만 삼룡은 딴청을 피웠다. 이때 당철상이 머리를 조아리며 말했다.

"사부님, 가주 형님께서 오늘 연회를 여신 것은 사부님을 죽이려 하는 것입니다. 그러니 참석하지 마시고 즉시 이곳을 떠나십시오.”

철상의 폭로에 담초홍은 화들짝 놀랐다. 하지만 삼룡의 표정은 별반 차이가 없었다.

“어쩐지, 술이 안 당긴다 했다. 설마 삼풍대협이라고 불리는 것 때문에 날 죽이려 하는 것은 아닐 테고, 또 누명을 쓴 것이냐?”

그의 말에 당철상은 사천독의가 계획한 음모 전체를 말하지는 않고 무겁게 고개를 끄덕였다. 삼룡 역시 소소한 것을 묻지 않았다.

“역시, 또 누명이었군. 그래도 미리 언질을 주니 고맙네.”

“다 말씀드리지 못해 죄송합니다, 사부님.”

“네가 죄송할 것까지는 없어. 에이, 올해 삼재가 들었다고 하더니, 뭘 해도 꼬인단 말이야. 그래도 여복은 있다고 했는데.”

삼룡은 주저없이 뒤돌아섰다. 그러다가 무슨 생각이 번뜻 스쳤는지 뒤돌아선 채로 말했다.

“네 가주 형님께서 서연이를 수양딸로 삼는다고 하더구나. 너한테는 질녀가 되는 것이니 잘 보살펴 주거라. 성깔은 조금 있다만 그래도 나쁜 여자는 아니다.”

삼룡의 당부에 순간 당철상의 머리에는 스치는 것이 있었다.

‘백 낭자 일은 어찌 됐느냐? …반쯤 넘어온 상태입니다, 오라버니. …그럼 혈향시독은? …죽에 넣어뒀습니다. …중독된 것이나 다름없습니다!

"사부님, 잠시만요."

이에 삼룡이 가던 걸음을 멈추고 뒤돌아봤다.

"난 제자 안 받아. 그러니 사부라 부르지 마라. 오 년 전 가르쳐 줬던 내공심법과 무공은 니가 알고 있던 걸 조금 수정한 것뿐이야. 그러니 내 무공도 아니다."

"사부님, 그게 아니라… 서연이라는 분의 성씨가 혹 백씨가 아닙니까?"

삼룡이 고개를 끄덕이자 당철상은 놀란 기색이 역력했다.

"지금 서연이란 분이 위험하십니다. 벌써 혈향시독에 중독되었을지도 모릅니다. 가주 형님께서는 백 낭자에게 독을 심어두어 탈명표왕을 제거할 작정이십니다. 사부님은 그것에 방해가 되기 때문에 오늘 연회를 열어 제거하려는 것입니다."

"수양딸을 삼아서 이용한다고?"

삼룡이 못 미더워하자 당철상은 봉문첩을 보낸 탈명표왕 얘기와 사천당가의 직면한 현실을 얘기했다. 그리고 무형심결을 훔쳤다는 누명을 씌우고 산공독(散功毒)을 사용해 삼룡을 죽이려 했다는 사실까지도.

철상으로부터 얘기를 모두 전해 들은 삼룡은 아무 말이 없었다. 오히려 이전보다 차분한 표정이었다.

"나와 상관없는 일이다. 어차피 복잡한 세상일에 끼어들며 살고 싶지 않아. 난 나대로 살기도 바빠."

"방금 전에는 잘 보살펴 주라고 하셨지 않습니까?"

"그 일은 내가 선택한 것이 아니고 서연이가 선택한 거야. 그러니까 나랑 연결시키지 마라. 너도 조금 전에 이 일을 말하지 않은 건 너희 당문을 위해 그런 것이 아니었냐? 내가 나서게 되면 그 사람들에게 무형심결을 내주거나 봉문을 당해야 할 텐데, 그래도 좋아?"

삼룡의 비수 같은 말에 당철상은 아무 말도 못했다. 사실 삼룡이 백서연을 자신에게 부탁하지만 않았다면 가만 내버려 두었을 테니 말이다.

"됐다. 난 나대로 살련다. 어디 세상에 억울하게 죽는 사람이 한둘이라더냐? 여기에도 있고, 저기에도 있는 것을!"

당철상이 아무 대답도 못할 때 지금껏 가만히 있던 담초홍이 삼룡의 바짓가랑이를 잡고 성토했다.

"정말 그냥 서연 언니를 두고 가실 거예요?"

"그래, 그냥 갈 거야."

"한때나마 사모했던 사람을 이용당하게 둘 거냐구요?"

"애가 왜 이래?"

삼룡이 눈을 부릅떴지만 담초홍도 지지 않았다. 그러자 삼룡이 답답한 듯 말했다.

"서연이는 지독한 독공을 수련해서 혈향시독에 중독되지

않는다는 거 너도 알잖아? 사천독의가 이용하려고 해도 서연이는 이용 못해. 그럼 서연이가 원하는 대로 수양딸로 살 수 있어."

"이쪽에서 원하는 게 아니잖아요. 분명 필요가 없으면 버려질 텐데, 다른 사람들이 서연 언니를 쫓고 있다는 거 아저씨는 알고 있잖아요?"

"그래서 내가 가자고 하면 서연이가 가자고 할 것 같아?"

"네, 아까도 언니가 주저하는 거 봤어요. 남자는 모르지만 여자인 저는 알 수 있단 말이에요."

담초홍이 설득하려고 애썼지만 삼룡은 도무지 그녀의 말을 들으려고 하지 않았다. 반면 당철상은 사천독의의 계획이 처음부터 소용없었음을 알고 놀란 기색이 역력했다.

"꼬맹이, 너 안 갈 거면 나 혼자라도 간다."

순간 담초홍이 꼭 잡고 있던 삼룡의 바짓가랑이를 놓았다. 이에 삼룡은 놀란 표정으로 그녀를 쳐다봤다.

"너마저 등을 돌리겠다는 뜻이냐?"

"아니요. 아저씨가 먼저 등을 돌리고 있다는 뜻이에요. 서연 언니를 버리지 마세요. 가면 후회할 거예요."

담초홍의 말에 삼룡의 눈빛이 바람 부는 밤하늘의 별빛처럼 흔들렸다. 그 순간 당철상이 갑자기 삼룡의 바짓가랑이를 잡고 애원했다.

"사부님, 차라리 사부님께서 무형심결을 가져가 주세요.

무형심결이 없어지면 탈명표왕도 그냥 돌아갈 겁니다."

"넌 또 왜 이래?"

"사부니임!"

지금까지 붙잡고 있던 담초홍이 손을 놓고 당철상은 오히려 잡으니 삼룡의 심정은 파도처럼 흔들렸다.

'젠장, 그 점쟁이 할망구 말이 맞아. 삼재야, 삼재!'

第七章

태상가주

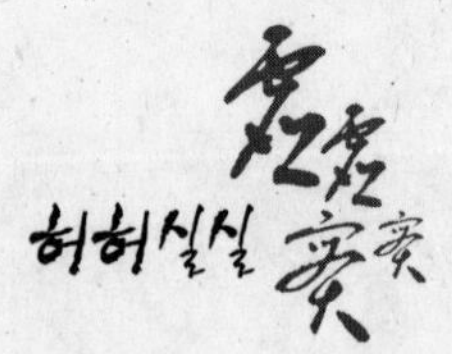

사천당가의 가주 연환철표 당철영은 사천독의가 준비한 계획대로 태상 가주를 비롯한 당문의 수뇌부 모두와 이번 일에 증인이 될 청성파의 도사들을 좌석에 앉혀놓고 전각 밖에서 삼룡이 오기만을 기다리고 있었다.

하지만 연회 개최가 임박한 순간까지도 삼룡이 오지 않아서 속으로 애를 끓이고 있었다. 아무것도 모르는 태상 가주는 은근히 연회 개최를 종용하고 있었고, 그 때문에 그는 조금 난처한 입장이었다.

'그놈을 데리러 간 시종 놈은 왜 안 오는 것이야? 혹 그놈이 무슨 눈치라도 챈 것이 아닐까? 그렇지 않고서야 이렇게 늦게까지 나타나지 않을 리가 없잖아?

시간이 점점 지나자 당철영은 초조한 기색으로 전각 앞마당까지 나와 같은 자리를 맴돌고 있었다. 그러던 어느 순간 시종을 따라 삼룡이 어기적거리면서 전각 입구에 들어섰다. 물론 그의 옆에는 진드기 담초홍도 함께 있었다.

삼룡과 일면식도 없던 당철영은 누더기 차림의 그를 보자마자 누구인지 한눈에 알 수 있었다. 개방 문도보다 더한 누더기 차림이었으니 말이다. 일단 삼룡과 시선이 마주친 당철영은 활짝 웃으며 환대했다.

"아니, 이게 누굽니까? 오 년 전 철상이를 구해준 삼룡 소협이 아니십니까?"

"누구신데 제 이름을 아시는 건지? 혹 철상의 형님, 당 아무개 형님이 아니십니까? 이거 정말 반갑습니다. 저는 삼풍이라는 별호로 사문 망신을 시키고 다니는 개소문의 대사형 삼룡이라고 합니다."

처음 당철영의 생각은 오대세가의 가주인 자신이 직접 밖에서 기다려 주는 것만으로도 삼룡이 황송하게 여길 것이라 생각했다. 그런데 만나자마자 삼룡이 촌 아저씨처럼 아무개 형님이라 부르니 속으로 부아가 치밀어 올랐다. 하지만 그것을 내색할 수는 없는 처지의 그가 아닌가?

당철영이 치밀어 오르는 분기를 억누르며 표정 관리를 하는 사이 삼룡은 또다시 그를 자극했다.

“생각보다 연회가 조촐하군요.”

“허험, 험!”

헛기침과 함께 상체가 자연스럽게 앞으로 쏠리는 당철영이었다.

“이거 제가 말실수한 건가요? 사실 전 조금 기대를 하고 오는 길이었습니다. 명색이 소가주 생명의 은인에게 열어주는 연회인데 귀한 식재료가 조금은 있을 거라고 생각했죠. 한데 보이는 것이 모두 닭, 돼지, 양, 소 정도이니 조금 실망스런 마음은 어쩔 수 없군요. 뭐, 그래도 완전히 실망한 것은 아닙니다.”

삼룡이 말한 대로 평상시 먹을 수 있는 식재료는 많았다. 하지만 그가 지적한 대로 귀하고 특별한 식재료는 별로 눈에 띄지 않았다. 고작해야 잉어와 가물치 정도였으니 말이다. 날카로운 삼룡의 지적에 당철영은 난감할 따름이었다.

‘뭐, 이런 자식이 다 있지?’

속마음과 달리 당철영은 웃으며 대답했다.

“아무래도 급하게 연회를 준비한 것이니 부족한 것이 있을 겁니다. 하지만 이것 말고도 더 준비해 놓은 것이 있으니 너무 실망하지 마시길 바랍니다, 소협!”

이에 삼룡이 담초홍을 보며 다행이라는 듯이 말했다.

“초홍아, 준비된 것이 더 있단다. 그러니 미리부터 실망하지 말고 기다려 보렴. 혹시 아니, 귀한 사슴 간으로 만든 요리나 곰 발바닥으로 만든 요리가 나올지?"

"네, 오라버니. 실망하지 않고 기다려 볼게요."

조그만 담초홍까지 실망한 기색이자 사천당가의 가주 당
철영은 황당해서 골이 흔들렸다. 이때 삼룡이 당철영의 눈
치를 보고 핑계를 댔다. 물론 대충 생각해서 급조한 말이었
다.

"이 아이 초홍이가 몸이 많이 약해서 입맛이 까다롭거든
요. 아무거나 잘 먹지를 않아서 저도 곤란할 때가 많습니다.
물론 저야 아무거나 잘 먹지만. 한데 초홍이는 자신이 마음에
드는 음식이 없으면 저도 못 먹게 하는 집요한 성격입니다."

이쯤 되자 당철영은 가만있을 수가 없었다. 혹시나 삼룡이
담초홍이란 아이 핑계를 대고 연회 중간에 사라져 버리면 자
신이 계획한 그 모든 것이 수포로 돌아갈 게 아닌가? 그런 생
각에 당철영은 서둘러 말했다.

"곰은 몰라도 약재로 쓰기 위해 키우는 사슴과 노루 정도
는 있습니다. 그것들도 잡아오라 시킬 터이니 걱정 마시고 안
으로 드십시다, 삼룡 소협."

당철영은 속으로 이 정도면 됐다 싶었다. 하지만 이는 그만
의 생각이었다.

"초홍아, 사슴 간 요리는 일단 맛볼 수 있겠구나, 그러나
곰 발바닥은 조금 귀하지 않더냐? 정 안 되면 내가 주루나 객
잔에 한번 알아봐 주마."

삼룡이 도무지 만족하는 기색이 없자 당철영은 또다시 확언을 해야 했다.

"사천의 성도는 과거 촉나라의 황도였던 대도시입니다. 아마 지금 사람을 보내도 곰 발바닥 같은 재료는 충분히 구할 수 있을 겁니다. 그러니 삼룡 소협과 동생 분은 마음놓고 기다리십시오."

그제야 삼룡이 기쁘게 말했다.

"초홍아, 곰 발바닥 요리도 오늘 준비가 된다는구나. 어서 들어가자!"

삼룡이 채신머리없이 싱글벙글 웃으며 전각으로 향하자 당철영은 저절로 고개가 갸웃거렸다.

'저런 한심한 자가 철상이에게 무공을 가르쳐 준 사부라고? 철심이 얘기로는 일신에 굉장한 무공을 숨겨두고 있다는데, 대체 믿을 수가 없구나! 아참, 무형심결을 모르게 건네줘야 하지?'

"저기, 앞에 가시는 삼룡 소협은 잠시만 걸음을 멈추어주십시오."

삼룡이 걸음을 멈추자 당철영은 그와 할 말이 있다며 단둘이 서재로 가기를 권했다. 그러자 삼룡이 흔쾌히 허락하며 따라나섰다. 그리고 서재에 들어선 당철영은 미리 준비한 무형심결을 담아둔 보자기를 건네며 말했다.

"제가 지금 드리는 이것은 저희 당문에서도 귀한 취급을 받는 무서(武書)입니다. 이는 제 동생을 살려주고 무공을 가르쳐 주신 보답으로 드리는 것입니다. 사양 말고 받아주십시오."

당철영은 무서를 건네도 삼룡이 한두 번쯤은 사양할 것으로 생각했다. 또한 그 경우에 대비해 여러 가지 설득할 말도 생각해 둔 그였다. 하지만,

"이러지 않으셔도 되는데……."

삼룡은 말로만 거부하며 냉큼 보자기를 받아 들었다. 그뿐만이 아니었다. 대뜸 보자기를 풀어 헤치더니 바로 무서에 적힌 글귀를 읽는 것이었다.

"무형심결이라, 검보나 내공심법이 아니라 무공을 익히는 요체를 담아놓은 무서로군요?"

"그렇소, 소협!"

거침없이 행동하는 삼룡 때문에 대답하는 사천당가의 가주 당철영의 등으로 식은땀 한줄기가 흘렀다.

"이걸 정말 절 주시는 겁니까?"

"어찌 사내가 일구이언(一口二言)을 하겠소."

삼룡이 다시 물었다.

"그럼 이 무서는 제 마음대로 해도 되는 겁니까?"

"흠, 이제 내 손을 떠났으니 더 이상 제 것이 아닙니다."

"좋습니다. 그럼 이 무서는 제가 선물로 받겠습니다."

이윽고 삼룡이 무형심결을 품속에 넣자 속으로 안도의 숨

을 쉬는 당철영이었다.

"자, 가십시다. 아마 소협을 보고자 목 빠진 사람이 한둘이 아닐 겁니다. 태상 가주이신 아버님도 무척이나 뵙고 싶어하십니다."

모든 것이 계획한 대로 흘러간다고 생각한 당철영은 흐뭇한 미소로 앞장섰고, 삼룡은 어기적거리며 그를 뒤따랐다.

당철영은 삼룡과 함께 연회가 열리는 전각에 들어서자마자 놀라운 광경을 접했다. 바로 삼룡과 헤어지기 전까지 멀쩡했던 초홍이란 아이가 쓰러져 사경을 헤매고 있는 것이었다.

"초홍아, 초홍아, 이게 어찌 된 일이냐?"

삼룡이 얼른 달려가 담초홍을 얼싸안고 눈물을 흘렸다. 그러자 지금까지 담초홍을 붙들고 있었던 지평이 상황을 설명했다.

"초홍이가 들어오자마자 배가 고프다며 형님 자리에 있던 음식을 마구 집어먹었습니다. 그러더니 갑자기 사색이 되어서 이 지경이 되었습니다!"

그러자 옆에 있던 곡원이 한마디 거들었다.

"내가 천천히 먹으라 그렇게 얘기했는데도 저 아이가 듣지 않았네. 한데 내가 살펴보니 체한 것 같지는 않더군. 이런 얘기는 좀 그렇지만 초홍이의 증상은 산공독을 먹은 증상이네. 보통 사람에겐 문제가 없지만 이 아이는 체질이 워낙 특

이해서."

　곡원의 말에 당철영은 크게 당황했다. 담초홍이 삼룡의 음식을 먹고 중독된 것이라면 동생 사천독의 때문일 수도 있다는 생각이 든 것이다.

　'철심이가 벌써 수를 쓴 것인가? 하지만 산공독은 아무리 많이 먹어도 생명에는 지장에 없을 것인데, 특수한 체질이라니?

　당철영이 재빨리 곡원의 말을 부정했다.

　"연회 음식에 독이라니요? 어떤 독이든 당문에서는 있을 수 없는 일입니다. 다행히 본가(本家)에는 명의가 하나 있으니 데려와서 확인시켜 드리죠."

　가주의 지시가 내려지자 시녀 하나가 밖에서 연회 준비 중이던 사천독의 당철심을 데리고 들어왔다. 시녀에게 얘기를 전해 들은 당철심은 그럴 리 없다는 표정으로 담초홍을 진맥했다. 하지만 담초홍의 손목을 잡는 순간 그녀의 얼굴이 백짓장처럼 하얗게 변해갔다.

　'혈맥이 제대로 잡히지 않을 정도로 가늘어. 정말 특수 체질이야. 게다가 산공독에 중독된 것처럼 진기가 흩어지고 있어. 이대로 가면 이 아이… 죽는다!'

　상태가 예상보다 심각하다고 느껴지자 당철심은 생각할 겨를도 없이 점혈 수법을 동원해서 혈맥을 안정시켰다. 하지만 이를 보고 지레짐작한 당철영은 가슴이 덜컹 내려앉았다.

'철심이가 산공독을 쓴 것이로군. 이 일을 어쩌면 좋지?

그때였다. 삼룡이 당철영이 있는 쪽을 향해 소리쳤다.

"당 가주님, 이 무슨 해괴한 짓입니까? 난 사천당가의 소가주를 살려줬는데 오히려 은혜를 원수로 갚다니요!"

"아니, 오해일 걸세, 오해야!"

"뭐가 오해라는 겁니까, 이 아이가 죽어가고 있는데. 어서 해약이나 주십시오. 이 아이는 체질이 특이해서 산공독을 먹으면 죽습니다."

삼룡이 사천당가의 가주 당철영을 다그쳤지만 청성 도사들은 모두 그의 편이었다. 심지어 오늘 낮에 그에게 맞은 지평의 사형들까지 말이다. 당문의 수뇌부들도 혹시나 사천독의가 산공독을 썼을까 봐 당철영의 편을 제대로 들어주지도 못했다.

그때였다. 담초홍을 살피던 당철심이 뭔가 알아내고 소리쳤다.

"이 아이가 산공독에 중독된 것은 맞지만 생명에는 지장이 없습니다. 혈맥이 가늘어 잠시 진기 흐름이 불안정해졌을 뿐입니다."

그러자 삼룡이 기다렸다는 듯이 말했다.

"그럼 산공독에 중독되었다는 것은 인정하는 것입니까, 당 부인?"

순간 당철심은 아차 싶었다. 지금 이 말은 자신이 사용한

산공독이 아니라는 자신감에서 비롯된 것이었지만 상황은 그
녀와 당철영에게 절대 유리하지 않았다.

그 순간 삼룡이 사천독의가 살피고 있던 담초홍을 빼앗다
시피 하며 들어 올렸다. 그러자 작은 체구의 담초홍이 바르르
떨며 삼룡의 품에서 흐느끼는 것이었다.

"오라버니, 삼룡 오라버니!"

"미안하다, 초홍아. 이 오라버니가 사람들을 너무 믿었다.
아무래도 내가 혈향시독을 해독한 탓인 듯싶구나. 그래서 이
런 사단이 일어난 모양이야! 가자, 지금이라도 여길 벗어나면
더 이상 네가 괴롭진 않을 것이다."

삼룡이 무형심결을 품에 넣은 채 전각 밖으로 나가려 하자
당철영과 당철심은 어떻게든 그를 잡아야 했다.

"잠시만 기다리시오, 삼룡 소협!"

"제가 치료해 드리겠습니다."

가주 당철영과 당철심이 삼룡을 불러 세우려 했지만 삼룡
은 들은 척도 하지 않았다. 옆에서 보고 있던 청성 도사들도
삼룡이 무례한 것이라고 여기지 않았으니 강제로 멈춰 세울
수도 없었다.

하지만 오대세가의 반열에 올려놓은 무형독비가 남긴 무
형심결을 이렇듯 허무하게 뺏길 수는 없었다. 이는 어떤 무리
수를 써서라도 지켜야 할 일이었다.

다급해진 당철영은 급히 당가의 수뇌부들에게 명령했다.

"삼룡이란 자의 품속에 우리 당문의 비급이 숨겨져 있다. 무슨 수를 써서라도 되찾아와야 한다!"

가주의 명령이 떨어지자 그동안 망설이고 있던 당가의 수뇌부들의 신형이 일시에 움직였다.

영문을 모르는 청성 제자들만이 상황을 멀뚱멀뚱 지켜보고만 있었다. 아직 자초지종을 파악하지 못했으니 지금은 어느 편도 들어줄 수가 없었다. 다만 심정적으로는 모두 삼룡의 편이었다.

그사이 강호에서 쟁쟁한 이름을 날리는 당가의 수뇌부들이 귀신같은 신법을 발휘하면서 삼룡의 앞과 뒤를 포위하고 있었다. 특히나 철포정 당화기는 어느새 쇠말뚝 같은 커다란 암기를 손에 쥐고 삼룡의 등을 향해 내려찍고 있었다.

당화기는 아예 삼룡이 도망치지 못하도록 허리 쪽에 암기 두어 개를 박아 넣을 생각이었다.

그뿐만이 아니었다. 당가의 수뇌부들은 그 명성에 걸맞게 마치 천라지망을 펼친 것처럼 삼룡이 하나를 두고 물샐틈없는 압박을 가하고 있었다. 하지만 그들은 한 가지 사실을 몰랐다. 이 같은 일이 벌어질 것이라는 것을 이미 삼룡이 알고 있다는 것을 말이다.

막 당화기의 철포정에서 암기가 발사되려는 순간, 서책 하나가 그의 얼굴 쪽으로 날아들었다. 동체 시력을 가진 당가의 무사들, 그 무사들보다 더 뛰어난 실력을 가진 철포정 당화기가 날아드는 서책의 글귀를 못 읽을 리 없었다.

'무형심결(無形心結)!'

당화기는 삼룡에게 암기 날릴 생각을 접고 즉시 책자로 손을 뻗었다. 아무래도 삼룡을 제압하는 것보다는 가전 비급이 중요했으니 말이다.

이는 다른 당가의 수뇌부들도 마찬가지였다. 삼룡은 거들떠도 보지 않고 일단 무형심결이 날아가는 방향부터 신경 쓴 것이다. 하지만 무형심결을 손에 넣은 것은 철포정 당화기가 아니었다.

무형심결을 집어 든 이는 다름 아닌 사천당가의 태상 가주인 당원영이었다. 삼룡이 일부러 당원영이 있는 쪽으로 던졌기 때문이다.

무형심결을 손에 쥔 태상 가주 당원영은 손에 든 것을 확인하자마자 크게 진노했다.

"대체 무슨 짓을 하고 있는 게야?! 그리고 왜 이것을 저기 젊은이가 내게 던져 주는 것이냐?!"

무형심결을 쫓느라 태상 가주 앞에 몰려 있던 당가의 수뇌부들은 당원영의 진노에 즉시 무릎을 꿇었다. 이는 가주 당철영도 예외가 아니었다.

태상 가주 당원영의 앞에 모든 당가의 수뇌부들이 무릎 꿇려져 있었다. 청성파 도장들과 삼룡이 보는 앞에서 말이다.

상황은 거기에서 그치지 않았다. 삼룡의 얘기를 들은 태상 가주 당원영은 막내아들 당철상을 불러들여 모든 자초지종을 말하게 한 것이었다.

"이런 한심한! 이놈들아, 그깟 무형심결이 대체 뭐라고 정파를 자처하는 너희들이 멀쩡한 삼룡 소협과 백 낭자를 죽이려 했던 것이냐? 생사결이야 무인이면 숙명으로 받아들여야 하는 것을! 너희들은 어찌 이런 일을 저지른 것이냐?!"

당원영의 호통에 당철영을 비롯한 당가의 수뇌부들은 고개를 들지 못했다. 그러자 당원영은 하늘을 보고 한탄했다.

"후우, 당문이 지금 이 지경이 된 것을 내 어찌 너희들만 탓하겠느냐? 모두 내가 잘못 가르친 탓이다, 내가 잘못 가르친 탓이야."

그러자 당철영이 대표로 나서서 잘못을 고했다.

"아버님, 동생들과 매제들은 가주인 제 뜻에 따른 것입니다. 그러니 제가 책임을 지고 가주 직에서 물러나고 무기한 폐관하겠습니다. 그러니 그만 노여움을 푸십시오."

그에 당원영은 더욱 실망한 듯 말했다.

"이놈아, 네가 가주 직에서 물러나고 폐관하면 죄가 용서가 된다고 하더냐? 난관을 정면으로 돌파할 생각은 하지 않고 또 회피할 생각이냔 말이다."

연환철표 당철영은 아무 말도 할 수가 없었다. 지금 그는 입이 있어도 할 말이 없는 상태였으니 말이다. 이때 당철향이 그를 대신해서 나섰다.

"아버지, 그럼 아버지와 큰오라버니가 죽기만 기다릴 수는 없잖아요. 오라버니와 철심 언니도 좋아서 한 일이 아닙니다. 모두 당문을 위한 일이었다구요."

"그게 어찌 당문을 위한 일이라는 것이냐? 네가 아무리 철딱서니가 없기로서니, 너보다 어린 철상이보다도 생각이 짧은 것이냐? 철상이는 그래도 잘못을 알고 이를 막으려 했다. 너는 철상이 보기에 부끄럽지도 않은 것이냐?"

그러자 흑미호 당철향도 할 말을 잃고 입을 다물었다. 하지만 진짜 할 말이 없어서 입을 다문 것이 아니었다.

강호에서는 이보다 더한 일도 많았다. 그러니 정파라고 해서 꼭 정정당당한 일만 할 수는 없다는 것이 그녀의 생각이었다. 이는 가주 당철상을 비롯한 당가의 수뇌부들도 마찬가지였다. 다만 그들도 당원영이 더 낙심하지 않도록 입을 다물고 있는 것이었다.

그 순간, 상황을 지켜보던 청성파의 왕진한이 태상 가주 당원영에게 말할 기회를 달라 청했다.

"태상 가주님, 제가 끼어들 자리가 아닌 줄 압니다만, 저에게 잠시 말할 기회를 주실 수 있으시겠습니까?"

"왕 도장, 그 무슨 섭섭한 말인가? 얼마든지 말해도 좋네. 이놈들이 정신이 번쩍 차리게 욕해도 좋고, 삼룡 소협을 대신해 벌해도 좋네."

　당원영이 허락하자 왕진한은 당가의 수뇌부들을 향해 포권하며 말문을 열었다.

　"당문 형제님들, 청성의 왕진한이 이렇듯 무례하게 끼어들게 됨을 용서하십시오. 제가 나서게 된 것은 태상 가주님의 비밀을 하나 알고 있기 때문입니다."

　왕진한의 말에 일제히 당가의 수뇌부들이 고개를 갸웃거렸다. 청성파가 사천독의 계획에 청성이 전혀 무관한 것은 아니었으니, 그가 나선 것은 어느 정도 이해할 수 있었다. 그런데 그가 지금 말하고자 하는 것이 전혀 뜻밖인 내용이 아닌가? 도대체 태상 가주의 비밀이라니!

　"제가 알고 있는 비밀은 바로 탈명표왕이 태상 가주님의 적수가 되지 못한다는 것입니다."

　순간 당문의 수뇌부들의 얼굴은 모두 뒤통수를 한 대씩 얻어맞은 듯 멍해졌다.

　"얼마 전 당문 사람들이 얘기하는 탈명표왕에 관한 얘기를 듣고 옥 사제와 함께 태상 가주님을 찾아뵌 적이 있었습니다. 이는 곡 사제가 아무런 대가도 없이 무작정 당문의 도움을 받고 있으니, 어떻게든 돕고 싶다고 말하려 함이었습니다. 한데 태상 가주님께서는 말리셨습니다. 그래도 제가 돕겠다고 하자 이렇게 얘기하셨습니다."

　"왕 도장, 뜻은 고맙지만 이 일은 그냥 모른 척하는 것이 우리 당문을 돕는 일이라네. 탈명표왕이 만천화우와 비견될 암기술과 옛 이화문의 내공심법을 얻어 고강해졌다고 하나 십 년 전 무형심결을 익힌 내 적수는 못 된다네. 나약해져만 가는 내 자식들의 투지를 일깨우기 위한 것이니. 자네는 모른 척해주시게.”

왕진한의 얘기를 듣던 사천당가의 수뇌부들은 모두 제대로 한 방 맞은 표정이었다. 태상 가주가 무형심결을 터득했다는 것도 놀라운 얘기였지만, 그 사실을 십 년 동안이나 숨기고 말하지 않은 이유가 더 놀라웠던 것이다.

하지만 그들은 태상 가주의 뜻과 정반대로 어떻게든 이 상황만 모면하려고 삼룡과 백서연을 이용하려 든 것이다.

이는 진정으로 뉘우치지 않는 당가의 수뇌부들에게 진정 부끄러운 것이 무엇인지 깨닫게 해주고 있었다.

가주 당철영이 굵은 눈물을 뚝뚝 흘리며 태상 가주에게 무릎을 꿇고 진정으로 빌었다.

“아버님, 못난 이 아들을 벌하여주십시오.”

그러자 당원영의 딸과 사위들도 함께 용서를 빌었다. 하지만 당원영은 오히려 고개를 가로젓고 있었다. 청성파의 왕진한이 말해주지 않았으면 이들은 아직까지 자신들의 잘못을 진정 뉘우치지 않았을 테니 말이다.

“모두 내가 모자란 탓이다. 누굴 탓하겠느냐.”

이어 태상 가주 당원영은 왕진한에게 말했다.

"왕 도장, 내 자네에게 부탁이 있네."

"말씀해 보시지요."

"흠, 오늘 일은 못 본 것으로 해주게. 이제야 자식 녀석들이 정신을 차렸는데, 앞으로 얼굴을 못 들고 다닐까 걱정이 되어서 말일세."

"걱정 마십시오, 태상 가주님! 청성 제자들이 소림 제자보다 월등이 뛰어난 것이 있다면, 그건 바로 입이 무겁다는 것입니다. 머리가 깨진 제자 녀석도 사형들한테 맞아서 그렇다는 것을 이미 다 아는데도 한사코 자다가 떨어져서 다친 것이라 주장합니다."

"그 정도면 믿을 만하구먼. 껄껄껄!"

태상 가주 당원영의 은은한 웃음소리가 전각에 울려 퍼지자 청성파의 왕진한과 옥소기, 곡원 등이 조용히 따라 웃었다. 물론 지평은 머리를 긁적이고 있었지만.

아무튼 가주 전각에는 다시 온기가 느껴지며 웃음소리가 들렸다. 하지만 전각 한쪽에서는 아까부터 부지런하게 온기를 피우는 인물들이 있었다. 바로 삼룡과 담초홍 말이다.

그들은 태상 가주가 호통 치기 전부터 연회장에 차려진 음식을 독차지하고 있었다. 아까 전에 다 죽어가는 듯했던 담초홍까지 말이다.

"초홍아, 너 배 나왔다! 곰 발바닥 요리는 나한테 양보해라."

“싫어요. 아저씨도 배 나왔잖아요?”

“인마, 이건 인격이야, 인격! 그리고 아깐 오라버니라며?”

“그거야 상황이 오라버니라 불러야 그럴듯했으니까 그랬죠.”

“이게 누구랑 똑같은 소리를 하네? 그냥 오라버니라고 불러!”

“흥!”

“초홍아, 코 나왔다.”

사천당가의 가주 전각에는 화기애애한 웃음꽃이 만발했다. 애당초 연회의 목적은 불손했지만 그 누구도 그런 사실을 따지지 않았다.

당철영을 비롯한 당가의 수뇌부들은 태상 가주가 무형독비 다음으로 무형지표와 무형지독의 경지에 든 것을 축하했고, 청성파의 왕진한과 옥소기는 곡원이 혈향시독을 털고 일어난 것을 축하했다.

삼룡은 오랜만에 맛있는 술과 음식을 배불리 먹었고, 담초홍은 생전 처음 연회에 참석해서 기분이 좋았다. 하지만 지금 이 순간 단 한 사람만은 이들의 기분과 정반대였다. 바로 당철심이 준 화사한 옷을 입고 있는 백서연 말이다.

그녀는 삼룡에게 느꼈던 심란한 마음을 애써 다잡느라 조금 늦게 연회에 참석했다. 그리고 그녀가 전각 입구에 들어섰을 때 공교롭게도 당철상이 태상 가주에게 자신을 수양딸로 삼으려는 이유를 말했던 것이다. 그때부터 그녀는 입구에 서서 한 발짝도 움직이지 않았다. 연회가 한참인 지금까지도.

'저들은 나를 이용하려 했고, 나는 그를 버렸어. 그럼 난 어떻게 되는 거지? 난 여전히 갈 곳 없는 신세잖아!'

백서연은 알 수 없는 슬픔에 복받쳐 눈물을 흘렸다. 하녀들이 음식을 가지고 들락날락거렸지만 아무도 울고 있는 그녀를 신경 쓰지 않았다.

그녀가 당철영의 수양딸이 되기로 한 건 쉬운 결정이 아니었다. 처음부터 당철심을 믿지 않았으니까. 하지만 당철심이 흘리는 눈물, 적어도 그 눈물만은 믿고 싶었다. 그래서 생각 끝에 힘들게 내린 결정이었다.

하지만 그 모두가 이젠 소용없게 된 것이다.

'그래, 가자. 어차피 내가 있을 곳은 여기가 아니었어.'

백서연이 모진 마음을 먹고 뒤돌아설 때였다. 때 마침 청성의 왕진한이 문을 열고 나오는 것이었다.

왕진한은 백서연이 뒤돌아서는 모습을 보고 흠칫 놀랐다. 그가 아는 어떤 여인과 너무나 닮아 그녀를 보는 착각이 들 정도였으니까.

'혁아영!'

백서연의 뒷모습을 쳐다보던 왕진한은 이내 고개를 절레절레 저었다.

‘그녀는 당가의 여식일 텐데, 내가 무슨 생각을 하는 거지? 소소가 지금 여기에 있을 리가 없을 것인데, 게다가 이십 년 전 얼굴이 그대로일 리도 없고.’

왕진한이 멍하니 있을 때, 갑자기 그의 뒤에서 곡원이 말을 붙였다.

“잠시 뒷간엘 갔다 오신다 하더니, 여기서 넋 놓고 무엇을 보시는 겁니까? 혼자만 좋은 구경하시는 것 아닙니까?”

“아, 아닐세. 내가 잠시 누구와 혼동을 한 모양이야. 마시고들 있으라구, 내 곧 돌아옴세.”

왕진한이 뒷간으로 몇 걸음 옮길 때였다. 곡원이 삼룡에게 소리쳤다.

“이보게 삼룡 소협, 자네가 눈이 빠지게 기다리던 백 낭자가 저기 되돌아간다네. 그냥 두고 볼 겐가?”

곡원의 얘기를 듣고 뒷간으로 가던 왕진한이 얼은 듯 걸음을 멈췄다. 그가 다시 돌아봤지만 이미 백서연은 전각을 빠져나간 후였다. 하지만 그 순간 얼큰하게 취한 삼룡이 전각 안에서 뛰어나오며 소리쳤다.

“서연아, 오라버니랑 한잔하자!”

삼룡이 담초홍을 데리고 백서연을 쫓아가는 사이 왕진한은 벼락을 맞은 것처럼 멍하니 서 있었다.

‘방금 그 아이가 혁아영의 딸, 백광 아우의 딸이었어!’

혼자 떠나기로 결정을 내린 백서연은 곧장 자신이 머물던 객사로 돌아와 짐을 꾸렸다. 그녀는 당철심이 준 새 옷을 벗어놓고 원래 입고 있던 헌 옷으로 갈아입고 조용히 객사를 나섰다.

그녀가 객사를 완전히 나서기 전 그녀를 부르는 소리가 들렸다.

"백 낭자, 지금 떠나시는 건가요?"

백서연이 돌아보자 사천독의 당철심이 미안한 표정으로 서 있었다. 하지만 백서연의 표정은 냉랭했다.

"당 부인께서 제게 무슨 볼일이 있으시죠? 오늘 제가 먹은 죽에 혈향시독을 넣은 것 때문이라면 사과하지 않으셔도 됩니다. 삼룡 오라버니가 말씀하시지 않던가요? 제가 혈향시독 따위에는 중독되지 않는다고!"

백서연의 차디찬 말에 당철심은 눈을 질끈 감고 말했다.

"다시 한 번 이 같은 일이 벌어진다면 난 이번보다 더한 거짓말도 할 수 있습니다. 또 누굴 죽여야 한다면 기꺼이 죽일 것입니다."

"오히려 구차한 변명보다는 낫군요. 하지만 이런 뻔뻔한 말을 할 바에는 차라리 여길 오지 않는 편이 좋았을 것입니다. 혹, 태상 가주님이 보내신 거라면 그만 돌아가세요."

"백 낭자, 내가 여기 온 건……."

잠시 말을 잇지 못하던 당철심은 용기를 내려는 듯 주먹을 쥐고 말했다.

"그 아이와 백 낭자가 닮았다고 한 건 진짜였다는 걸 말하고 싶었어요. 그 아이 이름은 화연(華燕), 오라버니가 아니라 내 딸이었죠. 그리고 난 화연이와 닮은 백 낭자를 이용해야 했습니다. 난 독의니까!"

당철심은 말을 끝내자마자 바로 뒤돌아서서 사라졌다. 순간 백서연의 눈에도 눈물 한 방울이 떨어졌다. 그때였다. 삼룡이 담초홍을 데리고 멀리서 달려오며 소리쳤다.

"서연아, 오라버니도 준비됐다."

백서연은 눈물을 보이지 않으려는 듯 재빨리 돌아서서 차갑게 말했다.

"누가 따라오라고 했어? 그냥 여기서 술이나 실컷 먹고 눌러 살아. 아까 보니 여기 사람들하고 형님, 누님하면서 분위기 좋던데."

"무슨 소리야, 넌 나랑 혼인을 약속한 사이라니까? 서연이, 네가 가는데 내가 왜 여길 남아!"

"난 기억 없거든요? 그런데 마차는?"

"놔두면 지평 동생이 더 요긴하게 쓸 것 같아서 두고 오는 길이다. 어차피 내 것도 아닌데 뭘!"

"혼자 마차 모는 게 싫어서 그런 건 아니고?"

"자, 어서 가자. 성도 안에서 노숙할 수는 없잖아."

속내를 들킬세라 재빨리 말을 돌리는 삼룡이었다. 그러자 백서연도 군말하지 않고 길을 나섰다. 하지만 그들이 완전히 사천당가를 빠져나가기 전에 삼룡을 붙잡는 이들이 있었으니!

"사부니임!"

사천당가의 소가주 당철상이 당가의 정문 앞에서 넙죽 절을 하며 길을 막고 있었다. 게다가 질녀 당계희까지.

"사부님! 소녀도 데려가 주세요."

삼룡의 머리가 지끈거리는 순간이었다. 하지만 이번에는 그리 오랜 시간이 걸리지 않았다. 옆에서 진드기 담초홍이 조언을 한 덕택으로 말이다.

담초홍이 곤란해하는 삼룡의 귀에 뭐라고 속삭이자 대번 삼룡의 인상이 환해졌다.

"너희들 말이다. 정말 내 제자가 되고 싶은 것이냐?"

마침내 원하던 순간이 오자 당철상과 당계희는 이구동성을 대답했다.

"그럼요!"

"기백은 좋군. 좋아, 너희 둘 모두 제자가 될 수 있는 기회를 줄게. 일종의 제자 관문 시험이라고 할 수 있지. 하지만 이것도 시험이니까 통과하지 못하면 당연히 제자로 받을 수 없어. 대신 결과에 승복하겠다고 둘 다 약속해야 한다."

삼룡의 제안에 당철상과 당계희는 생각해 볼 것도 없이 결과에 승복하겠다고 약속했다. 실제로 강호 문파에서는 관문을 통과하지 못하면 제자로 받아주지 않는 곳이 많았다. 그러니 삼룡의 요구는 무리한 것이 아니었다.

다만 삼룡이 말한 제자 관문 시험은 기본적인 무공 자질을 시험하는 것이 아니라, 담력을 시험하는 것이 조금 달랐다. 그것도 목에 무언가를 걸어두고 일정 시간을 버텨야 하는 시험 말이다.

"내가 무엇을 목에 걸든 일각 동안 버텨야 한다. 소리를 질러도 안 되고, 눈을 감고 참는 것도 안 돼. 무서워하는 게 느껴지면 바로 탈락이야. 자, 준비됐으면 눈을 감아. 내가 말하면 그때부터 눈뜨면 된다."

삼룡의 말에 당철상과 당계희는 제자 관문 시험에 꼭 통과하겠다는 굳은 의지로 눈을 감았다.

"오룡이, 아직 자냐?"

삼룡의 목소리에 담초홍의 품속에 자고 있던 오룡이 대번 머리를 들었다.

쉬이익!

영민한 당철상과 당계희는 오룡이 내는 소리를 듣고 대번 제자 관문 시험이 무엇인지 눈치 챌 수 있었다.

'독뱀 따위를 목에 걸고 버티는 게 시험이었어?'

'에이, 별거 아니네.'

당철상과 당계희는 사천당가의 자제로, 웬만한 독물은 빠삭하게 아는 터였다. 하지만 이번 경우에는 차라리 모르는 것이 더 나았을 것이다. 그랬다면 금방 겁을 먹지도 않았을 것이고, 제자 관문 시험도 통과되었을 것이니 말이다.

"어마앗!"

먼저 시험을 치른 당계희가 시작하자마자 비명을 질렀다. 그도 그럴 것이, 그녀가 아는 최강의 독사가 바로 눈앞에 있었기 때문이다.

'칠보추혼사(七步湫魂蛇)!'

당철상은 당계희가 금방 시험에 떨어지는 것을 보고 의아하게 생각했다. 웬만한 뱀은 장난감으로 생각하는 그녀가 아닌가! 하지만 자신이라도 시험에 통과하기 위해 다시 마음을 다잡은 그였다.

'계희에게는 미안하지만 나라도 사부님 제자가 되어야 해.'

당철상이 굳은 의지로 마음을 진정시킬 때 삼룡이 그의 앞으로 와서 오룡이를 목에 걸고선 말했다.

"자, 이제 네 차례다. 조카처럼 비명 지르면 바로 탈락이야."

"네, 사부님!"

"좋아, 눈떠봐!"

第八章
아귀궁(餓鬼宮)

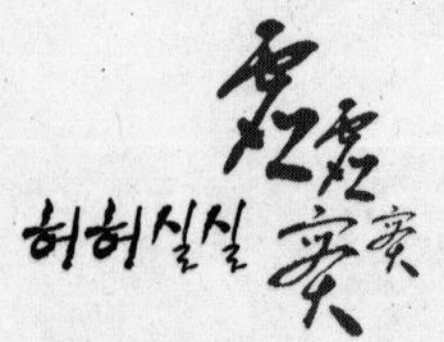

마교(魔敎), 아니, 천마신교(天魔新敎)에서 두 번째 서열이라고 얘기하면 섭섭한 인물이 하나 있었다. 물론 그는 교주나 부교주가 아니었다. 직책이 살수였기에 항상 살수 서열을 신경 쓰는 자였다.

그자의 이름은 축귀(丑鬼), 소속된 곳은 천마신교 교주 직속 아귀궁(餓鬼宮)이었다.

이 아귀궁이란 살수 조직은 궁이라는 명칭이 붙은 것과는 달리 단 열두 명이 전부인 소규모 조직이었다. 하지만 그 살수 실력 하나만큼은 마교 최고, 아니, 강호제일이라고 자부하는 이들이었다.

매년 교주에게 올라오는 살수 조직 평가첩에 의하면, 열두 명으로 조직된 아귀궁이 수백 명씩으로 조직된 흑살각(黑殺閣), 도룡각(屠龍閣), 참봉각(斬鳳閣)보다 더 강한 것으로 보고되었다.

그 아귀궁 내에서도 축귀는 항상 서열 일위를 놓치지 않았다. 그가 십사 년 동안 죽인 무림 인사만 해도 총 사백사십사 명이었다. 물론 숫자는 살수에게 중요한 것이 아니었다. 그중 절반 이상이 이류 무사들이 대부분이었으니까.

축귀는 그가 맡은 임무를 단 한 차례도 실패한 적이 없었다. 물론 아귀궁에 소속된 모든 살수들도 그와 비슷했다. 하지만 그는 다른 아귀궁 살수들이 하기 어려워하는 일을 도맡아 처리한 결과로 항상 살수 서열 일위라는 말이 허락되었다.

그런 그에게 얼마 전 매우 중요한 임무가 내려졌다. 천마신교 교주가 직접 내린 임무였으니 중요성의 등급을 친다면 최상 중에 최상이라 할 수 있었다.

살수 임무 등급, 알 수 없음.

임무 지시자, 인마대제 혁영화.

보는 즉시 사천 성도로 출발, 살수 목표 삼룡(三龍).

독문 무기 목검, 출신 문파 개소문(開笑門).

기간 무제한. 무조건 죽일 것. 그전엔 절대 돌아오지 말 것.

인마대제가 지시한 이 임무를 받은 축귀는 마교에 혈겁이 벌어지기 하루 전날, 말 세 필을 끌고 총단을 빠져나와 사천 성도로 향했다. 그가 말 세 필을 가져온 것은 하루라도 빨리 살수 임무를 완수하기 위함이었다.

마교 총단이 있는 귀주에서 사천 성도까지는 며칠 밤을 꼬박 말을 타고 달려도 도착하기 힘든 먼 거리였다. 그래서 그는 타고 있는 말을 계속 갈아타면서 성도까지 갈 생각인 것이다.

그가 이처럼 급하게 임무를 수행하려는 이유는 이번 임무를 지시한 사람이 교주라는 이유도 있었지만, 자신과 서열 경쟁 관계인 신귀(申鬼)라는 특급 살수가 점점 치고 올라오고 있었기 때문이다.

아직까지는 축귀가 살수 서열 일위였지만 그의 나이는 스물아홉이었다. 이는 살수로서 나이가 많은 편이었다. 그에 반해 신귀는 그보다 일곱 살이나 어린 살수였다.

게다가 요즘 신귀가 맡은 임무들이 모두 축귀보다 더 어려운 임무였다. 이대로 둔다면 신귀가 축귀 대신 서열 일위를 차지할 것이 분명했다. 이 때문에 축귀는 신귀에게 항상 쫓기는 마음이 생겼던 것이다.

그런 차에 교주가 내린 임무를 맡았으니 그로서는 이번 임무에 사활을 걸은 것이나 마찬가지였다.

사실 그가 살수 서열에 집착하는 것은 일신의 안위를 위해서가 아니었다. 바로 특급 살수에게만 최상의 편의 때문이었다. 특히 축귀가 집착하는 편의는 바로 여자였다. 그것도 교주나 장로들에만 허락되는 특별한 여자 말이다.

칠 년 전 축귀가 살수 서열 일위가 되던 날, 그는 한 여자와 하룻밤을 보냈다. 숫처녀였고, 그보다 일곱 살 어린 열다섯 살 소녀였다. 그리고 그가 원하는 한 그 소녀는 그만이 차지할 수 있었다. 물론 축귀는 그전에도 다른 여인들과 수많은 밤을 보낸 남자였다. 하지만 그녀는 그에게 조금 달랐다.

청초하고 아름답긴 했지만 말을 하지 못하는 소녀였다. 그래서 그는 자신의 옆에서 소리 없이 우는 그녀를 보고 짜증냈다. 목숨 걸고 임무를 수행하는 살수에게 몸을 제공하는 것 따위는 아무것도 아니라고 생각했으니까.

그래서 그는 바로 다음날 다른 숫처녀로 바꾸려 했다.

서열 일위에게는 그런 요구가 가능했다. 하지만 그는 그녀를 버리지 못했다. 그녀가 말을 하지 못하는 이유가 바로 그에게 자신에게 있음을, 그리고 자신이 버리게 되면 그 소녀가 어떻게 되는지를 알고 취소했기 때문이다.

과거, 살수 서열 일위의 밤 시중을 들던 한 소녀에게 마교 장로가 접근해서 따로 시중을 들라고 요구했다가 거부당한 일이 있었다. 물론 그 장로는 그 자리에서 소녀를 죽여 버렸다.

문제는 그 사실을 살수가 전해 들은 것이다. 평소 소녀를 매우 마음에 들어했던 살수는 분기를 참지 못하고 그 길로 장로를 암살하고 자신도 자결했다. 하지만 문제는 그것으로 끝나지 않았다.

다른 장로들의 입장에서는 언제든 이 같은 일이 벌어질 수 있었으니 말이다. 그렇다고 특별히 제공해 오던 편의를 무조건 없애 버릴 수도 없었다. 그래서 내놓은 대책이 바로 혀를 잘라 말을 못하게 한 다음 살수에게 제공하는 방법이었다.

하지만 그것으로써 장로들의 화는 수그러들지 않았다. 어떻게든 복수를 하고 싶은데 살수들은 자신들이 써먹어야 하니 그럴 수 없었던 것이다. 그래서 화살이 밤 시중을 드는 소녀들에게 향한 것이다.

생각해 보니 그녀들만 아니었으면 살수가 나서지도 않았을 것이 아닌가! 장로들은 생각 끝에 서열 일위 살수에게 버림받은 여인들을 이급 살수 집단에 던져 주고 죽을 때까지 수백 명과 일을 치르게 했다.

축귀 또한 과거 이급 살수 시절에 그런 일을 직접 치른 적이 있어 그 소녀들이 어떻게 죽어가는지 잘 알고 있었다.

축귀가 그 사정을 안 순간, 어젯밤 그 소녀를 버릴 수 없었다. 그리고 오랜 세월 그녀하고만 밤을 보냈다. 그래서 그들은 실상 부부와 다름없었다. 그 때문에 축귀는 기를 쓰고 살수 서열 일위를 유지하려 했던 것이다.

만약 자신의 서열을 뺏기게 되면, 그 순간 그녀는 지옥으로 떨어질 테니 말이다. 하지만 축귀와 그녀에게도 희망이 있었다.

바로 장로들이 농담 삼아 만들어놓은 규칙이었다. 편의로 제공되는 여자가 칠 년 동안 한 살수만 섬기게 되면, 그 여인은 버림을 받거나 다른 살수가 서열 일위가 되어도 처분받지 않는다는 규칙 말이다.

실제로 살수들은 여색을 밝혔고, 한 여자와 길게는 한 달 이상을 가는 경우가 드물었다. 하지만 그 농담 삼아 만든 규칙을 마지막 희망으로 여긴 놈이 바로 축귀란 놈이었다.

게다가 이제 삼 개월만 더 지나면 축귀가 그녀와 지낸 시간이 딱 칠 년이 되는 날이었다. 이 때문에 축귀는 이번 임무에 사활을 건 것이었다.

'기다려라, 삼룡! 너만 죽이면 그녀가 남은 인생을 편안하게 살 수 있다.'

*　　　*　　　*

"다 챙겨준다며? 도대체 밥은 언제 먹게 해줄 거야?"

"저도 배고파요!"

백서연과 담초홍이 배고픈 새 새끼처럼 삼룡을 향해 입을 벌리며 목청을 높이고 있었다.

"알았어, 알았다구. 여길 빠져나가면 어떻게든 먹을 걸 구해볼게."

삼룡은 맥 빠진 모습으로 힘겹게 대답했다. 그것도 무척이나 피곤한 모습으로 말이다. 하지만 싫은 기색이 아니라 미안한 기색이었다. 삼룡 때문에 벌써 삼 일째 굶고 있었으니까.

처음 삼룡 일행이 사천당가를 빠져나왔을 때까지만 해도 별다를 것 없는 보통 여정이었다. 비록 첫날부터 노숙했지만 피곤하면 자고, 배고프면 조그만 새나 꿩, 비둘기, 토끼, 물고기를 잡아먹으면 그만이었다.

삼룡도 백서연과 담초홍을 위해서라면 그 정도는 움직였다. 그리고 가끔 산적들이 나타나는 경우도 있었지만 워낙 가진 게 없어 보였기 때문에 무사 통과되는 경우가 대부분이었다.

그러나 문제는 삼 일 전에 벌어졌다.

으슥한 산길에서 나이 어린 산적 몇 놈이 일부러 시비를 걸어온 것이다. 돈을 뺏는 목적이 아니라 순전히 경험을 쌓으려는 놈들이었다. 삼룡은 귀찮은 걸 싫어하니 어쩔 수 없이 손을 봐줬다. 예전처럼 한 놈만 말이다.

그런데 삼룡이 손봐준 녀석이 사천 지역에서 알아주는 녹림 산적인 흑왕채 지영춘 채주의 외동아들이었던 것이다. 그래도 삼룡은 무공이 약하지 않으니까 뒤쫓아오는 산적들을 오는 족족 두들겨 패서 보냈다.

한 놈만 패면 다른 놈들은 모두 겁을 먹고 줄행랑쳤으니 그

때까지도 별문제가 없어 보였다.

　그러나 진짜 문제는 흑왕채 채주가 아예 나타나지 않는다는 점이었다. 그러니 삼룡이 한 놈을 아무리 패도 그가 겁먹을 리가 없었다. 게다가 지 채주는 조정 장군 출신으로, 병법을 쓸 줄 알았다. 그는 삼룡이 무공이 고강한 것을 알고, 일부러 몇 놈씩만 꾸준히 보내는 인해전법(人海戰法)을 쓰는 것이었다.

　원래 흑왕채 산적들은 관군처럼 숫자가 많았으니 이 전법을 쓰기에는 안성맞춤이었다. 반면 삼룡은 하루에도 수십 번씩 달려드는 불나방 같은 산적들 때문에 잠 한 숨 못 자고, 먹지 못해서 피곤에 절은 것이었다.

　'젠장, 산적 한번 잘못 건드려서 이게 무슨 고생이람. 에휴, 일각이 지나면 또 산적들이 덤벼들 텐데. 아직도 산길은 많이 남았고… 이를 어쩌지?

　삼룡이 인해전법을 펼치며 공격해 오는 산적들을 한참 걱정하고 있을 때, 산적이 아닌 사람이 눈에 들어왔다.

　그는 말 세 필을 끌고 홀로 산길을 걷는 남자였다. 팔 척 장신에 황소처럼 다부져 보이는 어깨가 유난히 늠름해 보였다.

　"저기, 앞에 말 세 필을 끌고 가시는 아무개 형님, 아니면 동생님. 우리 길동무나 하십시다."

　라고 말하며 삼룡은 속으로 쾌재를 불렀다.

　길만 해서 말을 얻어 타면 인해전법을 펼치는 흑왕채 산적들을 피해 아주 멀리 달아날 수 있을 것이란 생각에서 말이다. 하지만 그 사람은 대꾸조차 하지 않았다. 마치 정신을 놓은 듯 그저 멍하니 길을 걷고 있었다.

"그냥 길동무나 하자니까요. 다른 뜻은 전혀 없습니다."

삼룡은 어떻게든 앞서 가는 사람을 불러 세우려 했다. 하지만 이번에도 그는 돌아보지 않았다. 그는 아예 귀가 먹은 것처럼 조금의 반응도 없었다.

그때 담초홍이 삼룡에게 아까처럼 재잘거렸다.

"아저씨, 먹을 거!"

"알았다. 육포나 만두라도 있으면 얻어다 줄게."

삼룡이 어떻게든 먹을 것을 얻어볼 요량으로 앞서 가는 사람을 향해 뛰었다. 다행히도 앞서가던 사람이 말을 타고 가지 않아 삼룡에게 금방 따라잡혔다.

"이보시오!"

삼룡이 그의 어깨를 치며 말을 걸었지만 반응이 없었다.

"형씨, 죄송하지만 먹을 것이 있으면 좀 나눠 주십시오. 제 동생들이 지금 며칠째 아무것도 먹질 못해서……."

앞서가는 남자의 얼굴을 본 삼룡은 더 이상 말을 잇지 못했다. 삼룡이 놀란 것은 그가 살수만이 갖고 있는 냉정한 눈빛의 소유자라는 것과 얼굴에 아로새겨진 칼자국만이 때문이 아니었다. 그는 분명 울고 있었다. 진짜 눈물을 흘리는 것이 아니라 마음으로 울고 있었던 것이다.

‘살수가 울어? 이토록 슬프게!’

살수는 감정을 드러내지 않는다. 이급 살수가 감정 조절을 하지 못하면 일급 살수가 될 수 없었다. 더구나 삼룡의 눈앞에 있는 자는 특급 살수였다.

특급 살수 정도 되면 감정이 메마르다시피 한다. 아무 감정 없이 살인을 저지르는 자들이니까. 즉, 이 남자는 눈물을 흘리고 싶어도 흘릴 수가 없었던 것이다. 그렇게 훈련받아 왔기 때문에 그는 울지 못했다.

그자는 바로 아귀궁의 특급 살수 축귀였다.

삼룡은 축귀의 눈빛을 못 본 척 얼버무렸다.

“저… 죄송하지만 육포나 먹을 것이 있으면 나눠 주시면 안 될까요? 이 은혜는 나중에…….”

채 말을 마치기 전에 축귀는 조그만 보따리를 삼룡에게 내밀어주었다. 그리곤 다시 정처없이 길을 걸었다. 마치 삶을 포기한 사람처럼.

‘에이, 난 몰라. 나도 피곤해.’

삼룡은 받아 든 보따리를 들고 백서연과 담초홍에게 달려갔다. 하지만 보따리를 열고서 금세 실망했다. 축귀가 건네준 보따리에는 먹을 것이 아니라 전표가 잔뜩 들어 있었기 때문이다. 그래도 다행인 건 그나마 딱딱하고 속없는 만두 두 개가 있었다는 것이다.

보따리에서 만두를 발견한 담초홍과 백서연은 대번에 침

을 꿀꺽 삼켰다.

삼 일을 굶은데다 그전에도 산에서 잡은 짐승 따위로 연명했으니 평상시 먹던 만두를 보고는 눈이 휘둥그레진 것이다.

삼룡은 주저없이 만두를 담초홍과 백서연에게 하나씩 건네주고는 보따리를 다시 묶었다. 평상시의 그 같으면 전표 한두 장 정도는 챙겼을 삼룡이었지만, 축귀와 눈을 마주친 것이 마음에 걸렸던지 아무것도 챙기지 않았다.

"이보시오, 형씨!"

삼룡이 다시 쫓아올 때까지 축귀는 여전히 멍한 모습으로 걷고 있었다. 그러자 삼룡이 전표 보따리를 축귀에서 억지로 손에 쥐어주고 얼른 뒤돌아서며 말했다.

"난 먹을 것을 좀 달라고 했지 전표를 달라고 한 것이 아닙니다. 어쨌든 고맙소, 형씨!"

삼룡이 무슨 말을 하든 축귀는 그 상태 그대로였다. 오히려 자꾸 알짱거리는 삼룡이 귀찮다는 듯 한번 쳐다볼 뿐이었다. 삼룡도 귀찮게 하는 건 싫어하는 성미라 바로 뒤돌아왔다.

그런데 그때,

"이보시오, 형씨! 그 보따리가 필요없으면 우리 주고 가시면 안 될까?"

삼룡이 급히 뒤돌아보니 축귀 앞으로 흑왕채 산적인 열 몇 놈이 진을 치고 있었다.

그동안 삼룡 일행을 공격할 틈을 엿보다가 축귀에게 건넨 전표 보따리를 발견하고 산적질할 마음이 생긴 모양이었다.

"안 건드리는 게 좋을 겁니다."

삼룡이 산적들을 보자마자 경고했다. 그러자 산적 하나가 삐딱하게 대꾸했다.

"지금 영업 중이거든요? 댁은 조금 있다가 봅시다. 댁한테 맞을 아우들 많이 준비되어 있으니까!"

방금 말한 산적은 흑왕채에서 서열 이십위 안에 드는 중간 두목이었다. 하지만 삼룡이 건드리지 말라고 한 건 산적들이 아니었다.

"내 말은 앞에 가는 사람 건드리지 말라는 겁니다. 나야 사람을 쉽게 죽이지 않지만 그 사람은 다르거든요."

"흥, 네까짓 놈 협박에 무서워했으면 우리가 널 쫓아다니지도 않아! 지금까지 용케 버텼다만, 너야말로 관에 들어갈 준비나 해두는 게 좋을 거야. 채주님이 널 절대 용서 못한다고 했거든!"

산적들은 삼룡의 말을 가볍게 씹으며 축귀를 포위했다. 그들이 보기에는 손쉬운 먹잇감에 불과했으니 말이다. 그때 삼룡이 다시 말했다.

"난 경고했습니다. 초홍아, 먹던 거 빨리 먹어라. 조금 있으면 입맛 떨어질 거다."

삼룡의 말에 만두를 아껴먹던 담초홍은 재빨리 입에 구겨넣었다.

그러는 사이 산적들이 축귀를 향해 포진하며 유엽도와 철퇴 같은 무기들로 위협했다. 포진하는 동작과 함께 무기를 휘두르는 자세를 보니 전부 이류쯤은 되어 보이는 산적들이었다.

반면 축귀는 허리춤에 찬 얇은 도조차 뽑지 않았다. 멍청한 시선으로 그저 앞만 바라볼 뿐이었다.

"얼굴에 상처가 있는 게 범상치 않은 놈이다. 봐주지 말고 쳐라!"

중간 두목의 외침과 함께 흑왕채 산적들이 전후좌우로 나뉘어 연환 공격을 퍼부었다.

보통 여러 명이 한 사람을 공격하다 보면 서로 방해가 된다. 산적들이 숫자가 아무리 많아도 강호 고수 한두 명을 이기지 못하는 이유가 바로 여기에 있었다. 다수의 장점을 살리지 못하니 말이다.

한데 이 흑왕채 산적들은 병법을 아는 채주의 영향으로 인해 병사들처럼 치고 빠지는 전법을 구사했다. 당연히 홀로 상대하는 축귀가 위태롭게 보였다.

그렇지만 삼룡은 축귀를 걱정하지 않았다. 오히려 흑왕채 산적들을 걱정할 뿐이었다.

눈앞에서 산적들이 날선 무기를 들고 설치자 축귀는 그 공격을 하나하나 피해가며 미소 짓고 있었다.

'고맙다. 죽일 수 있게 해줘서!'

특급 살수의 눈빛을 이해하는 흑왕채 산적들은 아무도 없었다. 단지 지금 그의 눈빛이 무언가에 대한 분풀이 같다는 생각이 얼핏 들 뿐이었다.

서거억!

산적들은 오늘 도(刀)라는 무기가 이처럼 뜨겁게 느껴질 줄은 몰랐다. 한껏 달궈진 쇠꼬챙이로 몸을 헤집는 느낌에 비명을 지를 뿐이었다. 살수의 검, 그것도 분노한 특급 살수의 검은 짧은 고통을 선사하지 않았다.

축귀는 먼저 산적들의 다리 힘줄부터 끊었다. 눈앞에 있는 산적들을 하나라도 놓치고 싶지 않았던 것이다. 그런 다음엔 손목을 끊었다. 저항을 못하게 하려는 것이 아니라 혹시나 자신에게 빨리 죽여 달라고 빌까 봐 말이다.

순식간에 산적 모두를 그렇게 만든 그는 이급 살수 시절에 교육받았던 살인 방법을 다시 한 번 되짚었다. 살수의 마음, 그것을 위한 살인을 말이다. 산적들은 쉽게 죽지 못했다. 절규하고 비명도 질렀다. 하지만 이급 살수로 돌아간 축귀에게는 오직 배움에 대한 목마름뿐이었다.

'다시 배운다. 이번엔 제대로!'

열다섯 산적의 생명줄을 모두 끊은 다음 축귀는 아무 일도 없었단 듯이 길을 떠났다. 오히려 바닥에 쓰러져서 나뒹굴고 있는 산적들이 이상해 보일 정도였다.

"초홍아, 너 아까 먹은 거 괜찮냐?"

삼룡의 물음에 담초홍은 힘겹게 고개를 끄덕였다. 하지만 표정이 창백한 것을 보니 잔뜩 겁에 질려 있는 모습이었다. 반면 백서연의 표정은 태연했다. 심지어 아직까지 만두를 먹고 있었다.

"왜 나한테는 안 묻지?"

백서연의 물음에 삼룡은 머리를 긁적였다. 그리곤 속으로 말했다.

'너는 더 독하거든!'

"지금 그 눈빛은 뭐지? 설마 내가 더 독하든가 지독하다는 말을 하려던 거야?"

"아니, 무슨! 오라버니가 굶겨서 미안하다는 뜻이지. 어서 가자, 산적들 또 쫓아올라."

*   *   *

삼룡이 간다는 말도 없이 떠난 그날 이후로부터 십여 일이 지났음에도 사천당가는 아직 어수선했다.

비록 태상 가주 당원영이 무형독비의 진전을 이었다고 해도 봉문첩을 보낸 탈명표왕과의 생사결이 끝나지 않은 이상, 문제가 완전히 해결된 것이 아니었기 때문이다.

청성파의 왕진한을 비롯한 여러 청성 제자들도 그 문제가 해결되기까지 청성산으로 돌아가지 않겠다며 아직 당문에 머물러 있었다. 이는 의리를 지키기 위한 이유도 있었지만, 무형독비의 진전을 이은 사천독군의 무위(武威)를 직접 견식해 보기 위함이었다.

하지만 할 일 없이 무작정 기다리는 것이 큰 고역이었다. 도대체 수일 내에 온다고 했던 탈명표왕이 십여 일이 다 지났는데도 코빼기도 안 보였으니 말이다.

특히 객사에 주로 머물러야 하는 청성 제자들의 갑갑증은 더 심했다. 사천당가 사람들이 수시로 드나드는 곳에서 정수가 담긴 검술을 연마할 수도 없었으니 말이다. 그래서 대부분 청성 제자들은 주로 몸만 푸는 정도로 수련하고 나머지 시간은 운기조식을 하거나 그도 아니면 잡담을 하며 지냈다.

왕진한의 제자 지관이란 놈은 수련보다는 잡담을 하며 시간을 보내는 편이었다.

오늘도 그는 오전에 간단히 몸만 풀고 시원한 그늘에 앉아 노닥거릴 대화 상대를 찾고 있었다. 그런 그의 눈에 먹잇감이 하나 들어왔다.

바로 당가의 소가주 당철상 말이다.

당철상은 삼룡의 제자 입문 시험에 떨어진 충격으로 크게 낙담을 한 적이 있었다. 소가주인 그가 시무룩하게 지내자, 그의 아버지 당원형이 왕진한에게 특별히 부탁하여 위로해 주길 청했다.

사려가 깊은 왕진한은 그 얘길 듣고 삼룡과 절친했던 제자 지평을 데리고 가서 슬쩍 자리를 비켜준 것이다. 왕진한의 의도대로 둘 모두 삼룡을 아는 처지였으니 이 얘기, 저 얘기가 자연스레 오갔고, 서로 친해지게 된 것이다.

그래서 오늘도 당철상이 지평을 찾아 객사로 오는 길에 지관이란 놈의 눈에 띄게 된 것이다.

"이거 당문의 소가주가 아니십니까? 이거, 자주 뵙습니다."

지관이 아는 척을 해오자 당철상이 포권하며 인사를 받았다.

"예, 지관 형님!"

당철상이 인사만 하고 가려 하자 지관이 그를 잡았다.

"사제는 지금 내력을 닦는 중이니 방해하면 안 됩니다. 그동안 무슨 진전이 있었는지 오늘 방해하지 말아달라고 특별히 부탁하더군요."

이에 당철상이 아쉬워하며 돌아가려 했다. 하지만 지관이 그를 붙잡고 이 얘기 저 얘기를 물었다. 당철상은 지평의 사형을 무시할 수 없어 묻는 족족 대답해 주어야 했다. 그렇게 얘기가 오가다가 탈명표왕 얘기까지 가게 된 것이었다.

"제가 볼 때는 탈명표왕이라는 자가 겁을 먹고 도망친 것일 겁니다. 그자가 신공을 익혔다 하더라도, 어찌 무형독비 선배의 무형심결에 비하겠습니까? 한데 그자가 어찌 만천화우와 비견되는 암기술을 가졌다는 겁니까?"

“염천수라침(炎天修羅針)이라는 암기술입니다. 예전 무형독비 할아버지께서도 그 암기술을 인정하셨다 들었습니다.”

“무형독비 선배께서 인정하셨다면 정말 대단한 암기술이 겠군요. 그럼 어떤 암기를 사용하기에 수라침이라고 이름을 붙인 겁니까? 암기야말로 암기술을 결정짓는 가장 중요한 것이 아닙니까?”

대답하기 지쳤는지 당철상이 한숨을 내쉬며 말했다. 이대로 들어주면 끝이 없을 테니 일부러 내색한 것이었다.

“휴~ 머리카락에 내기를 실어 암기처럼 사용한다고 들었습니다. 워낙 가늘어서 대낮에도 잘 보이지 않아 피하기 어렵다고 하더군요. 그럼, 저는 이만!”

당철상은 지관이 다시 붙들까 봐 서둘러 자리를 피했다. 하지만 지관은 다른 생각을 하고 있었다.

‘잠깐! 지평 사제가 얼마 전에 머리카락으로 암기술을 쓰는 노괴 얘기를 한 적이 있었는데? …설마, 삼룡 형님한테 시비를 걸었다가 깨진 노괴가?’

지관은 그 자리에서 벌떡 일어나 지평의 객사로 달려갔다.

*　　　*　　　*

지영춘 채주가 있는 산채는 삼 일 전에 이어 또 한 번 발칵 뒤집혔다. 삼 일 전에는 채주의 아들이 두들겨 맞고 온 것 때문에 흑왕채 산적들이 총동원되었는데, 이번엔 열다섯이 끔찍하게 죽은 채 발견된 것이다.

얼굴에 텁석부리 수염을 한 장대한 기골의 지영춘 채주는 보고를 듣자마자 월도(月刀)를 빼 들고는 눈앞에 있던 탁자를 박살 내며 일어섰다.

"그 자식이 감히 내 수하들을 죽였다고! 그것도 일부러 마디마디를 끊어서?"

그러자 보고를 한 산적이 채주의 분노에 벌벌 떨며 말했다.

"채주님, 아직 그자가 한 짓인지는 명확하지 않습니다. 다른 자의 소행일……."

"시끄럽다! 내가 직접 그놈을 치라고 보낸 녀석들이 죽었는데 어찌 다른 놈들의 짓이라는 것이냐? 삼 일 정도 진을 뺏으니 이제 내가 직접 나서겠다. 병법에도 칠 때와 빠질 때를 알아야 한다고 했느니라. 초절정고수도 그 정도 했으면 이제 기력이 다했을 것이니, 지금이 아니면 언제 치겠느냐? 정예 병력만 모아라! 잔챙이들은 데려갈 필요없다."

채주의 명령이 떨어지자 산적들은 병영의 병졸처럼 일사불란하게 움직였다.

*　　　　*　　　　*

축귀는 일부러 천천히 걸어가고 있었다. 방금 전 산적들을 죽였으니 동료 산적들이 몰려오기를 기대하면서 말이다.

그 때문에 뒤따라오던 삼룡 일행은 축귀를 앞질러 버렸다. 하지만 삼룡 일행의 걸음도 그다지 빠르지 않았다. 고작 십여 장 정도를 앞서 걷고 있었으니까.

담초홍이 지금 상황에서는 빨리 가야 되는 게 아니냐고 물었지만 삼룡은 싱긋이 웃기만 할 뿐이었다. 그래도 담초홍이 궁금해하자 백서연이 설명해 줬다.

"우리가 빨리 가봤자 흑왕채 산적들의 영역을 벗어날 수는 없어. 오히려 좀 전에 죽은 산적들을 우리가 죽였다고 인정하는 꼴이 되지. 그래서 삼룡이는 저 사람이 벌린 일은 저 사람이 책임지라는 뜻으로 일부러 천천히 가는 거야."

"아, 그렇구나!"

설명을 듣던 담초홍은 삼룡이 무안할 정도로 심하게 고개를 끄덕였다. 원래 낯이 두꺼운 삼룡도 지금 이 순간만큼은 얼굴이 간지러웠다.

그 순간, 무슨 심상치 않은 기운을 느꼈는지 삼룡이 갑자기 걸음을 멈췄다. 하지만 주위에서 산적의 인기척은 전혀 느껴지지 않았다. 동물적인 감각을 지닌 담초홍도, 일신에 극양뇌음단으로 내력을 쌓아 귀가 밝은 백서연도 산적들의 인기척은 전혀 들을 수 없었다.

이때 삼룡이 뒤돌아보며 말했다.

"형씨, 방금 출수하지 않은 건 정말 잘한 일입니다."

백서연과 담초홍이 화들짝 놀라 뒤를 돌아봤다. 하지만 그녀들은 축귀에게서 별다른 점을 느낄 수 없었다. 그의 손도 허리춤에 있는 칼의 위치와 거리가 멀어 보였다. 단지 무표정한 얼굴에 큼지막한 상처가 눈에 거슬릴 뿐이었다.

백서연과 담초홍이 다시 돌아서려고 할 때 축귀가 말했다.

"내가 출수할 것인지 아는 걸 보니 교주님이 지시한 살수 목표가 당신이었나 보군. 좀 전에 이름을 들었을 때는 긴가민가했는데."

축귀의 말에 삼룡이 고개를 갸웃거렸다.

"교주?"

"세상에 인마(人魔)라고 알려지신 분이다. 하지만 안심해라. 운 좋게도 내가 너를 죽일 이유가 없어졌으니까. 아니, 정확하게 말하자면 내가 널 죽여도 아무 소용 없기 때문이야. 널 죽여도 그 사람이 돌아오지는 못하니까."

축귀의 말에도 삼룡의 표정은 별반 달라지지 않았다.

"날 어떻게 생각하든 다 좋은데, 아까 산적들에게는 너무 심했어. 어차피 살려주지도 않았을 거면서."

비꼬는 삼룡의 말에 축귀가 변명하듯 말했다.

"어떻게 죽이든 나 같은 살수에게는 별 차이 없어. 죽이는 데 성공했느냐 아니면 실패했느냐가 중요한 것일 뿐."

"당신 말이야… 아까 당신 눈빛, 그 눈빛이 마음에 자꾸 걸려. 아마 같은 짓을 계속해도 당신의 슬픔은 커지기만 할 것 같아!"

"주제넘게 나서지 마라. 너 정도는 정면 대결로 죽여도 될 실력을 가지고 있는 몸이다. 안 그래도 눈에 보이는 족족 죽이고 싶은 내 심정을 니가 알아?"

살수의 눈빛은 보통 사람들이 받아들이기 힘들다. 살수들의 눈빛은 심지어 마교의 장로들도 피하는 눈빛이었다. 똑바로 마주치는 순간 살수가 죽거나 아니면 자신이 죽게 되니까 말이다.

하지만 삼룡은 살수의 눈빛을 받아들이고 있었다. 이는 명백한 도발이었다. 언제든 덤벼보라는 도발 말이다.

"난 지금까지 단 한 번도 실패한 적 없다. 죽이는 것은 더더욱 망설이지 않는다. 그래도 좋은가?"

"언제든지."

삼룡이 허락한 그 순간, 담초홍과 백서연은 눈앞에 있던 사람이 단 한순간에 사라지는 것을 목격할 수 있었다. 나무 그늘이 진 제법 어두운 숲 속이었다고는 하지만 분명 사물이 똑똑히 보이는 백주대낮이었다.

그런데 축귀가 말 세 필을 남겨두고 그 자리에서 홀연히 사라져 버린 것이다. 도망친 것이 아니라 삼룡을 공격하기 위해서 말이다.

반면 삼룡은 아직 그 자리에 있었다. 인상을 잔뜩 찌푸린

채 말이다.

"젠장, 은형술(隱形術)을 쓰는 놈이었군. 어쩐지 큰소리치더니."

삼룡이 불평하면서 곧장 보법을 밟았다. 하지만 이를 보던 백서연은 지금 삼룡의 행동을 이해할 수 없었다.

"은형술을 쓰는 상대를 보법으로 끌어들인다고? 저게 드디어 죽으려고 작정했군, 작정했어!"

백서연이 경고했지만 삼룡은 계속 보법을 밟아갔다.

보법이란 상대보다 우세한 방위를 점해서 공격과 수비를 이롭게 하기 위해 펼치는 것이다. 하지만 눈에 보이지 않는 상대에게는 무용지물이었다. 압박할 상대가 없는데 보법은 펼쳐서 무얼 하겠는가 말이다.

눈에 보이지 않는 상대에게는 차라리 청력이나 후각 등을 동원하는 것이 그나마 나은 방법이었다. 하지만 백서연의 걱정도 곧 기우로 끝나고 말았다. 엉뚱하게도 삼룡이 보법을 밟으며 압박하는 곳마다 무언가가 움직였다. 그뿐만이 아니었다.

삼룡이 그냥 휘두르는 것 같은 목검이 허공을 스칠 때마다 공기가 마찰음을 내며 둔탁한 소리를 내는 것이었다. 그냥 내력이 실린 목검이 허공과 부딪쳐 소리가 난 것이 아니라, 누군가가 계속 두들겨 맞고 있는 소리였다.

그렇게 삼룡은 달밤에 혼자 춤을 추는 것처럼 일각 동안 목검을 휘둘렀다. 이윽고 검을 내리자 삼룡의 앞에 한 남자가 무릎을 꿇고 있었다. 그는 방금 전까지 은형술을 펼쳤던 축귀였다.

아직까지도 축귀의 눈은 살기로 번뜩였다. 자신의 은형술이 이처럼 맥없이 깨진 것을 이해할 수 없다는 표정이었다.

"대체 어떤 보법을 펼치기에 천마은형술(天魔隱形術)이 이리도 맥을 못 추는 것이냐? 어떻게 약점을! 혹, 너는 천마신교의 인물이더냐?"

축귀의 절규에 놀란 것은 삼룡이 아니었다. 멀리서 지켜보던 백서연과 담초홍이었다. 그가 말한 천마은형술은 무림 역사상 은형술 중 가장 완벽하다고 알려진 술법이었다.

제일 수준 낮은 은형술이 지형지물이나 연무(煙霧)로 모습을 감추는 것인 데 반해, 천마은형술은 주변 공기의 흐름을 왜곡시켜 눈앞에 상대가 있더라도 볼 수 없는, 완벽이라 불리는 은형술이었다.

이 때문에 천마(天魔)가 천마신교를 세우기 전, 홀로 혈풍(血風)을 일으켰어도 수많은 강호 고수들이 그에게 검 한 번 제대로 휘두르지 못하고 무릎을 꿇었던 것이다.

그렇다고 마교에서 모든 살수들이 천마은형술을 전수받는 것이 아니었다. 오직 아귀궁의 특급 살수 열두 명만이 그것을 전수받을 수 있었다. 그리고 이 천마은형술 덕분에 아귀궁 살수들이 강호 문파의 장문인이나 장로들을 손쉽게 처리할 수 있었던 것이다.

단지 약점이 있다면, 아귀궁 살수들이 은형술을 펼칠 수 있는 시간이 일각뿐이라는 것이었다. 그런데 삼룡이 생뚱맞은 보법을 이용해서 천마은형술을 파훼했다는 게 아닌가? 하지만 삼룡의 대답이 더욱 가관이었다.

"니들 눈에나 안 보이지 내 눈에는 뻔히 보이는데 어떻게 안 때릴 수 있냐? 나, 모른 척하기 힘들었다."

순간 축귀의 눈에서 초점이 흔들렸다. 삼룡이 그의 상식을 뒤흔들고 있었으니까!

"그럼 왜 아까는 모른 척을!"

"말해주면 다른 수 쓸 거 아니냐? 귀찮았어. 그리고 난 살수에게 양보하고픈 마음 따윈 애당초 없었어. 너 같으면 자기 목숨 가지고 장난치겠냐?"

"대체 무슨 말을 하려는 거지?"

축귀의 눈동자가 이전과 조금 달라졌다. 이전에는 깊은 슬픔을 주체 못해 뭐든 죽이고 싶은 마음이었지만, 지금은 자신이 무언가 큰 것을 놓치고 있다는 생각이 든 것이다.

"네 목숨 가지고 장난치지 마! 네가 살수이든 뭐든 어떻게 살든지 상관 안 해. 하지만 네가 생각하는 그 사람이 지금의 너의 모습을 바라진 않을 거다. 복수를 하려면 그놈들에게 해."

"하지만 그들은 천마신교를 무너뜨린 놈들이다. 천하 사람들이 절대 무너지지 않는다 말한 마교를 말이다. 난 일개 살수일 뿐이고!"

"그럼 당신은 죽은 사람을 살려낼 수 있어? 없잖아."

삼룡의 물음에 축귀는 자신도 모르게 고개를 끄덕였다.

"당신에게 죽은 사람을 살려낼 수 없는 것처럼, 세상일은 어쩔 수 없는 게 태반이야. 당신이 모든 것을 해결할 생각하지 마. 피곤한 일이야. 그냥 할 수 있는 걸 해. 그러다 보면 기회가 올 거야. 기회가 안 오면, 안 하면 그뿐이야!"

"단지 그거냐?"

"단지 그거라는 게 어디냐? 복잡하게 살지 마라. 살수라면서 뭐가 그리 생각이 복잡해? 그러니 산적들을 죽일 때도 어떻게 하면 고통스럽게 죽일까 고민하지. 그냥 죽일 거면 깨끗하게 죽여. 산적들도 그 정도는 각오하면서 사니까!"

"산적도 그 정도 각오는 한다고?"

삼룡은 축귀의 말에 더 이상 대답하지 않았다. 이제는 그 스스로 긍정적으로 생각할 수 있을 것이라 여긴 것이다. 그리고 삼룡의 걱정은 다른 곳에 있었다.

'아, 젠장! 이번엔 떼로 몰려오는구먼. 도대체 흑왕채 놈들은 몇 놈이나 모여 있는 거야? 나 같으면 차라리 나라를 세우겠다, 나라를!'

이때 담초홍과 백서연이 동시에 소리쳤다.

"삼룡 오라버니, 산적들 와요!"

"이것들은 지들 귀찮을 때만 오라버니라고 부르지? 에이, 채주인지 두목인지 그놈만 오면 끝인데!"

삼룡은 말과 함께 목검을 쥐고 달려나갔다. 그리곤 축귀에게 말했다.

"당분간 은형술을 못 쓸 것 같으니 형씨가 저지른 거 내가 대신 해결합니다. 이것으로 만두 두 개 빌린 값은 한 겁니다."

이어 삼룡이 백서연과 담초홍한테도 소리쳤다.

"저 사람이 저지른 거 내가 마무리한다! 오라버니, 그렇게 속 안 좁다!"

삼룡의 외침에 동시에 콧방귀를 뀌는 백서연과 담초홍이었다.

"흥!"

백도왕(伯刀王) 지영춘, 그는 흑왕채 오천 산적들의 채주였다. 과거 그는 일천 병사를 지휘하는 천부장 출신 장군이었다. 하지만 같은 무관 출신인 송태조가 문관을 예우하고 무관를 무시하는 중문경무(重文輕武) 정책을 실시하자 이에 배신감을 느끼고 그를 따르는 병사 오백을 이끌고 산으로 들어와 흑왕채를 세우게 된 것이다.

그가 흑왕채를 세웠다는 소식이 전해지자 평소 송왕조의 정책에 위화감을 느껴온 하급 무관 출신들이 대거 탈영하여 그의 밑으로 들어왔다. 그 결과 산채가 나날이 발전하여 지금의 규모와 숫자가 된 것이다.

하지만 세월이 지나면 강산도 변하는 법, 백도왕은 예전 무관 출신의 기백보다는 녹림 산적의 성정에 가까워졌다. 예전에는 세금과 보호비란 명목으로 돈을 거둬들였지만 산채를 확장하면서부터는 살인과 약탈을 가리지 않았다.

그의 성정이 이처럼 포악해진 것은 그가 우연히 얻은 광천도법(光天刀法)을 익힌 이후였다. 게다가 도법(刀法)의 성취가 높아지면 높아질수록 점점 더 포악해졌다. 사실 이번 삼룡의 일만 해도 예전 같으면 그냥 넘어갈 일이었다.

먼저 무림 인사에게 자신의 자식이 먼저 실수를 한 것이었고, 인해전법이라는 병법까지 동원해 오천에 달하는 산적 모두를 동원할 필요는 없었던 것이다.

아무튼 그 백도왕 지영춘 채주가 흑왕채 산적들 중에서 정예 중에 정예라 할 수 있는 일백 명을 이끌고 삼룡을 쫓아오는 길이었다. 그리고 이들 일백 명 모두는 지영춘 채주에게서 직접 광천도법을 배운 산적들이었다.

정확히 백한 개의 월도(月刀)가 햇빛에 반짝이며 삼룡을 향해 달려들고 있었다. 제일 선두에서 텁석부리 수염을 날리며 산길을 평지처럼 달려오는 이는 바로 백도왕 지영춘 채주였다.

그는 십여 장 앞에서 삼룡이 목검을 들고 다가오는 것을 보

고 일단 수하들에게 멈추라 지시했다. 그리곤 호방하게 소리
쳤다.

"나는 백도왕 지영춘 채주다! 힘하게 죽기 싫다면 그 자리
에 무릎을 꿇어라!"

채주라는 소리에 삼룡이 급히 걸음을 멈추며 물었다.

"정말 당신이 혹왕채 채주님이시오?"

"그렇다, 이놈아! 내가 누군지 알았다면 어서 무릎을 꿇고
잘못을 빌어라! 그리하면 단칼에 죽여주마!"

백도왕의 호통에 삼룡이 활짝 웃으며 물었다.

"지영춘 채주님이 정말 당신이라는 겁니까?"

"그렇다!"

백도왕은 삼룡이 자꾸 채주님이라 불러서 조금 이상하다
싶었다. 호칭뿐만이 아니었다. 자신을 보고 반갑게 웃기까지
하니 이 때문에 조금 헷갈리는 백도왕이었다. 자신은 계속 죽
인다고 협박했는데 계속 웃어주는 놈이 세상 어디에 있겠는
가?

순간 삼룡이 기쁘게 외쳤다.

"채주님, 오래 기다렸소. 근데 좀 아플 거요. 배가 고파 힘
조절이 안 될 테니!"

병법에 의하면, 힘없는 병졸 백 명이 힘을 합치면 힘 센 장
수 하나를 이기는 것은 시간문제라고 했다.

천마신교 아귀궁 특급 살수 축귀(丑鬼)의 생각도 이 병법과 크게 다르지 않았다. 아무리 실력이 낮은 무사더라도 숫자만 많으면 일류고수나 절정고수와 싸우더라도 일방적으로 지는 일은 절대 없다고 여겼으니까.

그의 살수 경험에 의하면, 이급 살수 때 일류고수를 암습해서 죽일 수 있었다. 또 일급 살수 시절에는 절정이나 초절정 고수까지 죽일 수 있었다. 그래서 무공 차이는 있을 수 있어도 절대적인 차이는 없다고 여긴 것이다.

하지만 오늘 그 고정관념이 깨지기 시작했다.

일류고수는 아니지만 전술과 병법으로 무장한 백여 명의 고수가 불과 한 사람을 어쩌지 못하고 있었다. 게다가 몇몇은 일류를 넘어선 놈들도 있었다. 특히나 백도왕이란 놈은 살수인 자기가 보더라도 도법이 장난이 아닌 놈이었다.

그런데 그 백도왕이란 놈이 한심하게 연신 얻어맞으며 쫓겨 다니고 있었다. 바로 삼룡이란 놈한테 말이다. 그런데 더 웃긴 것은 그도 삼룡처럼 하면 이 흑왕채 산적 모두를 상대할 수 있을 것만 같다는 것이었다.

우선 삼룡은 광천도법을 살벌하게 구사하는 백도왕이란 놈에게 달려들었다. 축귀가 보기에는 이 방법이 가장 무모해 보였으나 나중에 생각해 보니 가장 현명한 방법이기도 했다.

어쨌든 삼룡이 접근하자 백도왕은 일도양단(一刀兩斷)의 기세로 월도를 휘둘렀다. 일핏 보기에도 일격에 실린 내력이

보통이 아니었다. 스치기만 해도 팔이 성큼 잘라질 정도로 광
맹했다. 하지만 삼룡이 살짝 신법을 흔들자 살기가 드높던 월
도가 살짝 비껴 나간 것이다.

그게 전부였다, 삼룡이란 놈이 위험해 보였던 것이 말이다.

삼룡은 자신의 목검으로 백도왕이 월도를 쥐고 있던 오른
팔을 한 대 갈겼다. 그가 월도를 내려친 다음이었으니 아주
대놓고 있었다고 해도 좋을 정도였다. 하지만 백도왕은 그리
걱정하는 눈치가 아니었다.

목검으로 쳐봤자 팔이 잘리지는 않을 것이라 여긴 것이다.
살을 내주고 뼈를 취하는 병법을 몸소 실천하기 위한 백도왕
의 심계(心計)였던 것이다. 하지만 결과는 전혀 달랐다.

퍼억!

둔탁한 소리와 함께 삼룡의 몽둥이 같은 목검이 정확하게
백도왕의 팔목과 팔꿈치 사이의 근육을 후려쳤다. 혈도를 공
격하는 것이 아니었다. 그냥 있는 힘껏 팔 근육을 후려친 것
이다.

순간 백도왕이 크게 당황했다. 갑자기 손에 힘이 들어가지
않아서 하마터면 월도를 놓칠 뻔한 것이다. 차라리 삼룡이 혈
도를 공격한 것이라면 반탄력에 의해 아무 피해도 주지 않았
을 것이다.

어찌 됐든 백도왕은 남은 왼손으로라도 삼룡을 상대하려
했다. 하지만 왼손에 월도가 쥐어지는 순간 삼룡의 팔꿈치가

그의 옆구리를 파고들었다. 백도왕이 목검에만 신경 쓴 나머지 삼룡의 팔꿈치가 파고드는 것을 보지 못한 것이다.

그다음 백도왕은 숨도 제대로 못 쉬었다. 옆구리를 맞았으니 그 충격에 허파가 잠시 멈춰진 것이었다. 이 공격도 혈도 공격이 아니라서 백도왕은 속수무책으로 당하기만 한 것이다.

문제는 삼룡이 공격이 계속될 것이라는 것이었다. 백도왕 자신은 월도조차 제대로 잡지 못했는데 말이다.

그래서 백도왕은 염치 불구하고 급히 몸을 뒤로 뺐다. 그렇게 하면 뒤따라온 자신의 수하들이 대신 싸워줄 테고, 자신은 다시 회복해서 마무리를 지으면 된다고 여긴 것이다. 하지만 삼룡이란 놈은 원래 한 놈만 패는 놈이란 걸 그가 간과한 것이 실수였다.

삼룡은 뒤따라오는 수하들의 공격엔 반격도 하지 않고 백도왕이란 놈의 뒤만 쫓은 것이다. 그때 축귀는 또 한 번 희한한 광경을 보고 말았다. 글쎄 백도왕이란 놈이 이렇게 외친 것이다.

"왜 나만 때려?! 다른 놈들도 있잖아!"

그러자 삼룡이란 놈이 이렇게 답했다.

"몰랐냐? 난 한 놈만 패!"

아무리 흑왕채 산적들이 살기등등하면 뭐 하겠는가? 자신들의 채주가 채신머리없이 자신만 팬다고 도망만 다니는데.

한 시진 후,

삼룡이 집요하게 한 놈만 팬 끝에 백도왕은 도망치기를 포기하고 자신의 수하들까지 모조리 무릎 꿇리게 한 후 자신도 무릎 꿇었다.

여기까지 본 축귀의 심정은 이랬다.

"저 정도는 나도 할 수 있는데. 백도왕, 저 등신 같은 놈, 지금까지 명성도 순 사기 아니야?"

*   *   *

귀주의 천마신교, 아니, 이제는 혈교(血敎)의 총단인 그곳은 하루하루가 바쁘게 돌아가고 있었다. 천마전이 완전히 소실(燒失)되기까지 삼 일이 지난 후 다시 완전히 치우는 데 십여 일이 넘게 걸렸고, 주춧돌과 기본 골격이 올라가는 데만 한 달이라는 시간이 흘러가 버렸다.

그사이 능운비는 천리마군 독고천과 마불 황일비에게 전권을 주어 이전 천마신교의 편제를 혈교의 편제로 바꾸고 장로 다섯을 새로 뽑아 친위 세력을 다시 조정하고 배치했다.

원래 천마신교의 규모와 조직이 엄청나게 큰 탓에 총단을 정비하는 데만 한 달이 넘게 지나 버린 것이다.

천리마군 독고천은 총단 정비가 완료되기 칠 일 전에 전서

구를 띄워 능운비에게 소식을 전했고, 점창파에 머물던 능운비가 오늘 귀주 총단으로 방문하게 되어 있었다.

능운비는 총단에 도착하자마자 그간 있었던 일을 보고받음과 동시에 전체 장로와 원로들을 모아놓고 선포식을 가졌다. 그 자리에서 능운비는 천마신교와 혈교가 모두 하나의 뿌리에서 시작되었다는 것을 원로들의 입을 통해 선포하게 했다.

그리고 그가 과거 이십 년 전 혈교가 멸문된 것이 아니라 강호 곳곳에 숨어들어서 현재의 마교 세력보다 더 넓게 퍼져 있음을 밝히자 과거 천마신교 원로들은 이를 믿으려 하지 않았다. 하지만 능운비가 점창파 전체 문도가 혈교에 의해 이십 년 전에 장악되었다고 말하자 원로들의 여론도 급격히 기울었다.

장로 회의가 끝나자마자 능운비는 천리마군 독고천과 마불 황일비를 따로 불러 지시를 내렸다.

"지금까지 총단을 정비하느라 각 지역 분타는 내버려 두었으나 이제부터 마불 장로는 귀주 근처에 있는 분타부터 차례로 흡수하도록 하시오. 조금이라도 저항할 것 같으면 총단 전력을 이끌고 가서 단 한 사람도 남김없이 처리하시오."

"예, 존주님! 그리하겠습니다."

마불 황일비가 지시를 받고 나가자 이번엔 천리마군에게 인명 장부 다섯 권을 건네며 지시를 내렸다.

　"독고 장로는 이 장부를 가지고 그동안 강호에 은밀히 스며들어 연락이 끊긴 혈교 세력을 마영대의 정보력을 이용해 규합하도록 하시오."

　능운비가 건넨 인명 장부를 슬쩍 확인해 본 독고천은 방대하고 세세하게 침투해 있는 혈교 세력에 눈이 휘둥그레졌다.

　"이것만 있으면 무림맹을 뿌리째 흔들 수 있습니다, 존주님! 제게 맡겨만 주십시오."

　독고천이 인명 장부를 받아 들고 나가려 하자 능운비가 그를 잡고 한 가지를 따져 물었다.

　"독고 장로, 청성파의 곡원이 혈향시독에서 완전히 해독되었다는 소문은 무엇이오? 설마 사천당가에서 혈향시독을 해독해 냈다는 것입니까?"

　"존주님, 그것은……."

　지금까지 당당했던 모습과는 달리 그의 표정은 점점 굳어지고 있었다.

　"흠, 독고 장로가 청성과 사천당가에 동시에 타격을 입힐 수 있다고 제안한 계획인데, 그것이 모두 수포로 돌아간 것이오?"

　"죄송합니다, 존주님! 그들이 이렇게 빨리 혈향시독을 해독해 낼 줄은 몰랐습니다. 정보력을 동원해 보니 이번에 혈향시독을 해독한 이는 개소문 삼룡이라는 자의 소행이었습니다. 인마대제 여손과 함께 다니던 놈 말입니다."

독고천의 보고에 능운비의 눈매가 가늘어졌다.

"삼풍대협으로 소문난 그 삼룡이란 자가 해독을 했다는 말을 내가 믿으라는 것이오, 독고 장로!"

"아직 확실한 것은 아닙니다. 하지만 당가의 태상 가주가 무형심결을 터득했다는 보고로 짐작해 보면, 삼룡이란 자가 해독한 것이 아니라 태상 가주가 손을 쓴 것 같습니다."

"흠, 그것도 아직 확실한 것은 아니로군. 그래서 어찌 처리되었소? 혈향시독은 아직도 요긴하게 써야 하는데, 벌써 해독 방법이 돌아다니면 곤란합니다."

"일단 살수 몇을 보내 조용히 처리하라 했습니다. 지금쯤 하남 지방을 지날 것이니 곧 살수들과 조우할 것입니다."

"이번에는 실망시키지 않길 바라오, 독고 장로!"

천리마군 독고천은 천마전이 소실된 이후로 이렇듯 식은 땀을 흘린 적이 없었다.

*　　　*　　　*

낙양에서 이십여 리 떨어진 곳에 위치한 고찰(古刹) 백마사(白馬寺), 이곳에는 몇 달 전부터 돈 많은 한 귀객(貴客)이 머물고 있었다.

그는 백마사에 오자마자 황금 열 관을 대뜸 시주하더니 칠일이 지나자 조금 더 머물겠다며 비단 백 필을 시주했다. 아무리 백마사가 귀족들과 부자들이 많이 사는 낙양과 지척 거리에 있다 하더라도 이만큼 많은 황금과 비단을 단시일에 시주한 사람은 지금까지 단 한 사람도 없었다.

이 때문에 백마사 대부분 승려들은 이 귀객과 친해지기를 원했다. 하지만 그는 혼자 있기를 간절히 원했다. 그래서 백마사 주지는 그에게 대웅전을 아예 통째로 내주고는 원하는 만큼 머물다 가라고 했다.

하지만 그는 백마사에 딸린 조그만 암자 하나를 원한다고 조심스레 의사를 밝혔다.

이를 백마사 주지가 흔쾌히 허락하자 그는 고맙다며 은자 삼천 냥짜리 전표를 통째로 건넸다. 대신 이번엔 조건이 하나 따라붙었다. 자신이 암자에 머무는 동안 어느 누구도 암자에 접근해서는 안 된다는 조건이었다. 게다가 이를 지키지 않을 경우에는 지금까지 시주한 것을 모두 돌려받겠다는 각서까지 주지가 써야 한다고 요구한 것이다.

하지만 이를 백마사 주지가 거부할 리가 없었다. 암자 하나 포기하는 셈 치면 은자 삼천 냥이 거저 생기는데 각서를 쓰지 않을 리가 없었다.

백마사 주지는 그 귀객에게 각서를 써주고, 혹시나 승려들이 암자에 접근할까 봐 아예 암자 주변 지역을 금역(禁域)으로 지정하고, 입구를 지키는 승려를 두어 돌아가며 번을 서게 만들었다.

그리고 한 달 전쯤부터 귀객 혼자 쓰는 암자에 다른 한 사람이 더 머물고 있었다. 물론 이 암자를 출입하지 못하는 백마사 승려들은 전혀 눈치 채지 못했다. 오직 이 암자 하나만을 위해 시주한 귀객만이 그의 존재를 알 뿐이었다.

석양이 암자를 비추자 흑단처럼 검은 머리를 늘어뜨린 삼십대 중반의 남자가 암자 밖으로 모습을 드러냈다. 그는 자색 비단옷을 입고 있었는데, 뒷모습이 흡사 여인처럼 가냘파 보였다.

하지만 누가 짐작이라도 하겠는가, 이 가냘프게 생긴 중년 남자가 강호에 악명이 자자한 인마대제(人魔大帝) 혁영화라는 것을. 그것도 불에 타지 않고 사지육신 멀쩡한 천마신교의 교주임을 말이다.

인마대제는 천마전에 있을 때와는 달리 아주 편안하고 온화한 표정이었다. 그는 뒷짐을 진 채로 저물어가는 석양을 감상하고 다시 달이 차오를 때까지 명상을 하다가 다시 암자로 들어가는 단조로운 생활을 한 달째 하고 있었다.

명상을 마친 인마대제가 암자로 들어가자 뜻밖에 인물이 안에서 기다리고 있었다.

"적마(赤魔), 왔느냐?"

"예, 교주님!"

적마가 '교주님'이라고 하자 인마대제는 조용히 고개를 흔들었다.

"그래, 아직 서연이가 기억을 회복하지 못하였더냐?"

"예, 교주님. 하지만 여손께서 스스로 소청비급의 비밀을 풀어냈습니다. 조금만 더 있으면 태청검보의 극의(極意)에 접근할 것 같습니다."

"오호, 기억을 잃은 상태에서 말이냐?"

적마가 고개를 깊숙이 숙이자 인마대제는 크게 기뻐했다.

"하하하, 그 아이가 태청검보를 익히면 이제 네가 서연이를 대신에 뇌음사 땡중들을 유인할 필요가 없겠구나! 그동안 수고 많았다."

"저보다 환영비마대 녀석들이 고생을 많이 했습니다. 뇌음사 대뢰승들의 신법이 워낙 빠르지 않습니까? 수중에 가지고 있던 천마내력단을 거진 소진하고도 탈진한 녀석들이 한 둘이 아닙니다."

"후후, 그 녀석들에게 휴가라도 줘야겠군. 축귀, 그 녀석은 아직도 삼룡이 녀석을 쫓아다니며 귀찮게 하느냐?"

"예, 교주님. 삼룡 소협이 극구 싫다는데도 제자로 받아달라고 떼를 쓰고 있습니다."

"그래도 삼룡이 그 녀석이 축귀를 쫓아내지 않는 걸 보니 다행이로구나!"

"기대 이상인 아이입니다, 교주님. 시험할 때는 몰랐지만 눈치도 빠르고, 적당한 핑곗거리를 잘 찾아서 여손의 안전을 책임지고 있습니다."

"모두 적마, 네가 평소에 사람을 잘 봐둔 덕이 아니겠느냐?"

"황송할 따름입니다, 교주님. 그런데 문제가 하나 생겼습니다."

인마대제가 고개를 기울였다.

"여손께서 삼룡 소협에게 점차 마음을 열고 있습니다. 이러다 교주님께서 손녀사위를 보실지도……."

"그 아이가 날 닮아 눈이 좀 높을 줄 알았더니, 지 에미를 닮은 게야. 왜 그리 눈이 낮은 건지. 그보다 아미신녀의 제자는 어찌 되었느냐? 저번에 몸 상태가 좋지 않다고 하질 않았느냐?"

"아마 때가 되지 않았나 싶습니다. 아미신녀님이 안 계시니 이번에 혈맥을 뚫지 못하면 힘들 것입니다."

"어허, 마공(魔功)을 익힌 내가 뚫어줄 수도 없는 노릇이고, 역시 그 아이도 천운에 따라 운명이 결정되겠구나."

"삼룡 소협이 시기가 임박했다는 것을 아는 데도 서두르지 않는 걸 보니 이미 방법을 찾은 것 같기도 합니다. 워낙 종잡을 수 없는 인물인 것이 흠인 사람입니다."

"그래도 그 녀석은 나한테 고마운 놈이다. 그놈 덕분에 시간도 벌 수 있었고, 감시하는 시선을 분산시킬 수 있었다. 아마 천강혈마, 그놈은 혈향시독이 해독된 바람에 지금 고민이 많을 것이다. 다시 계획을 미룰 수도 없을 게 아니더냐? 하하하!"

"저도 그 생각을 하면 절로 웃음이 나옵니다, 교주님!"

인마대제와 적마는 궁궐 크기의 천마전에서는 비밀을 지키느라 서로 전음을 주고받았지만 좁디좁은 이 암자에서는 크게 떠들어가며 편하게 대화하고 있었다.

*　　*　　*

한 달여 동안 삼룡 일행은 사천 동북부 산악 지대를 거쳐 섬서를 지나 하남 동북부까지 이동해서 황하를 따라 배를 타고 산동으로 가고 있었다.

물론 지금까지의 여비는 축귀가 전담하다시피 한 결과로 이처럼 빨리 산동 부근까지 근접한 것이었다. 돈 없는 삼룡의 방법대로 왔다가는 아직도 섬서 지역도 못 벗어날 가능성이 팔 할 이상이었다.

삼룡 일행이 타고 있는 강선(江船)은 말이 강선이지 큰 파도에 견딜 수 있는 해선(解船) 크기의 배였다. 원래 황하라는 곳이 물만 탁한 것이 아니라 강폭이 넓고 물살이 파도처럼 휘몰아치기 때문에 웬만한 배로는 황하를 오르내릴 수 없었다. 게다가 가끔 거친 바람이 불면 싯누런 대형 파도가 작은 배를 집어삼키는 일이 비일비재했다.

그래서 황하를 오가는 상인들은 아예 바다에서 사용하는

큰 배를 가져다가 황하를 오르내렸던 것이다.

삼룡은 하남에서 이 강선에 오르고 난 후부터 줄곧 선상에서 잠만 처자고 있었다. 지금까지 너무 고단한 여정을 했으니 실컷 자야겠다고 선언한 뒤로 말이다. 게다가 백서연도 선실에서 무엇을 하는지 도통 나올 생각을 하지 않았다. 오히려 병색이 깃든 담초홍과 삼룡을 사부로 모시려는 축귀만이 부지런히 강선을 돌아다닐 뿐이었다.

선상에는 삼룡이 따뜻한 햇볕을 받아가며 낮잠을 청하고 있었다. 조금 있다 보니 얼굴이 몰라보게 창백해진 담초홍과 얼굴에 큼지막한 상처를 아로새긴 축귀가 오늘 경치가 더 멋있다는 둥, 바람이 시원하다는 둥 떠들어가며 삼룡 앞을 알짱거렸다.

이들이 진짜 주변 경치를 보면서 한 얘기라면 그럴 수도 있겠다 싶겠지만, 정작 이들이 보고 있는 곳은 주변 경관이 아니라 삼룡의 뒤통수였다. 즉, 축귀와 담초홍은 그만 일어나라고 시위를 한 것이다.

그럼에도 삼룡은 죽은 시체처럼 누워서 일어날 생각을 하지 않았다. 오죽하면 강선의 선주인 상인들이 삼룡이 앞을 지나다닐 때마다 고개를 절레절레 흔들 정도겠는가? 하지만 삼룡은 나름대로 생각 중이었다.

문제는 조금 이기적이라는 데에 있었지만.

'초홍이의 혈맥을 뚫긴 뚫어줘야 하는데, 아직 때가 아니야. 어차피 귀찮은 일이니 나중에 하자. 축귀는 알짱거리지 못하게 도법(刀法)이나 하나 만들어서 가르쳐 줄까? 하지만 그건 더 귀찮아. 그 녀석은 대충 만들어 가르쳐 주면 무지 화낼 거란 말이지. 그럼 그것도 나중에. 서연이가 선실에서 나올 때가 되긴 됐는데? 그럼 서연이가 나올 때까지만 기다리자. 그냥 눈만 감고 기다리는 거야, 눈만 감고……'

오늘도 이런 생각으로 삼룡은 선상에서 잠을 청하고 있었다. 개소문에 있을 때처럼 밥도 안 먹어가면서 말이다.

물론 축귀나 담초홍의 생각은 조금 달랐다. 축귀는 삼룡이 실연당해서 잠만 자는 거라고 했고, 초홍이는 삼룡이 자신의 혈도를 뚫을 방법을 찾지 못해 고민하는 것이라 주장했다. 급기야 둘은 내기를 했고, 시도 때도 없이 이를 확인하느라 왔다리 갔다리 한 것이다.

조그만 선실에 홀로 앉은 백서연은 태청검보 합과 소청비급 합, 그리고 아무것도 써져 있지 않은 합을 들고 멍하니 앉아 있었다. 그녀는 더 이상 합에 대한 비밀을 풀지 않아도 되었다. 이미 한 시진 전쯤에 모두 풀어버렸으니까.

게다가 그녀는 태청검보 합 속에 숨겨진 쌀알 크기의 극양뇌음단을 열 개나 찾아냈다. 그리고 희미하지만 어렴풋이 떠오르는 기억의 한자락을 잡아낸 상태였다. 그 기억이 없었다면 극양뇌음단을 찾지 못했을 테니 말이다.

그녀가 한 시진째 갈등하고 있었던 건 바로 극양뇌음단 때문이었다. 그녀는 그것을 손에 쥐고 갈등하고 있었다.

'내 기억을 잃어버린 이유를 이제야 알았어. 그건 바로 외부 충격에 의한 것이 아니라 내가 가지고 있던 극양뇌음단의 부작용 때문이었어. 나는 그런 위험을 알면서도 감수했어. 왜였을까? 내가 대체 왜?'

백서연은 극양뇌음단을 올려놓은 손바닥을 오므리며 눈을 감았다. 그러면서 손을 입으로 천천히 가져갔다.

'어쨌든 소청비급에 적힌 대로라면 이 극양뇌음단을 다시 먹었을 때, 나는 잠깐 동안 기억이 되돌릴 수 있어. 그때를 맞춰 극양뇌음단을 모조리 흡수하면 완전히 기억이 돌아올 수 있어. 하지만 그렇지 않다면 또 부작용 때문에 모든 기억을 잃을 수 있어. 다시 처음부터 시작이라구! 하지만 그렇다고 해도 내겐 삼룡 오라버니가 있잖아. 내가 기억이 없어도 날 여전히 아껴줄 거야. 초홍이도 그렇고!'

이윽고 결심을 했는지 백서연은 주저없이 열 개의 극양뇌음단을 모두 삼켰다. 그러자 그녀의 몸이 순식간에 달아올랐다.

예전에 주화입마에 빠져 폭포에 몸을 던지기 전처럼 말이다. 하지만 그때와는 달랐다. 어느새 그녀 옆에 있던 금선혈와라는 놈이 재빨리 그녀의 얼굴에 독무를 뿌린 것이다.

그러자 안개가 밀려드는 것처럼 붉은 독무가 백서연의 얼굴로 쏟아졌다. 그러자 놀랍게도 백서연의 얼굴빛과 피부 빛이 제 상태로 돌아오는 것이었다.

이때를 기다려 백서연은 정좌를 하더니 운기조식하여 기운을 충돌시켰다. 자신의 몸속에 잠재되어 있는 극양되음단의 기운과 이번에 새로 섭취한 극양뇌음단의 기운을 말이다.

쿵!

그녀의 머릿속에 한줄기 뇌전(雷電)이 번쩍였다. 그와 동시에 그녀의 과거 기억이 번개처럼 스치고 지나쳤다.

'시산노호, 인마대제 혁영화, 태청검보, 금선혈와, 도귀삼협, 능운비, 천보, 독각화선……. 아미신녀, 그리고 삼룡이!'

삼룡이의 이름을 떠올린 순간 백서연의 머릿속은 섬광처럼 과거의 기억이 꿰어 맞춰졌다. 그동안 그렇게 기억하려고 해도 안 됐던 기억들이 말이다.

'날 골탕 먹이고 능욕한 그 자식!'

"우욱~!"

순간 기혈이 뒤틀린 백서연은 주화입마 위기에 빠졌다. 자칫 잘못했다가는 기억이 되돌아오는 것이 문제가 아니라 반신불구나 영원히 일어나지 못할 가능성이 농후했다. 그 순간 그녀의 머릿속에 떠오르는 단어가 있었다.

'어머니! 어머니의 복수. 그래, 난 어머니의 복수를 해야 돼!'

순간 뒤틀리며 진탕되려던 기혈을 백서연이 진기로 눌러버렸다. 소청비급을 익힌 그녀는 마치 자신의 마음까지 다룰

수 있다는 자신감이 들었다. 이어 그녀의 몸에서 여러 줄기의
붉은 연무가 피어오르기 시작했다.

　‘됐어. 드디어 극양뇌음단이 내 것이 되기 시작했어. 이제
조금만 더 하면 돼.’

　선상 위에서 잠을 자던 삼룡은 섬뜩한 느낌과 동시에 눈을
번쩍 떴다.

　‘뭐였지? 방금 살기(殺氣)가 느껴졌는데?’

　삼룡이 급히 뱃전을 살폈지만 별다른 점은 발견하지 못했
다. 오히려 해가 기우는 뱃전이 평화로워 보이기만 했다.

　‘누군가 일부러 살기를 드러내서 경고한 것 같았는데?’

　삼룡이 막 일어나려는 순간, 축귀가 선실에서 뛰쳐나와서
주위를 두리번거렸다. 그 또한 뭔가를 느껴서 나온 것이다.
게다가 그는 꽤 놀란 표정이었다. 특급 살수인 그를 놀라게
할 정도의 살기라면 심상치 않은 일이 분명했다.

　하지만 삼룡은 이를 심각하게 받아들이지 않았다. 오히려
축귀가 나온 것을 핑계 삼아 일어날 생각을 접은 그였다.

　‘자기 입으로 특급 살수라고 자랑했으니까, 나까지 일어날
필요는 없겠지? 저 녀석 있으니까 편한 점도 있네.’

　그사이 축귀는 초조한 기색으로 선상을 이리저리 돌아다
녔다. 이를 보면서 삼룡은 긍정적으로 생각했다.

　‘에이, 별일이야 있겠어? 여긴 강 한복판인데.’

삼룡의 생각대로 강 한복판에서는 아무 일도 벌어지지 않았다. 갈대가 지천으로 깔린 강어귀로 가기 전까지는 말이다.

쿠웅!

황하 물줄기가 한차례 뱃전을 때리자 강선 바닥이 뒤틀리며 신음을 토해냈다.

인근에서 강줄기가 합쳐져, 물살이 빨라지고 거칠어진 탓이었다. 그 바람에 쉬고 있던 선원들이 바빠졌다. 선상에 쌓아놓은 화물이 강에 빠지지 않도록 밧줄로 고정시키고, 돛의 방향을 바꾸느라 정신이 없었다.

그래도 물길이 잠잠해질 기미가 보이지 않자 선장은 잔잔한 강어귀로 방향을 틀었다. 그곳에는 사람 키보다 더 웃자라 있는 갈대가 지천으로 깔려 있었다.

선장의 생각대로 갈대숲이 있는 강어귀 쪽으로 방향을 틀자 배가 요동치는 횟수가 눈에 띄게 줄어들었다. 하지만 문제는 이제부터 시작되었다.

삼룡이 타고 있는 강선이 갈대숲에 도달한 지 얼마 되지 않아, 길쭉하고 날렵하게 생긴 소형 강선 두 척이 삼룡이 타고 있는 배로 접근해 왔다. 한데 이상한 점이 있었다. 바로 노 젓는 뱃사공이 하나도 보이지 않는다는 것이다.

두 척 모두 뱃고물에 장정 열댓 명 정도가 서로 마주 보고 앉아 있었는데, 유독 노를 젓는 사공은 어디에도 찾을 수 없었다. 돛도 달리지 않는 소형 강선이었으니 움직임에 제한이 있을 텐데도 말이다.

축귀는 사공도 없이 움직이는 이 배들을 계속 주시하고 있었다. 만일의 사태를 대비해 환두도까지 뽑아 든 채로 말이다.

쿵, 쿵!

마침내 소형 강선들이 배 옆구리에 부딪치자 축귀는 가장 가까운 곳에 있는 강선으로 뛰어내렸다.

강선에 타고 있는 이들은 모두 수적(水賊)이었다. 하지만 그들 모두 축귀에게 칼을 들이대지 않았다. 왜냐하면 그들 모두 앉아 있는 상태로 죽어 있었기 때문이다. 게다가 사인도 모두 같았다.

이마 정중앙에 세로 방향으로 새겨진 조그만 검 자국 하나였다. 그 배에 타고 있는 수적들 모두가 말이다.

'나와 같은 특급 살수의 솜씨다!'

축귀는 재빨리 경공을 전개해 다른 강선에 올라탔다. 역시나 그 강선에 타고 있던 수적들 모두 이마에 상처를 입고 숨을 거둔 상태였다.

'모두 반항할 생각도 못하고 죽었어. 옆 사람이 죽어가는데도 몰랐다면, 이건 천마신교 살수들의 짓이다.'

축귀는 재빨리 원래 강선으로 돌아오려 몸을 돌렸다. 하지만 그 순간 축귀를 향해 강철표창과 수리전이 연이어서 날아들었다.

쉐에에엑!

특급 살수 출신인 축귀는 예성(銳聲)이 들리자마자 소리가 들린 반대 방향으로 경공을 전개했다. 그러자 강철 표창과 수리전 수십 개가 축귀가 움직이는 방향을 따라 길게 열을 지어 박히는 것이었다.

안 그래도 바닥이 얇은 강선에 크고 단단한 암기 수십 개가 틀어박히자 여기저기에서 물줄기가 솟아올랐다. 그 때문에 강선 밑바닥은 온통 황톳물 천지였다.

배에 물이 차면 그 배는 당연히 속도가 줄어들 수밖에 없다. 특히나 조그만 배의 경우는 그 차이가 심했다. 그 때문에 축귀가 원래 타고 있던 배와는 점점 거리가 벌어질 수밖에 없었다. 조금만 더 지체하면 경공을 전개해서 돌아가지 못할 만큼 말이다.

축귀는 주저없이 경공을 전개해 되돌아가려고 했다. 하지만 그 순간,

쉐에엑!

다시 날카로운 예성(銳聲)이 들리며 강철 표창 한 개가 축귀의 앞을 가로막았다. 이어 그의 귀로 전음이 들렸다.

"선배, 옛 동료로서 이번이 마지막 경고입니다. 아귀궁(餓鬼宮) 살수 모두가 출동했으니 이쯤에서 단념하시길."

전음을 듣는 순간 축귀의 눈빛이 흔들렸다. 전음으로 들린 목소리는 그가 가장 잘 아는 살수의 목소리였다.

‘이 목소리는 신귀! 아귀궁 모두가 출동했다면 삼룡 사부
와 서연 아가씨가 위험해!’

축귀가 머뭇거리는 사이에 삼룡이 타고 있는 배는 점점 멀
어지고 있었다. 경공으로 다다를 수 없을 만큼.

삼룡은 여전히 누워 있었다. 접근하는 소형 강선에 축귀가
뛰어내린 것을 봤음에도 말이다.

‘축귀가 알아서 하겠지. 괜히 특급 살수가 아닐 거야. 지난
번에 내가 흑왕채 녀석들을 대신 혼내준 것도 있잖아. 그럼,
그럼!’

여전히 삼룡은 천하태평이었다. 그가 이렇듯 태평인 이유
는 축귀라는 마교 출신 살수를 무조건 믿었기 때문이다.

반면 게으른 삼룡을 지켜보는 아귀궁의 특급 살수들은 기
가 찰 지경이었다. 축귀를 따돌릴 정도로 치밀한 계획을 세워
접근했는데, 이 삼룡이란 놈은 무신경한 것을 떠나 아예 일어
날 생각조차 하지 않았다.

적어도 살기를 느낄 수 있는 무인이라면 의당 일어서서 칼
을 뽑든지, 아니면 몸을 숨기는 것이 정상이었다. 그런데 이
놈은 눈동자만 이리저리 굴린 것이 전부였다. 그마저도 귀찮
았는지 눈을 감고 아예 코까지 골아가며 자는 것이 아닌가!

스슷, 스슷, 스슷.

삼룡이 자는 탓에 은형술(隱形術)을 펼칠 필요도 없어진 아

귀궁의 살수들이 일제히 강선 위에 모습을 드러냈다.

이런 생각으로 말이다.

'이 자식, 우리를 무시해?'

선상에서 일을 하고 있던 선원들은 살수들을 발견하고 일제히 손으로 입을 막았다.

자칫 잘못해서 비명이라도 질렀다가는 그들 모두 저세상 사람이 될 것이라는 생각에서 말이다.

아귀궁의 열한 명 살수는 독특하게 생긴 기문 병기를 하나씩 들고 있었다. 짧은 단검에서부터, 작살같이 생긴 창, 휘어진 도, 곧게 솟은 검까지 모두 일격에 생명줄을 끊어놓을 수 있는 무기들을 들고 있었다.

그중에 신귀라는 특급 살수는 비교적 평범한 검을 들고 있었다. 하지만 체구가 작아 금방 눈에 띄었다. 오 척이 간신히 넘었으니 어린아이라고 생각해도 될 정도였다.

바로 그가 현 아귀궁 살수 서열 일위였다. 하지만 그만큼 자존심도 강했다. 그도 축귀처럼 단 한 차례도 임무에 실패한 적 없는 특급 살수였다.

그의 검 아래 죽어간 무림 인사들 중에서도 그에게 살려달라고 무릎 꿇은 이들이 한둘이 아니었다. 그들 대부분이 위명이 쟁쟁했음에도 말이다. 하지만 이처럼 배를 드러내며 '마음대로 하세요' 라고 하는 놈은 생전 처음이었다.

이급이나 일급 살수는 당하는 사람이 전혀 눈치 채지 못하게 죽이는 것이 최상의 암살 수법이었다. 하지만 특급 살수는 정반대였다. 미리 눈치를 채고 갖가지 준비를 하더라도 결국 살수의 손에 죽게 되는 것이 최상의 암살 수법이었다.

문제는 지금 삼룡의 행동이 특급 살수들의 자존심을 심하게 훼손하고 있다는 것이었다. 도망치거나 도움을 요청해도 시원찮을 판에 오히려 찔러볼 테면 찔러보라는 식으로 나오니 말이다.

이대로 자고 있는 삼룡을 죽이는 것은 지금까지 특급 살수라 자부한 그들의 자존심이 허락하는 일이었다.

현 특급 살수 서열 일위 신귀가 제일 막내인 해귀(亥鬼)에게 명령했다.

"해귀야, 저 자식 깨워라!"

그러자 삼지창 형태의 무기를 든 건장한 살수 하나가 삼룡에게 다가가 발로 툭툭 건드렸다. 하지만 언제 삼룡이 건드린다고 일어나던가? 삼룡은 해귀의 발을 피해 몇 바퀴 몸을 굴려 움직일 뿐이었다. 게다가 잠꼬대까지.

"서연아, 오라버니다. 이리 오렴!"

일순간 열한 명의 특급 살수의 얼굴이 경직되었다.

『허허실실』 제4권에 계속…

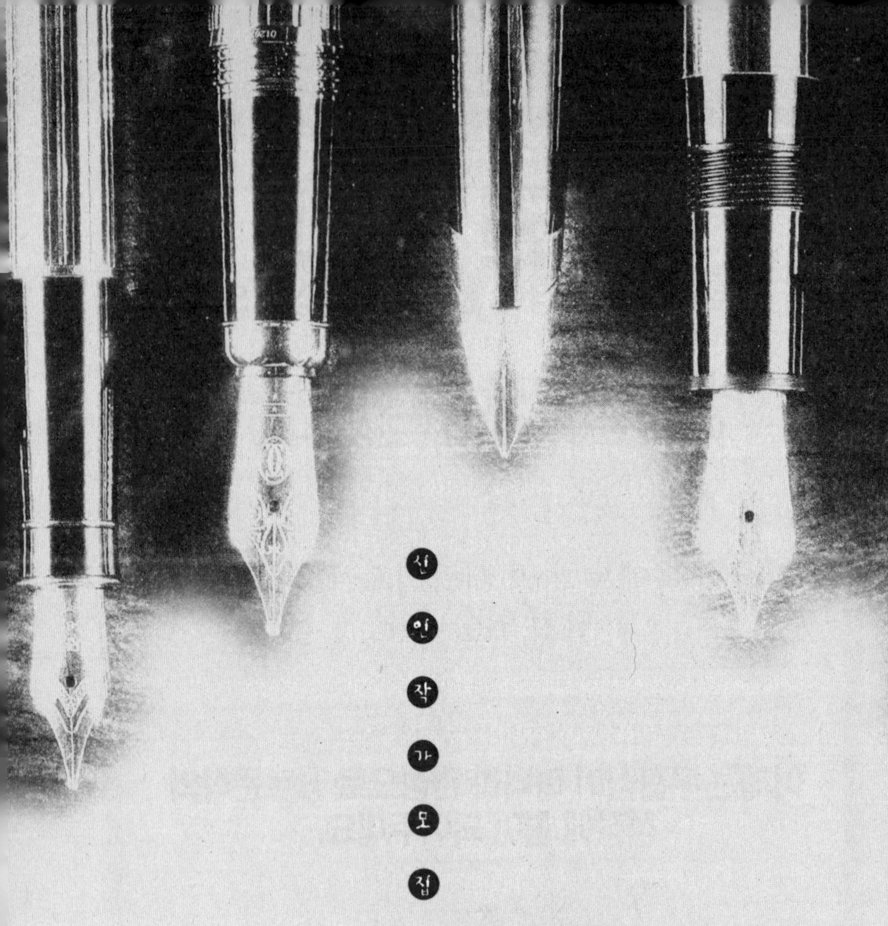

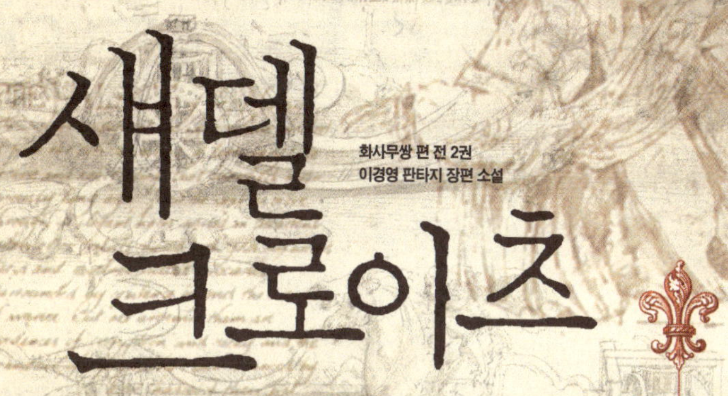

섀델
크로이츠

화사무쌍 편 전 2권
이경영 판타지 장편 소설

『가즈나이트』의 명성과 신화를 넘어설
이경영의 판타지의 새로운 상상력!

자신만의 독특한 세계관을 창조한 작가
이경영의 새로운 도전과 신선한 충격.

바란투로스의 특수부대 섀델 크로이츠의 리더 파렌 콘스탄.
야만족을 돕는 안개술사를 물리치기 위해 아시엔 대륙에서 온
불을 뿜는 요괴 소녀 카샤.
너무나 다른 두 사람이 운명의 길에서 만나다.
친구란 이름으로 시작된 모험, 그 앞에 놓인 난관과 운명의 끈은
어떻게 될 것인지……

"질투가 날 만도 하지.
요괴가 산신령을 엄마로 두는 건 흔한 일이 아니거든.
괜찮다, 파렌. 본좌가 아는 요괴들 전부 본좌를 질투하고 부러워하니까."
소녀는 손에 잔뜩 받은 빗물을 훌짝 마셨다.
파렌은 그 순수함에 웃음을 흘렸다.
그는 지금까지 자신이 봤던 그녀의 기이한 행동들을 어렴풋이나마 이해할 수 있을 것 같았다.
그렇게 친구가 된 둘은 그 길로 긴 여행을 떠나게 된다.

본문 중에-

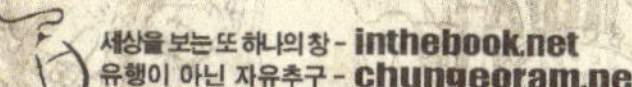
세상을 보는 또 하나의 창 - inthebook.net
유행이 아닌 자유추구 - chungeoram.net

Book Publishing CHUNGEORAM

10대들을 위한 나침반 같은 인생 교과서!
사회 초입에 들어서게 될 청소년들에게 들려주는
100가지 인생 이야기

내 인생의 방향잡기!
여행길에 오르기 전에 접해보자!

100가지 이야기, 100가지 명언

사람은 태어나면서부터 각기 다른 모습으로, 각기 다른 사고로 "인생" 이라는
여행길에 오르게 된다. 내가 지금 서 있는 이 위치에서 그리고 사회라는 공간에서
한 사람의 몫을 당당하게 해낼 수 있는 역량을 키워나가기 위해서는 어떠한 생각을
가지고 있어야 하는 걸까.

늦지 않게 준비하자! 스스로의 마음가짐이 자신의 미래를 결정한다!

설레는 마음으로 떠난 길일지라도 기존에 생각하고 있던 것과는 다르게 흘러가는
사회의 모습에 당혹스럽기도 할 것이다.
그러한 곳에 발을 들여놓기 위해 첫 발걸음을 막 뗀 청소년이라면 학교에서는
미처 배우지 못한 상황에 더욱이 큰 혼란스러움을 느낄 수밖에 없다.
시간이 흐를수록 사회가 한 인간에게 요구하는 것은 다양하고 세밀해지고 있다.
그러한 사회 속에서 자신만이 앞으로 나아가지 못해 제자리걸음을 하게 된다면 어떠할까.
미리 대비를 하지 않는다면 당신 역시 그러한 현상에 빠지는 또 한 명의 사람이 되고 말 것이다.

책장을 넘기는 순간, 책과 당신의 공감대가 형성된다!

적응을 위해 도움이 될 만한
인생의 지혜와 경험, 깨달음이 한가득 담겨있다.
그 속에 담긴 100가지 이야기 그리고 그와 관련된 100가지의 명언은
가슴 깊이 새겨 놓고 되뇌여 보기에 충분하다.

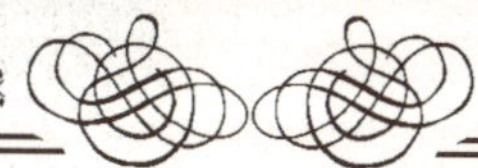

공부하는 감각의 차이가 자녀의 미래를 결정한다.
이 시대가 필요로 하는 명품 인재 만들기!

Luxury Study habit

올바른 습관이 명품 자녀를 만든다

명품 공부습관 87가지

저자 : 친위
역자 : 오혜령

❖ 똑소리 나는 부모의 똑소리 나는 자녀 교육법!

어린 시절의 습관은 평생을 결정한다.
제대로 바로잡지 못한 나쁜 습관은 자녀의 미래에 검은 그림자를 드리울 수도 있다.
대부분의 부모들은 아이의 잘못된 습관을 발견하면 언성을 높이는 경향이 있다.
하지만 그것이 문제 해결의 방법이 아님을 당신은 이미 알고 있을 것이다.
지금 당신은 적절한 대안을 찾지 못해 힘겨워 하고 있지는 않은가.
내 아이가 명품 인생으로 살아가길 희망하는 부모라면 이 책에 귀를 기울여 보자.

❖ 내 아이가 세상의 중심에 우뚝 설 수 있게 하는 방법!

이 책은 잘못된 공부습관과 대인관계 형성 등의 문제 등을
87가지 이야기를 통해 알아보고 그에 걸맞는 올바른 해결책을 제시해주고 있다.
이 한 권의 책을 통해 똑소리 나는 부모가 되어보자.
그리고 내 아이가 최고의 명품으로 거듭날 수 있도록 노력해보자.
이 책은 분명 당신에게 꼭 맞는 효과적인 자녀교육서가 될 것이다.

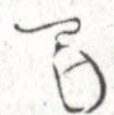

세상을 보는 또 하나의 창 - inthebook.net
유행이 아닌 자유추구 - chungeoram.net

Book Publishing CHUNGEORAM

Rhapsody Of Cardinal

카디날 랩소디

송현우 판타지 장편 소설

놀라운 경험(the enormous experience)!

He created a completely new world.
It is a place who have never known and where never been able to imagine.
This splendid world will introduce the enormous experience for the
person only who reads.
그 누구에게도 알려진 것이 없으며 상상조차 할 수 없었던 새로운 세계를
작가는 완벽하게 창조해내었다.
이 멋진 세계는 독자들만이 체험할 수 있는 놀라운 경험으로 인도할 것이다.

판타지는 허구다? 아니다. 판타지는 일상이다.
우리의 삶은 연속된 판타지의 연장선상에 놓여 있고,
상상은 우리의 일상을 더욱 살찌운다.
『카디날 랩소디(Rhapsody of Cardinal)』를 경험하는 독자들은
더욱 풍부한 일상 속에서 새로운 삶을 경험할 것이다.
멋진 만남! 흥미로운 경험! 이것이 『카디날 랩소디』가 가진 장점이며,
작가 송현우가 독자들에게 바라는 꿈이다.

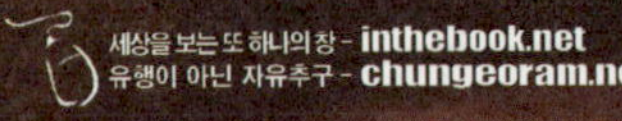

세상을 보는 또 하나의 창 - inthebook.net
유행이 아닌 자유추구 - chungeoram.net

Book Publishing CHUNGEORAM